Max Oban

Tod in Salzburg

Kriminalroman

Max Oban
1947 in Oberösterreich geboren. Arbeitete nach seinem Studium in Wien und Karlsruhe im Management eines internationalen Konzerns in Deutschland. Max Oban ist heute Dozent am Institut für Management in Salzburg, lehrt Internationales Management und Marketing an den Hochschulen Oberösterreich und Rosenheim. Max Oban lebt seit zwanzig Jahren in Salzburg.

Max Oban

Tod in Salzburg

Kriminalroman

federfrei
www.federfrei.at

Marchtrenk, 2013
5. Auflage
www.federfrei.at

Umschlaggestaltung: Verlag Federfrei
Umschlagabbildung: © imagepassion - Fotolia.com
Lektorat: S. Bähr
Satz und Layout: Verlag Federfrei
Druck und Bindung: Neiko Print & Publishing

ISBN 978-3-902784-16-2

Für Stefan und Tobias

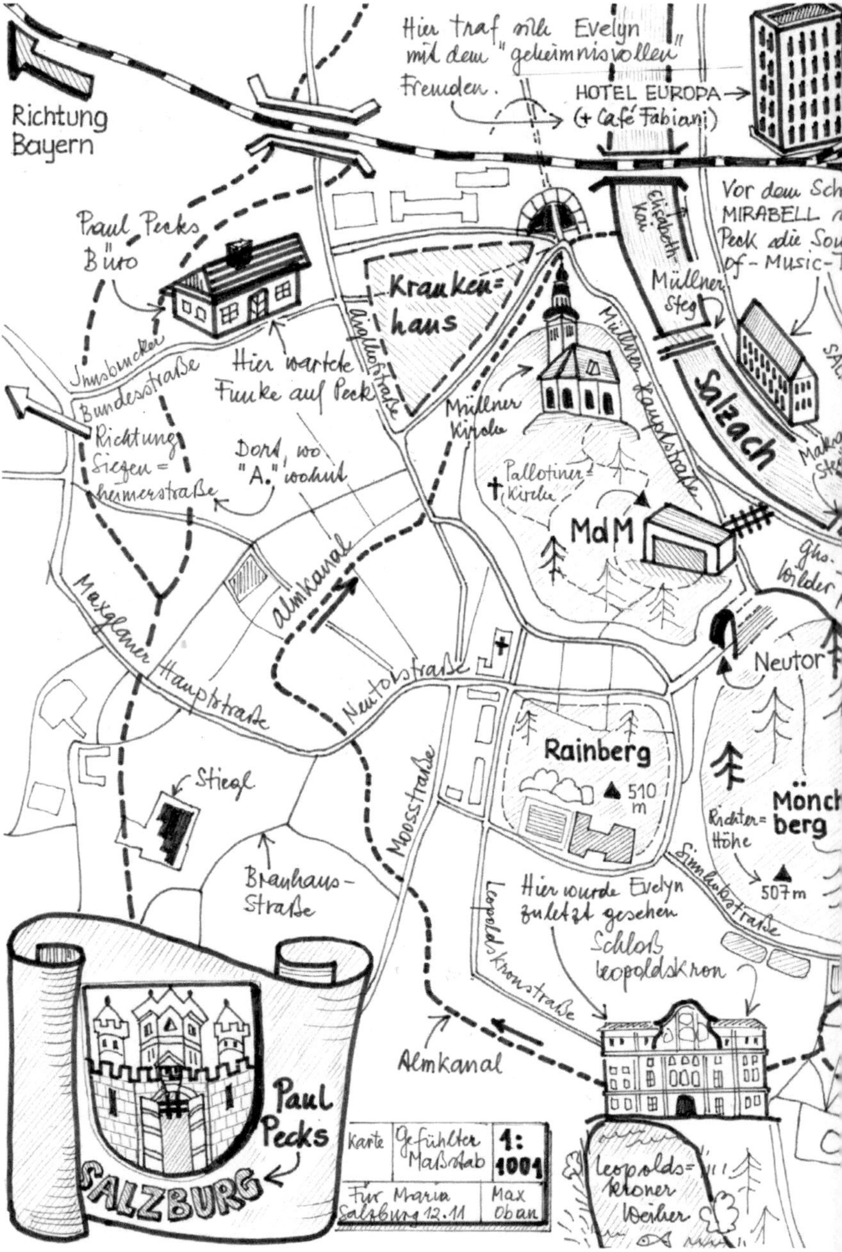

Richtung Bayern
Hier traf sich Evelyn mit dem "geheimnisvollen" Fremden.
HOTEL EUROPA (+ Café Fabiani)
Vor dem Sch
MIRABELL
Peck die Sou
of-Music-T
Paul Pecks Büro
Kranken=haus
Elisabeth-Kai
Müllner Steg
Innsbrucker Bundesstraße
Hier wartete Funke auf Peck
Aiglhofstraße
Müllner Kirche
Müllner Hauptstraße
Salzach
Richtung Siezen=heimerstraße
Dort, wo "A." wohnt
Pallotiner=Kirche
MdM
Almkanal
Maxglaner Hauptstraße
Neutorstraße
Neutor
Rainberg
510 m
Mönchberg
Richter=Höhe
507m
Stiegl
Moosstraße
Brauhaus-Straße
Leopoldskronstraße
Hier wurde Evelyn zuletzt gesehen
Schloß Leopoldskron
Sinnhubstraße
Almkanal
Paul Pecks
SALZBURG
Karte
Gefühlter Maßstab
1:1001
Für Maria Salzburg 12.11
Max Oban
Leopolds=kroner Weiher

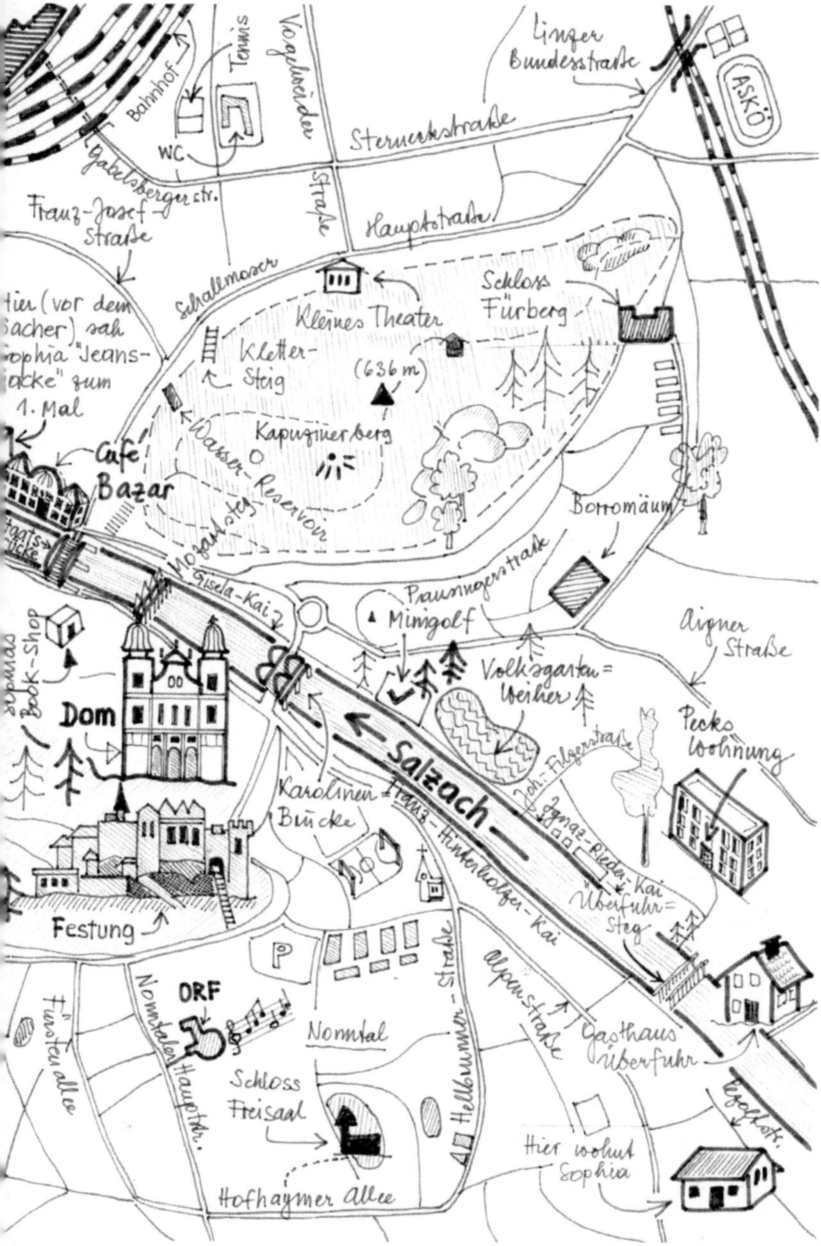

Bahnhof
Tennis
WC
Vogelweider Straße
Linzer Bundesstraße
ASKÖ
Sterneckstraße
Gabelsbergerstr.
Franz-Josef-Straße
Hauptstraße
Schallmoser
Kleines Theater
Schloss Fürberg
Kletter-Steig
(636 m)
Kapuzinerberg
Wasser-Reservoir
ier (vor dem
acher) sah
ophia "Jeans-
acke" zum
1. Mal
Café Bazar
Mozartsteg
Gisela-Kai
Borromäum
Minigolf
Volksgarten-Weiher
Aigner Straße
Book-Shop
Dom
Salzach
Karolinen-Brücke
Franz-Hinterholzer-Kai
Joh.-Filzerstraße
Ignaz-Rieder-Kai
Pecks Wohnung
Überfuhr-Steg
Festung
P
ORF
Nonntaler Hauptstr.
Nonntal
Fürstenallee
Hellbrunner-Straße
Alpenstraße
Gasthaus Überfuhr
Schloss Freisaal
Hier wohnt Sophia
Hofhaymer Allee

»Wovon man nicht sprechen kann,
darüber muss man schweigen.«
Ludwig Wittgenstein

»Frauen verstehen alles, was Männer nicht sagen wollen.«
Paul Peck

Prolog
Vor dreiundzwanzig Jahren

Es war ein Uhr nachts, als sie die breite Straße überquerten, auf der um diese Zeit keine Autos unterwegs waren. Sybille fror in ihrem dünnen Kleid. Sie kreuzte die Arme vor der Brust und wandte sich ihm zu.

»Ich liebe dich«, sagte sie und nahm seine Hand. »Woran denkst du? Du bist so still.«

Nachdem ihn Sybille in einem kleinen Weinlokal mit der großen Neuigkeit überrascht hatte, waren Sie zu Fuß durch die halbe Stadt gewandert, da sie den letzten Bus versäumt hatten.

»Ich halte zu dir.« Seine Stimme hatte sich heiser angehört. Sybille sah auf seine zerzausten Haare und strich ihm eine Strähne aus der Stirn. »Gehen wir hier nach rechts«, sagte er und zeigte mit der Hand zu einigen Baumaschinen, die am Straßenrand standen. »Hier ist es kürzer.«

Sie überquerten die Baustelle, und der gelbe Lichtkegel eines Scheinwerfers projizierte ein tanzendes Schattenspiel auf eine danebenstehende Holzwand. Die über ihnen verlaufende Bahntrasse stülpte sich wie ein dunkler Tunnel über sie, und Sybille spürte wieder die Kälte, die an ihrem Körper hochkroch. Sie umrundeten einen Bagger, der, wie müde geworden, seine Schaufel am

Boden abstützte. Berge mit Bauschutt, Brettern und Pflastersteinen lagen links und rechts des schmalen Pfades. Sybille fröstelte, als sie vor ihm in die Dunkelheit eintauchte, aber sie spürte keine Angst. Er war ja bei ihr.

»Ich liebe dich«, sagte sie nochmals und drehte sich zu ihm um.

»Lass uns weitergehen.« Er deutete mit der Hand ungeduldig über sie hinweg. »Es ist spät.«

Als sie wenige Augenblicke später ein Geräusch hörte, wandte sie sich zu ihm und konnte nicht glauben, was sie sah. Er hielt ein großes Betonstück in den Händen, hob es hoch und schlug es mit aller Kraft gegen ihren Kopf.

Sie hatte keine Zeit mehr, zu schreien.

Montag, 17. Februar diesen Jahres

Tod und Rache! Die Gedanken an das Gespräch, das Evelyn Colerus-Cantor mit dem Mann am Vormittag geführt hatte, ließen sie nicht los. Tod und Rache. Wie alles zermalmende Mühlsteine drehten sich diese Worte in ihrem Kopf. Evelyn sah auf das vornehme Treiben, das rings um sie ablief, langsam wie in Zeitlupe. Sie stand im Marmorsaal des Schlosses Leopoldskron seitlich am Kamin und beobachtete die Gäste ihrer Firma, die aus Bukarest und China angereist waren. Leichter Essensgeruch zog durch den Raum und kündigte die späteren kulinarischen Genüsse an.

In der Ecke beim Fenster saßen vier Musiker und spielten irgendein Streichquartett. Wahrscheinlich Mozart, dachte sie, aber es hört ohnehin keiner zu. Leise Gespräche, manchmal ein verhaltenes Lachen. Schwarz gekleidetes Personal offerierte auf leisen Sohlen und mit freundlichem Blickkontakt Wein, Sekt und Alkoholfreies.

Evelyn hatte alle Ankommenden begrüßt, die über die breite, von zahllosen Kerzen erleuchtete Stiege den zweigeschossigen Marmorsaal im ersten Stock des Schlosses betraten. Zuerst die eigenen Vertriebsleute aus Rumänien, die mit ihren Ehefrauen angereist waren, und anschließend mit steinernem Lächeln und kleinen höflichen Verbeugungen die chinesischen Kunden, die sich überraschend angekündigt hatten. Evelyn wusste, warum sie gekommen waren.

Aus ihrer Firma war noch Manfred Halm dabei, sowie Thomas, ihr Mann, der jeden Moment eintreffen musste. Insgesamt fünfundzwanzig Personen, die jetzt in kleinen Gruppen an den Stehtischen zusammenstanden. Es geht heute um viel, dachte sie. Die Kunden aus Qingdao würden kritische Fragen stellen zur Qualität ihrer Produkte und den erheblichen Lieferverzögerungen, die in den letzten Monaten großen Ärger hervorgerufen hatten. An der Fensterseite des Saales diskutierten die Mitarbeiter der Bukarester Tochtergesellschaft lebhaft mit Armen und Füßen und sahen von Zeit zu Zeit verstohlen in ihre Richtung. Evelyn kannte die Vertriebsleute ihrer rumänischen Niederlassung kaum, die Thomas erst vor einigen Jahren gegründet hatte. Die Rumänen waren bereits nach kurzer Zeit erfolgreich gewesen und konnten ihre Geschäfte nach China ausbauen. Oder bestanden die Kontakte nach China schon vorher? Gemeinsam mit seinen Ingenieuren hatte Manfred Halm innerhalb kurzer Zeit die neuen Produkte entwickelt, die die technischen Anforderungen der chinesischen Kunden erfüllen sollten.

Sie sah zu Manfred Halm. Er ist alt geworden, dachte sie, ein glatzköpfiger, ekelhafter alter Mann. Evelyn sah, wie sich eines der Serviermädchen Halm näherte, ihn herausfordernd anlächelte und ihm wortlos das Tablett mit einigen gefüllten Gläsern vor sein Gesicht hielt. Halm nahm sich ein Glas Wein. Das Wievielte? Evelyn konnte von ihrem Platz aus sehen, wie er dem Mädchen in die Augen sah und diese seinen Blick erwiderte. Billiges Flittchen, dachte Evelyn, als das Mädchen ihm etwas zuflüsterte, lächelnd den Oberkörper nach vorne beugte und begann, nach einem nicht hörbaren Rhythmus mit den Hüften zu schwingen. Evelyn sah den Stein an ihrem gepiercten Nasenflügel glitzern. Nichts Echtes, dachte sie, nur geschliffenes Fensterglas. Halms Blick war jetzt nach unten auf ihre Brüste gerichtet, während das Mädchen einen kleinen Knicks andeutete.

»Stets zu Diensten«, hörte Evelyn das Mädchen sagen, das sich daraufhin umdrehte und davonstöckelte. Jetzt bemerkte Evelyn, dass Halm den Kopf gedreht und ihr den Blick zugewandt hatte. Kein Lächeln. Vorwurfsvoll. Oder wütend.

Tod und Rache! Wie unter Zwang wanderten Evelyns Gedanken wieder zurück zum Freitag, als der Mann plötzlich am Telefon war und nach Thomas gefragt hatte. Und sie dachte an das heutige Gespräch, das schlagartig ihr Leben und das ihrer Familie dramatisch verändert hatte. Erregt hatte sie nach dem Treffen ihren Mann angerufen und später ihren Vater, mit dem sie sich für den nächsten Tag verabredet hatte.

Tod und Rache! Sie schloss die Augen, als sie ein plötzlicher Schwindel erfasste. Das Zimmer um sie herum begann, sich wie eine große Schaukel auf und ab zu bewegen. Das Schwindelgefühl riss sie fort, ihr war schlecht, und sie konnte sich gerade noch am Kaminvorsprung festhalten. Wie sollte sie diesen Abend durchstehen? Und wie überhaupt weiterleben nach dem, was sie heute erfahren hatte? Sie atmete tief ein und zwang sich zur Ruhe.

Einer der Chinesen steuerte direkt auf sie zu. »Es gibt Wichtiges zu besprechen«, sagte er in katastrophalem Englisch, und der aggressive Ton stand in merkwürdigem Widerspruch zu seiner leichten Verbeugung. »Dürfen wir Sie zu dem Leiter unserer Delegation bitten?«

Wenig später stand sie einem älteren Chinesen gegenüber, der mit steinernem Gesicht auf sie einredete. Sie hörte Vorwürfe und Zweifel an der Qualität ihrer Produkte, insbesondere zur Stabilität des Materials. Sie verstand, dass die Kunden sehr unzufrieden mit den Lieferverzögerungen waren. Nur mühsam konnte sie sich auf das Gespräch konzentrieren. Irgendwo knallte eine Türe. Sie sah, dass ihr Mann Thomas den Raum betreten und mit einer lauten Bemerkung und mit Gelächter seine Begrüßungsrunde gestartet hatte. Wieder erfasste sie ein leichter Schwindel, und nur ein rettender Griff nach dem Tisch vor ihr brachte ihr das Gleichgewicht zurück. Sie entschuldigte sich kurz bei den Chinesen, drehte sich um und steuerte auf Thomas zu. Sie roch sein Aftershave, das sie so hasste.

»Rede mit den Chinesen«, sagte sie leise und deutete zum Stehtisch. »Sie sind ungeduldig.«

»Kein Wunder bei dem Chaos, das du veranstaltest«, zischte Thomas sie an, wandte sich abrupt ab und ging auf die Chinesen zu.

Das Streichquartett hatte aufgehört zu spielen, und das Servierpersonal begann, das Buffet aufzutragen.

Evelyn ging zu Halm, der ihr angewidert entgegensah und wie als Reaktion auf ihr Kommen sein Weinglas in einem Zug leerte.

»Ich muss dich dringend sprechen«, sagte sie. »Sobald das Buffet aufgebaut ist, treffen wir uns in der Bibliothek nebenan.«

Halm blickte sie unwillig an. »Was willst du von mir?«

Sie schüttelte leicht den Kopf. »Später«, sagte sie.

Evelyn sah, wie Thomas einem der chinesischen Kunden die Hand entgegenstreckte, Daumen und Zeigefinger wie eine Beißzange abgespreizt, bevor sie sich die Hand zur Begrüßung schüttelten. Mit seinem lächerlich kleinen Wuchs passt Thomas gut zu den Chinesen, dachte sie.

»Leider muss ich Sie nach dem Essen schon wieder verlassen«, sagte Thomas laut zu einem der Kunden und sah auf seine Uhr. »Ich fliege heute noch nach Prag.«

Plötzlich wandte er den Kopf in Evelyns Richtung. Sein schwarzes, gegeltes Haar war ihm in die Stirn gefallen. Ihre Blicke trafen sich, und Evelyn war sicher, noch aus der Entfernung sein aufdringliches Aftershave zu riechen. Mit Abscheu wandte sie sich ab, ging quer durch den Raum und betrat nach einigen Schritten die nur von zwei großen Tischlampen gelb erhellte Dämmerung der Bibliothek, die, wie sie wusste, den Namen Max Reinhardts trug und einige tausend Bände umfasste.

Halm wartete bereits auf Evelyn, die sich, leicht schwankend, an eines der Bücherregale lehnte und beide Hände gegen ihre Wangen presste.

»Ich kann nicht mehr«, sagte sie mit stockender Stimme, »man bedroht mich.«

»Und warum erzählst du das mir?«, fragte Halm. Sie wischte seine Worte mit einer fahrigen Handbewegung zur Seite. Und dann erzählte sie unzusammenhängend von ihrem Treffen am Vormittag und den dramatischen Veränderungen, die auf sie und die Firma zukamen. Nichts würde mehr wie früher sein. In diesem Moment betrat einer der Chinesen die Bibliothek, und sie beendeten ihr Gespräch.

Eine halbe Stunde später, als die meisten Gäste im Venezianischen Zimmer noch mit der Vorspeise beschäftigt waren, verabschiedete Thomas sich genauso lautstark, wie er gekommen war.

Evelyn stand gerade neben Halm am Buffet, als Cantor vom Ausgang nochmals zurückblickte und sie ansah. Es musste auf ihn wie ein vertrauliches Gespräch wirken, dachte Evelyn.

Es war kurz vor zehn, als Evelyn bemerkte, wie auch Halm den Raum und die Gesellschaft verließ. Der Herr Entwicklungsingenieur sucht neue Herausforderungen, dachte Evelyn. Sie würde sich bis zum Ende des Abends um die Gäste kümmern müssen. Das Los der Firmenchefin.

Eine Stunde später verließ Evelyn das Schloss Leopoldskron.

Dienstag, 18. Februar

Es war kurz vor acht, als Rosi Kämmerer ihren Wagen auf dem Firmenparkplatz abstellte, der um diese Zeit noch halb leer war.

Das gelb getünchte, zweistöckige Gebäude der Firma Georg Wilhelm Colerus GmbH lag in Neumarkt am Wallersee, einige Kilometer außerhalb des Wohngebietes und direkt an der Landstraße nach Mattsee.

Auf dem Transporthof neben dem Parkplatz gestikulierten die Fahrer der Firmenlastwagen und rauchten dicke Wolken in die kalte Luft. Als Rosi Kämmerer an ihnen vorbeiging, dämpften sie ihre Stimmen und grüßten.

Was ist los, dachte Rosi Kämmerer, irgendetwas ist anders als sonst. Als sie ihr Büro im ersten Stock betrat, wurde sie aufgeregt von Ingrid Schellhorn begrüßt.

»Evelyn ist verschwunden!«

Rosi verstaute gerade ihre Handtasche, als Manfred Halm in den Raum hastete. Er war fahrig, und seine Stimme vibrierte.

»Ich habe vorhin mit Colerus gesprochen. Evelyn hat nicht in ihrer Wohnung übernachtet. Ihr Bett ist unberührt.«

Rosi fühlte, wie ihre Knie nachgaben. Sie ließ sich in den Sessel fallen. Halm sah die beiden Frauen einige Sekunden lang an, als hätte er die Sprache verloren.

»Ich habe Thomas in Prag angerufen«, sagte er dann. »Er hat natürlich keine Ahnung, wo Evelyn sein könnte. Colerus ist auf dem Weg zu uns. Er wünscht, dass wir eine Telefonaktion starten und alle Freunde und Verwandten anrufen. Irgendwer muss doch wissen, wo Evelyn sich aufhält.«

»Wie lange hat sich gestern der Abend in Leopoldskron hingezogen?« Ingrid Schellhorn sah Halm fragend an, der mit den Schultern zuckte.

»Thomas ist schon früh gegangen, um sein Flugzeug zu erreichen. Als ich aufbrach, war es elf. Da steckte Evelyn noch mitten in den Gesprächen mit den Chinesen und unseren Leuten.«

»Und wann hat Evelyn Leopoldskron verlassen?«, fragte Rosi Kämmerer.

Halm hatte sie nicht gehört. Gedankenverloren erhob er sich langsam und sah aus dem Fenster.

»Das Auto«, sagte er, ohne sich umzudrehen, »wo ist ihr Wagen?« Er sah Ingrid Schellhorn an. »Geben Sie mir Leopoldskron. Die Verwaltung.« Er sprach einige Worte und legte dann den Hörer auf. »Sie rufen zurück.«

Gerade als Georg Wilhelm Colerus mit ernstem Gesicht den Raum betrat, kam der Rückruf.

»Evelyns Wagen steht immer noch auf dem Parkplatz in Leopoldskron«, sagte Halm, »das Auto ist unversperrt und leer. Und von Evelyn keine Spur.«

Mittwoch, 19. Februar

Zwei Dinge konnte Paul Peck nicht ausstehen: Früh aufstehen und schlechten Kaffee und da heute sein Wecker bereits vor sieben Uhr geläutet hatte, musste er beim Kaffee auf Nummer sicher gehen.

Er arbeitete noch nicht lange als Detektiv. Noch vor einem Jahr hätte er um diese Zeit schon seit zwei Stunden in seinem Büro gesessen und von seiner Sekretärin bereits das dritte bayerische Haferl mit jener transparenten braunen Flüssigkeit serviert bekommen, die man dort Kaffee nennt.

Nun war er unterwegs ins Café Bazar, wo er um neun Uhr mit seinem Klienten verabredet war.

Vor ungefähr zehn Jahren hatte Peck auf einem Managementkongress in Frankfurt zum Thema »Marketing bedeutet, dass die Kunden zurückkommen und nicht die Produkte« teilgenommen.

Beim Abendessen in Frankfurt hatte er einen Unternehmer aus Neumarkt am Wallersee kennengelernt. Vielleicht war es der gemeinsame Dialekt, der sie nach dem Nachtmahl zu einer nächtlichen Entdeckungsreise durch das Frankfurter Bahnhofsviertel zusammengeführt hatte.

»Ob Frankfurt wohl einen guten Rotwein zu bieten hat?«, fragte ihn der um einiges ältere Berufskollege.

»Marketing heißt, den Markt analysieren«, sagte Peck, und sie hatten ein erschöpfendes und bis in die frühen Morgenstunden währendes Marktforschungsprojekt gestartet.

Paul Peck war überrascht gewesen, als ihn gestern ein Georg Wilhelm Colerus anrief und sich als der damalige Rotwein-Kompagnon vorstellte.

»Ich konnte mich an Ihren Namen erinnern und habe das Inserat über die Eröffnung Ihres Detektivbüros in der Zeitung gelesen«, sagte der Mann am Telefon. »Ich brauche Ihre Unterstützung.«

»Worum geht es?«, fragte Peck.

»Nicht jetzt am Telefon«, sagte Colerus barsch. »Wir treffen uns morgen um neun im Café Bazar.«

Peck konnte weder Ja noch Nein sagen, da hatte sein Gesprächspartner bereits aufgelegt.

Paul Peck ging über den Makartsteg, als die Rathausuhr halb neun zeigte. Er würde früh genug im Bazar sein, um noch vor der Besprechung mit Colerus den derzeitigen Prä-Kaffeezustand in den Status des Wohlbefindens zu überführen. Ein wichtiger Teil von Pecks Kaffeephilosophie bestand darin, den ersten Großen Braunen des Tages am Vormittag in jedem Fall vor elf Uhr zu genießen, nicht als Getränk zum Frühstück und nicht als Add-on nach dem Mittagessen. Peck dachte dabei an Willy Loman, den Protagonisten in Arthur Millers Theaterstück Tod eines Handlungsreisenden, der es im zweiten Akt auf den Punkt bringt und zu seiner Frau Linda sagt: »Wonderful coffee. A meal in itself.«

A meal in itself. Das wurde zu Pecks Kaffeephilosophie.

Auf dem Makartsteg toste der Wind, und Peck fror, als er rechts zum Bazar abbog und nach einigen schnellen Schritten das Café erreichte. Der Genuss des ersten Schluckes ließ sein Gehirn auf Touren bringen: dunkel, cremig, goldfarben, angemessen bitter und stark, belebend und berauschend.

Peck teilte die Länder der Erde ein in Kaffeeländer und Nicht-Kaffeeländer.

Nach Pecks erstem Großen Braunen und einem Blick in zwei Zeitungen betrat Georg Wilhelm Colerus das Bazar. Peck saß rechts hinter dem Zeitungsständer und erkannte den Mann kaum wieder, den er vor zehn Jahren in Frankfurt getroffen hatte. Mit langsamen, aber festen Schritten und aufrecht wie ein Soldat steuerte er auf Peck zu, der sich aus Höflichkeit vor dem Alter und dem Kunden halb von seinem Sitz erhoben hatte.

»Herr Paul Peck, wie ich vermute?«

Mit ähnlichen Worten hat man Livingstone in Afrika entdeckt. Ein würdiger Klient. Colerus war fünfundsiebzig, vital und mit blitzenden Augen, einer jener asketischen Männer, bei denen man sich vorstellen konnte, dass sie in den letzten zwanzig Jahren nur zehn Jahre älter geworden sind. Er war exzellent gekleidet: dunkelgrauer Anzug mit Weste, gestreiftes Hemd und statt einer Krawatte eine Masche (oder nennt man das Fliege?). Die wenigen silbrigen Haare waren sorgsam auf dem Kopf sortiert und wirkten wie festgeklebt. Peck überlegte, wie dies wohl technisch funktionierte.

Peck versuchte eine Andeutung auf ihre gemeinsame Sauftour vor zehn Jahren durch Frankfurt, doch sein Gegenüber nippte mit Stirnrunzeln an seinem Cognac und kam gleich zur Sache.

»Wie ich Ihnen gestern am Telefon sagte: Ich brauche Ihren Rat. Meine Tochter Evelyn ist verschwunden.«

Colerus beugte sich langsam vor. Er war aufgewühlt. Nach seinem anfänglich selbstbewussten Auftreten wirkte er jetzt zusammengesunken und wie plötzlich gealtert. Hatte er den Faden verloren?

Mit dunkler, wohlklingender Stimme fuhr er fort: »Evelyn war am Montagabend bei einem Empfang im Schloss Leopoldskron. Meine Firma hatte unsere Geschäftsfreunde aus Bukarest sowie deren wichtigsten Kunden aus der Volksrepublik China zu einem Abendessen gebeten. Von unserem Unternehmen waren drei Personen anwesend: Evelyn, unser Prokurist Halm und mein Schwiegersohn Thomas, der aber nicht die gesamte Zeit dabei war.«

Peck beneidete Männer, die über eine derartig bassbetonte Stimme verfügten. Alles, was eine laute, tiefe Stimme sagt, dachte er, klingt wohldurchdacht und doppelt überzeugend. Seine Stimme war anders.

»Evelyn wurde noch gesehen, als sie kurz vor Mitternacht das Gebäude verließ und zu ihrem Wagen ging. Es gibt da im Leopoldskroner Park einige aus Holz gebaute Unterstände neben dem Zufahrtsweg. In einem fanden wir gestern ihren Mercedes, unversperrt und leer. Und von ihr keine Spur.«

»Es verschwinden jährlich hunderte Menschen und tauchen später wieder munter wieder auf«, sagte Peck.

Colerus sah ihn mit stechendem Blick an. Seine Unterlippe vibrierte, seine Stimme war schneidend und noch eine Spur lauter geworden. »Evelyn muss am Montag ein dramatisches und einschneidendes Erlebnis gehabt haben«, sagte er, »möglicherweise hat sie sich auch mit jemandem getroffen.«

Seine zitternden Finger förderten nur mit Schwierigkeiten eine Zigarette aus seinem Etui zutage.

»Und wir waren für gestern verabredet. Ich kenne meine Tochter, lieber Herr Peck. Sie hat mich am Montagvormittag angerufen und konnte vor Aufregung kaum sprechen. ›Es ist eine Katastrophe passiert‹, sagte sie, ›und ich muss dich morgen dringend sprechen.‹«

»Hat Ihre Tochter sonst noch etwas erzählt, irgendwelche Details oder einen Namen?«

Colerus schüttelte energisch den Kopf, sodass einige seiner Haare in Unordnung kamen. Er sah sich nach einem Kellner um, schnippte laut mit den Fingern und bestellte noch einen Rémy Martin.

»Verstehen Sie?« Colerus zog ungeduldig und mit einem singenden Geräusch an seiner Zigarette. »Das Gespräch, das wir gestern verabredeten, war für sie von größter Wichtigkeit. Sie hätte es auf jeden Fall wahrgenommen, wenn sie gekonnt hätte. Dies ist eine beunruhigende Situation. Und ich bin in hohem Maße beunruhigt. Also erzählen Sie mir keinen statistischen Unsinn. Sie hat gestern nicht zu Hause übernachtet und ist auch nicht in der Firma erschienen. Finden Sie heraus, wo sich meine Tochter aufhält.«

»Könnte sie irgendwo hingefahren sein, Freunde, Bekannte?«

»Wir haben Gott und die Welt abtelefoniert. Keiner hat Informationen über sie.«

»Ich bitte Sie dennoch um eine Liste mit allen Personen, bei denen sich Ihre Tochter aufhalten könnte.«

»Meine Informationen über Evelyns Bekannten- und Freundeskreis werden nicht ausreichen, um für Sie hilfreich zu sein. Thomas weiß sicherlich mehr.«

»Dann binden Sie ihn ein. Je vollständiger die Namensliste, desto besser.« Colerus nickte. »Gibt es einen Ort, an dem Ihre Tochter sich gerne aufgehalten hat? Eine Art Refugium, wenn sie mal alleine sein wollte.«

Colerus nickte erneut. »Unsere Firma hat seit vielen Jahren ein Haus am Seeleitensee. Das Anwesen gehört jetzt Evelyn.«

»Im Flachgau?«

»Geografie ist nicht Ihre Stärke, Herr Detektiv. Die Gegend gehört bereits zum Oberen Innviertel. Das Haus liegt sehr versteckt mitten im Naturschutzgebiet. Direkt am See.«

»Vielleicht ist Ihre Tochter dort im Haus. Sie könnte doch direkt von Leopoldskron hingefahren sein.«

Colerus schüttelte energisch den Kopf, was erneut einige seiner Haare an den Rand der Unordnung brachte. »Ich sagte Ihnen doch, wir waren für den nächsten Tag verabredet. Außerdem haben wir Evelyn mehrfach angerufen. Immer wieder.«

»Ich würde mich trotzdem gerne in dem Haus am See umsehen.«

»Tun Sie, was Sie für richtig halten. Aber tun Sie es schnell.«

»Wie komme ich in das Haus?«

»Der Schlüssel ist irgendwo da draußen versteckt. Ich weiß aber nicht, wo. Rufen Sie mich morgen an. Dann kann ich Ihnen das sagen.«

»Ihr Schwiegersohn war in Prag?«

»Ich habe ihn gestern früh in seinem Hotel angerufen, als ich entdeckt hatte, dass Evelyn nicht im Haus übernachtet hatte. Thomas ist mit dem nächsten Flugzeug zurückgekommen. Heute war er wieder im Büro.«

»Und er weiß nicht, wo seine Frau sich aufhalten könnte?«

Colerus sah Peck an und schüttelte langsam den Kopf.

»Erzählen Sie mir etwas über Ihr Unternehmen«, sagte Peck.

»Da steht alles drin.« Colerus reichte einige Blätter über den Tisch. »Und dies ist ein Foto von Evelyn mit Thomas, ihrem Mann. Das Bild ist letzten Sommer in unserem Haus in Mattsee aufgenommen worden.«

»Wohnen Sie alle gemeinsam in einem Haus?«

»Unser Anwesen ist groß«, sagte Colerus. »Evelyn und Thomas bewohnen den Westflügel. Seit dem Tod meiner Frau logiere ich alleine in dem gegenüberliegenden Gebäudetrakt.«

Plötzlich schoss Peck ein Gedanke durch den Kopf.

»Das Auto!«

»Welches Auto?« Colerus sah ihn fragend an.

»Das Auto Ihrer Tochter! Oder ist sie mit dem Taxi nach Leopoldskron gefahren?«

Colerus schüttelte den Kopf. »Ihr Mercedes steht noch dort in einem der hölzernen Unterstände. Direkt neben dem Schloss. Der Wagen ist leer und nicht mal abgeschlossen. Glaube ich wenigstens. Halten Sie das für wichtig?«

Peck nickte mit dem Kopf. »Angenommen, jemand fängt ein neues Leben an, taucht unter und lässt alles Bisherige zurück.«

»Was ist dann?«

»Dann macht er das selten zu Fuß. Oder per Autostopp.«

Colerus wirkte verwirrt, er deutete auf die Blätter, die vor Peck auf dem Tisch lagen.

»Dies sind Unterlagen über unser Unternehmen, eine Broschüre, die illustriert, was wir tun. Und dies ist der aktuelle Organisationsplan der Firma. Ich dachte, es ist nützlich für Sie, die Zusammenhänge auf einen Blick zu sehen. Außerdem finden Sie hier die Namen aller Beteiligten und deren Telefonnummern.«

Peck betrachtete die zahlreichen Linien und Kästchen, in denen Namen und deren Positionen standen. Lean Management, dachte er, wie es sich gehört. Eine schlanke Organisation und eine flache Hierarchie mit vielen Indianern und wenigen Häuptlingen.

»Ich habe das Unternehmen 1969 von meinem Vater als kleine Eisenwarenhandlung übernommen.« Colerus klang stolz und tippte mehrmals mit seinem Zeigefinger auf die Firmenbroschüre, die aufgeschlagen vor Peck lag.

»Heute haben wir zwei florierende Geschäftsbereiche. Unser europaweites Geschäft mit Kunststoffrohren und, wie wir es nennen, unsere zweite Produktlinie, hochpräzise Rohre aus einer speziellen Aluminium-Legierung.«

Peck sah auf den Organisationsplan vor ihm. *Evelyn Colerus-Cantor, geschäftsführende Gesellschafterin und Exportbeauftragte* stand in ihrem Organisationskästchen, das dick und fett umrandet war. Rechts daneben, aber etwas nach unten abgesetzt: *Thomas Cantor, Geschäftsleitung Vertrieb und Technik*. Warum war sein Name in deutlich kleineren Buchstaben und sein Kästchen nur mit einer dünnen Linie ausgeführt? Ober sticht Unter, dachte Peck.

Als ob Colerus seine Gedanken erraten hätte, sagte er: »Bevor andere glauben, Ihnen das erzählen zu müssen, sollen Sie von mir erfahren, dass es in letzter Zeit einigen Streit zwischen Evelyn und Thomas gab. Die Ehe ist in keinem guten Zustand. Und die Firma ist in keinem guten Zustand.«

»Gibt es im Leben Ihrer Tochter einen anderen Mann?«

Es war offensichtlich, dass Colerus mit der Antwort zögerte. »Meine Tochter ist eine attraktive und selbstbewusste Frau.«

»Wer stand ihr nahe? Außer ihrem Mann, meine ich.«

»Manfred Halm. Glaube ich. Bis vor Kurzem jedenfalls.«

»Und Ihr Schwiegersohn hat das akzeptiert? Ich meine, wie ist er damit umgegangen?«

»Unwichtig!« Colerus winkte wütend ab. Das Gespräch war in eine Richtung geraten, die er nicht mochte. »Mein Schwiegersohn Thomas trifft in letzter Zeit zu viele Fehlentscheidungen. Er hat dem Unternehmen eine falsche Strategie verpasst, was ich als Aufsichtsratsvorsitzender erst zu spät durchschaut habe.«

Colerus Sätze sprudelten jetzt wie ein Wasserfall aus ihm heraus. Er sprach mit lauter Stimme und begleitete seine Worte mit weit ausholenden Gesten.

»Wir haben in unserem Unternehmen eine massive Geschäftskrise mit dramatischen Auftragseinbrüchen, und wir haben große Überkapazitäten sowohl in der Branche als auch in der eigenen Produktion. Wir sind unterausgelastet, unsere Firma arbeitet derzeit mit hohen Verlusten …«

Colerus atmete tief aus. Oder war es ein Seufzer? Er lehnte sich langsam in seinem Sessel zurück und schloss lange die Augen.

Peck wartete.

Colerus flatterte mit den Augenlidern. »Deshalb haben ich und der Aufsichtsrat zugestimmt, unsere rumänische Tochtergesellschaft auszubauen und mit dem asiatischen Geschäft zu betrauen. Wir brauchen dringend neue Aufträge, auch wenn sich zwischenzeitlich unser Asiengeschäft als sehr risikoreich herausgestellt hat. Und leider waren unsere chinesischen Kunden nicht an Standardprodukten aus dem Katalog interessiert. Unser Technikchef, Manfred Halm, entwickelte in seiner Abteilung binnen weniger Monate jene neuen Produkte, die wir heute über unsere rumänische Niederlassung nach China liefern. Wir mussten in unsere Fabrik erheblich investieren und unsere Organisation anpassen. Geschäfte mit dem Reich der Mitte erfordern hohe Expertisen in der Produktion wie bei der Logistik.«

Colerus dozierte jetzt wie ein Professor für Internationales Management. Peck sah auf das Papier vor ihm.

»Was liefert Ihre Firma über Ihre rumänische Niederlassung nach China?«

»Spezialrohre aus einer besonders stabilen Legierung. Aluminium und andere Werkstoffe, darauf haben wir mehrere Patente.«

»Und was machen die Kunden mit diesen Rohren?«, fragte Peck.

»Irgendwelche Zubehörteile für Turbinen oder Gasverdichter. Mehr verstehe ich davon nicht. Fragen Sie Halm. Außerdem bringt uns dies vom eigentlichen Ziel unseres Gesprächs weg.«

Peck lehnte sich zurück. Interessante Produkte, dachte er.

»Thomas ist an sich ein cleverer Bursche«, fuhr Colerus fort. »Er ist intelligent und hat sein Studium in kürzester Zeit geschafft. Er kann nur seinen Intellekt und seinen Ehrgeiz nicht zügeln. Was ihm an Körpergröße fehlt, gleicht er zunehmend durch Zynismus und Cholerik aus. Glauben Sie mir, Herr Peck, ich liebe Leute, die schnell im Denken und bei der Arbeit sind. Aber seine Art der Schnelligkeit hat in den letzten drei Jahren zu extremen Fehleinschätzungen der neuen Exportmärkte in Osteuropa und in China geführt … und für diesen Fehler büßen wir heute.« Er sah Peck mit müden Augen an und machte eine lange Pause. »Ich befürchte, es ist etwas Schlimmes passiert. Ich habe Angst um meine Tochter. Mein Auftrag an Sie: Finden Sie Evelyn!«

Colerus rechnete offensichtlich nicht damit, dass Peck den Auftrag ablehnen könnte.

Peck nickte fast synchron zu Colerus letzten Worten mit dem Kopf. »Womit soll ich Ihrer Meinung nach beginnen?«

»Herr Peck! Ich möchte das Unternehmen und mein Zuhause freihalten von dieser … dieser furchtbaren Geschichte. Deshalb spreche ich schließlich mit Ihnen und nicht mit der Polizei. Aber lassen Sie mich wissen, mit wem Sie reden wollen. Ich öffne Ihnen alle Türen. Wie bereits erwähnt, ist Manfred Halm einer der Erfahrungsträger im Unternehmen. Ich habe mit ihm in der Früh telefoniert. Halm wird Sie heute um fünfzehn Uhr in Ihrem Büro aufsuchen.«

Keine Widerrede möglich, dachte Peck.

Colerus lehnte sich, wie von seinen langen Sätzen ermüdet, zurück und schloss die Augen. Peck sah wieder auf den Organisationsplan. *Forschung & Entwicklung* stand in Halms Organisationskästchen, das an einem dünnen Strich direkt unter Thomas Cantor hing. Colerus öffnete flatternd die Augenlider und sah ihn mit einem prüfenden Blick an.

»Wieso haben Sie eigentlich Ihre Firma verlassen? Warum haben Sie Ihren Management-Job gegen das eingetauscht, was Sie jetzt machen?«

»Warum hätte ich mein Unternehmen nicht verlassen sollen?«

»Weil ich denke, dass es Ihnen dort gefallen hat.« Colerus tiefe Stimme schnarrte laut, als wollte er das gesamte Café überzeugen. »Und weil Sie Macht hatten, Einfluss und ein hohes Einkommen!«

»Aber es gab eine Reihe von Dingen, die mir dort gegen den Strich gingen.«

»Alles kann einem gegen den Strich gehen, wenn man es lange macht. Wie eine Ehe zum Beispiel. Aber wie auch immer, man lässt sich wegen einer Kleinigkeit nicht scheiden. Warum haben

Sie es trotzdem getan?«

»Man hat mich nicht mehr gewollt. Man hat mich ausgemustert, verstehen Sie? Junge Besen kehren gut!«

»Aber die alten wissen, wo der Schmutz liegt«, sagte Colerus.

»Herr Colerus, kann ich Sie auf Ihrem Handy erreichen?«

»Handy!«, rief Colerus empört. »Ich habe kein Handy! Und auch keinen Computer. Ich besitze zu Hause ein Telefon. Wie es sich gehört.«

Peck kam sich plötzlich reichlich unanständig vor mit seinem Mobiltelefon.

»Ich danke Ihnen für das Gespräch«, sagte Georg Wilhelm Colerus. Er schüttelte Peck die Hand und ging in Richtung Türe. Kurz vor dem Ausgang drehte er sich beim Zeitungsständer nochmals um, kehrte zum Tisch zurück und beugte sich zu Peck hinunter. »Finden Sie meine Tochter!«, sagte er leise. Er sah sehr müde aus, als er das Bazar verließ.

*

Ein fast wolkenloser blauer Himmel spannte sich über die Stadt, als Peck mit weit ausholenden Schritten über den Makartsteg in Richtung Innenstadt ging. Die Sonne beschien die vor ihm liegende Szenerie: die grüne Salzach, den Turm des Alten Rathauses, darüber die Festung Hohensalzburg, weiter links die Staatsbrücke, auf der sich die Autos in beiden Richtungen stauten, und rechts dahinter den Untersberg mit schneebedeckter Haube.

Etwa in der Mitte der Fußgängerbrücke blieb er stehen und beschloss, die Suche nach Evelyn dort zu starten, wo sie zuletzt gesehen wurde, im Schloss Leopoldskron. Er nahm vom Hanuschplatz den Bus der Linie fünfundzwanzig, stieg an der Ecke der Fürstenallee aus und durchquerte diagonal den Hans-Donnenberg-Park. Eine Viertelstunde später kreuzte er die Leopoldskronstraße, ließ das hoch in den Himmel ragende schmiedeeiserne Tor, das fest geschlossen war, links liegen und betrat durch den Lieferanteneingang das weitläufige Parkgelände des Schlosses.

Leopoldskron, dachte er, das Geburtshaus der Salzburger Festspiele, benannt nach dem Fürsterzbischof Leopold, dem Erbauer des Schlosses, genauso gebildet wie verantwortlich für die Vertreibung von über zwanzigtausend Protestanten aus Salzburg. Und nach Ende des Ersten Weltkrieges entwickelten hier im Schloss die Herren Max Reinhardt, Hugo von Hoffmannsthal und Richard Strauss das Konzept der Salzburger Festspiele. Und Evelyn wurde dort vor zwei Tagen das letzte Mal lebend gesehen. Er blieb kurz stehen und nahm dann den schmalen Kiesweg, der vom Eingang nach links an der hohen Steinmauer entlangführte, wo er auf die Holzschuppen stieß, von denen Colerus gesprochen hatte. Zwei einsame Autos parkten an der Stelle, wo vor zwei Tagen noch Evelyns Mercedes gestanden hatte. War sie von hier aus in der Dunkelheit entführt worden? Geradeaus konnte er die in der Sonne glänzende Wasserfläche des Weihers sehen und nach rechts den gewundenen Weg zum Eingang des Schlosses. Zum Hintereingang, dachte er, denn das Hauptportal führte vorne direkt auf die beeindruckende steinerne Terrasse, von der ein blumengesäumter Pfad nach einigen Metern zum Wasser des Weihers führte.

Peck sah sich um und überlegte, welchen Weg Evelyn wohl in der Nacht zu ihrem Auto eingeschlagen hatte. Wahrscheinlich zuerst den Kiesweg nach rechts am Gebäude entlang, quer über den kleinen Platz und dann zu ihrem geparkten Wagen. Um den Parkplatz herum standen mächtige Pappeln und andere Büsche und Bäume, die Peck nicht kannte. Waren die wenigen Laternen, die hier standen, nachts eingeschaltet? In jedem Fall viel Schatten und Dunkelheit auf dem Weg zu dem Holzschuppen, dachte Peck, und wenig Risiko, wenn man vorhat, jemanden hier nachts zu überfallen. Oder war sie gar nicht überfallen worden? Ging sie freiwillig irgendwohin? Im Hintergrund des Parks sah er einen Traktor mit Anhänger, auf dem durcheinandergewürfelt einige Gartengeräte lagen. Ein älterer Mann im blauen Arbeitsanzug fischte mit einem Netz Laub und Äste aus einem kleinen, fast kreisrunden Teich. Er sah auf, als Peck sich langsam näherte.

»Der Frühling ist schon in Leopoldskron angekommen«, sagte

Peck. Der Mann sah ihn mürrisch an, antwortete aber nicht. »Ich habe eine Frage.« Peck drehte sich um und zeigte auf die Laternen, die den Weg zum Ausgang beleuchteten. »Brennen diese Lampen in der Nacht, wenn hier im Schloss irgendeine Veranstaltung ist?«

Der Mann nickte. »Normalerweise schon.«

»Normalerweise?«

»Am Montag muss jemand alle Lampen zerschlagen haben. Alles kaputt!«

»Wer?«

Der Mann zuckte mit den Schultern. »Vielleicht ein Liebespaar, das es gerne dunkel hatte. Auf alle Fälle habe ich gestern stundenlang Arbeit damit gehabt.«

Peck nickte dem Mann dankend zu, betrat dann die künstliche Dämmerung des Gebäudes und hörte das Echo seiner Schritte, als er die hohe Marmorhalle durchquerte. Links bemerkte er ein kleines Schild, das ihn zum Büro wies. Er klopfte und trat ein. Ein riesiger Fotokopierer direkt neben der Türe war das Erste, was ihm auffiel, daneben ein kleiner Schreibtisch, an dem ein junger Mann in einem weiß glänzenden Anzug vor einem Laptop saß. Dunkle Augen, kleiner Oberlippenbart, exakt frisiertes schwarzes Haar, das genauso glänzte wie sein Anzug. Wie ein hübscher Gigolo mit spanischer Mutter, dachte Peck und zeigte seinen Ausweis.

»Geht es um die verschwundene Evelyn?«, fragte der Señor.

»Ich komme in Auftrag der Firma Colerus, die hier am Montagabend eine Veranstaltung hatte. Evelyn Colerus wurde gesehen, als sie spät nachts das Haus verlassen hat.«

»Das stimmt. Ich hatte an diesem Abend Dienst.«

Ein Señor mit Pinzgauer Dialekt, dachte Peck. »Könnten Sie mir zeigen, wo Sie die Dame gesehen haben?«

Sie gingen in die Marmorhalle, und der weiß Gekleidete zeigte zu der Ausgangstür, die sich in einem gläsernen Windfang befand.

»Es war schon nach Mitternacht. Ich kam gerade aus dem Büro, als sie hier die Treppe herunterstieg, durch die Halle klapperte und das Haus verließ.«

»Und dann?«

»Und dann war sie draußen. Ich bin ihr nicht nachgegangen.« Er lächelte.

»Vorher haben mindestens zwei der Gäste die Feier verlassen. Können Sie das bestätigen?«

Er schüttelte den Kopf. »Meine Aufgabe ist nicht, auf die Leute aufzupassen.«

»Wie lange sind die übrigen Gäste noch geblieben?«

Er machte eine wegwerfende Bewegung. »Furchtbar! Total besoffen. Ich glaube, die Männer waren aus Bulgarien oder Rumänien. Einer hat da oben in die Ecke gekotzt.«

»Und draußen waren die Laternen zerschlagen.«

»Ich würde das der Firma liebend gerne in Rechnung stellen, aber ich habe leider nicht gesehen, wer das war.«

»Aber Sie sind sicher, dass es an diesem Abend war.«

»Als die Gäste hier ankamen, waren die Lampen noch intakt.«

Peck sah sich in der Halle um und überlegte, was er noch fragen sollte.

»Da war noch etwas, was vielleicht wichtig sein könnte«, sagte der Schwarzhaarige plötzlich. »Einige Sekunden, nachdem Frau Colerus durch den Windfang verschwunden war, stand wie aus dem Nichts ein Mann hier neben der Säule. Er muss der Colerus von oben gefolgt sein.«

»Was machte der Mann dann?«

»Er ging ebenfalls raus.«

»Hatten Sie den Eindruck, dass er ihr folgte.« Schulterzucken.

»Haben Sie den Mann erkannt? Einer der Gäste vom Obergeschoss?«

Schulterzucken. »Ein Chinese auf alle Fälle. Die sehen ja alle gleich aus.«

*

Als Peck vor dem Gebäude in der Sonne stand, sah er auf die Uhr. Elf Uhr. Noch genügend Zeit, dachte er. Zwanzig Minuten später schlenderte er durch die Getreidegasse, die wie zu jeder

Tages- und Jahreszeit verstopft war mit dem quirligen und lauten Sprachgewirr sich dahinschiebender Japaner, Amerikaner, Italiener und einiger Salzburger. Er nahm den Weg durch einen der Innenhöfe, die ihn zum Grünmarkt führten, wo er auf den dort stehenden Würstelstand stieß. Er sah den Dampf aus dem heißen Kessel aufsteigen und roch den verführerischen Duft der sich darin drängenden Köstlichkeiten. Warum, so dachte Peck auf seinem Weg zum Waagplatz, heißen die Wiener in Österreich Frankfurter und die Frankfurter in Frankfurt Wiener? Die Deutschen unterscheiden sich von den Österreichern durch ihre gemeinsame Sprache, sagte einmal ein Kabarettist aus Wien. Wie immer trug Peck einen schwarzen Anzug und ein schwarzes Hemd, was die morgendlichen Entscheidungsprozesse vor dem offenen Kleiderschrank stark beschleunigte. Außerdem, so Pecks Hoffnung, ließ ihn schwarze Kleidung schlanker aussehen. Peck sah beim Vorbeigehen sein Spiegelbild in einem der Schaufenster. Er sah zwar nicht dick aus, aber er kam in letzter Zeit verstärkt zu der Auffassung, dass das Schwarz seiner Kleidung nicht dunkel genug war. Peck war schwungvoll unterwegs, und er sah in der Auslage, dass sein weißer Haarschopf vom Wind zerzaust war. Er müsste dringend wieder zum Friseur, dachte er, bevor Sophia ihn dazu aufforderte. Peck kannte Sophia seit fünfzehn Jahren. Sie arbeitete in ihrer kleinen Buchhandlung am Waagplatz, in der er sie auch kennengelernt hatte.

Vor *Sophias Bookshop* wurde er beiderseits des Einganges von zwei verlockenden Kisten mit gebrauchten Büchern begrüßt, die offensichtlich auf ihn warteten. Er durchwühlte den ganzen Inhalt und zog nach kurzer Suche eine gut erhaltene Hardcover-Ausgabe mit Trakls Gedichten aus der Bücherkiste. Er liebte Trakl, und Sophia wusste dies genau. Warum zum Teufel gab sie das Trakl-Buch in die Kiste?

Mit hoch erhobenem Arm trug er den Trakl wie die Nationalflagge ins Geschäft, das, von Sophia abgesehen, leer war.

»Warum kümmerst du dich zuerst um alte Bücher und nicht um mich?«

»Warum liegt mein Lieblingslyriker draußen in der Kälte?« Peck schaute ihr streng in die Augen.

»Weil ich davon lebe, Bücher zu verkaufen.«

»Aber nicht meine Bücher!«

»Das ist nicht dein Buch.« Sophia begann zu grinsen.

»Doch«, sagte Peck, »ich erwerbe es soeben durch diesen verbal abgeschlossenen Kaufvertrag.« Er sah auf den Preis und legte einen Zehn-Euro-Schein auf den Tisch.

Peck liebte Bücher, und es gab für ihn keine anziehendere Umgebung als Buchgeschäfte und keine romantischere als Buch-Antiquariate. Und deshalb mochte er Sophia genauso wie ihre kleine Buchhandlung.

Peck saß in einem Lehnstuhl im rückwärtigen Teil der Buchhandlung und beobachtete Sophia, die vorne am Fenster mit zwei jüngeren Männern sprach. Sie redete mit dem ganzen Körper, wenn sie auf eines der Bücherregale an der Wand zeigte oder zwei Stufen auf die Bibliotheksleiter turnte. Es war ständig Bewegung in ihr, und ihre schulterlangen braunen Haare flogen in einem Bogen um ihr Gesicht. Peck war sehr zufrieden mit dem, was er von seinem Platz aus sah.

Nachdem er in seinem neu erworbenen Trakl-Buch geblättert hatte, nahm er die Broschüre der Georg Wilhelm Colerus GmbH zur Hand. Er las in der Firmengeschichte, dass das Unternehmen vom Vater Georg Wilhelms lange vor dem Ersten Weltkrieg gegründet worden war. Die in der Druckschrift dargestellte Umsatzentwicklung erregte Pecks Interesse: Das rasanteste Wachstum zeigte die Firma in der Zeit von 1938 bis 1945. Eisen und Stahl für den Führer, dachte Peck. Die Umsatzkurve war bis heute in ihrem stetigen Aufwärtstrend beeindruckend. Seit Beginn der Neunzigerjahre zeigten die Zahlen steigende Exporterfolge nach Osteuropa. War das Thomas Cantors Werk?

Umsatz ist nicht alles, hatte Peck in der Wirtschaft gelernt. Wie wohl der Gewinn aussah? »Das Unternehmen ist in keinem guten Zustand«, hatte der alte Colerus gesagt. Bezog sich das auf das Geschäftsergebnis oder das Klima, das in der Firma herrschte?

Nach dem Gespräch mit dem Herrn Prokuristen würde Peck mehr wissen.

Er musste lächeln, als er die letzte Seite der Firmenbroschüre aufblätterte. Georg Wilhelm war auf der Ehrenleiter bereits sehr weit gekommen. Er war Technischer Rat, Träger des Silbernen Ehrenzeichens des Landes Salzburg sowie des Goldenen Verdienstkreuzes der Republik Österreich.

Sophia sperrte ihr Geschäft ab und zeigte mit dem Schild »Bin bis 13:30 Uhr beim Essen«, dass auch Buchhändler Nahrung brauchen. Sie hakte sich bei Peck unter, und sie marschierten hungrig einige Straßen weiter zum Triangel in der Philharmonikergasse.

Sophia nahm einen Salatteller, Peck ein Wiener Schnitzel mit Reis. Dazu bestellten sie zwei Achtel Grünen Veltliner.

»Wie war dein Klient?«, fragte sie.

»Er ist fünfundsiebzig.«

»Und was erwartet er von dir?«

»Ich soll eine Frau finden.«

»Aber du hast doch schon mich.« Sophia hob ihm ihr Weinglas entgegen.

»Der Trend zur Zweitfrau ist unverkennbar.« Peck lächelte sie an, wie sie es sonst gewöhnlich machte.

»Aber nicht bei deinen finanziellen Verhältnissen, mein Schatz.«

Warum musste sie immer das letzte Wort haben?

»Wieso hat sich der Mann ausgerechnet an dich gewandt?«

»Er hat das Inserat zu meiner Geschäftseröffnung gesehen. Außerdem kannte ich Colerus aus meinem früheren Leben. Ich bin ihm vor Jahren in Frankfurt begegnet.«

»Wie willst du die Suche nach der Frau starten?«

»Ich werde den Fall genauso logisch strukturieren wie früher eine meiner Managementaufgaben.«

Sophia sah ihn fragend an.

»In beiden Fällen«, sagte Peck, »geht es um komplexe und anfangs schwer durchschaubare Prozesse.«

»Männer haben nachweislich immer dann Schwierigkeiten, wenn die Komplexität steigt.« Sophia lächelte ihn an.

Sie legte ihre Hand auf seine, sah zu Boden und begann zu lachen. »Stehen dir gut, deine roten Socken.«

Peck hatte im Internet fünfzig Paar rote Wollsocken gekauft und damit die Puzzle-Ära beendet, nach dem Waschen jeweils passende Sockenpaare zusammenzusuchen.

»Das ist ein gutes Beispiel«, erklärte er, »ich beginne von unten her, die Komplexität des Lebens zu reduzieren.«

»Was könnte mit der Frau passiert sein?«, fragte Sophia mehr zu sich selbst. »Ist sie umgebracht oder entführt worden?«

»Es hat sich noch kein Entführer gemeldet.«

»Dann ist sie umgebracht worden, und der Mörder ist in der eigenen Familie zu suchen, glaub mir.«

Peck sah Sophia überrascht an. »Wenn du möchtest, übergebe ich dir den Fall. Und ich nehme die Buchhandlung.«

»In neunzig Prozent aller Mordfälle sitzt der Mörder in der eigenen Verwandtschaft«, dozierte sie. »Ich weiß das, ich lese Krimis. Konzentrier dich auf die gesamte Sippe!«

Peck schüttelte den Kopf. »So einfach ist das hier nicht. Ihr Ehemann zum Beispiel hat ein Alibi. Er saß im Flugzeug nach Prag, als seine Frau noch ziemlich lebte und nachweislich in Leopoldskron Champagner trank.«

»Geburtstagsfeier in Leopoldskron? Warum machst du so was nie für mich?«

»Hier ging es um Kunden«, sagte er. »Big Business mit Musik und über zwanzig Leuten im Schloss Leopoldskron. Ich komme gerade von dort. Ich habe mir angesehen, wo ihr Auto stand und wo Evelyn zum letzten Mal lebend gesehen wurde.«

»Wer waren die zwanzig Leute?«

»Kunden und Geschäftspartner. Und einige Ehepaare.«

Sophia sah ihn lächelnd an. »Dann kannst du die Ehemänner als Verdächtige streichen. Männer machen nur Blödsinn, wenn ihre Frauen nicht dabei sind.«

Der Kellner brachte die Rechnung.

»Du bist dran«, sagte sie und hielt ihm die Rechnung vor die Nase. Peck verzog den Mund, sah sie unwirsch an und versuchte mühsam, an seine Geldbörse in der hinteren Hosentasche heranzukommen.

Peck ging vom Triangel vorbei am Festspielhaus und nach dem Neutor rechts, hart am Mönchsberg entlang bis Aiglhof, wo er links in die Innsbrucker Bundesstraße abbog. Vor dem Haus Nr. 31 fiel sein Blick nochmals auf das neue Messingschild an der Hausmauer: Berufsdetektiv Paul Peck, Seriosität & Durchblick. Das Schild war so blank geputzt, dass er darin sein Spiegelbild sehen konnte. Sah er nach Seriosität aus? Er beantwortete sich die Frage nicht und stieg schnaufend in den ersten Stock.

Peck hatte sich bei der Einrichtung seines Büros nur von seinem eigenen Geschmack leiten lassen. Das hatte er jetzt davon. Vor dem Fenster stand ein L-förmiger IKEA-Schreibtisch mit Pecks Laptop. Ansonsten war der Tisch leer und sehr übersichtlich. Das gegenüberliegende Haus bot ihm den ewig gleichen Blick durch zwei Fenster in einen bis in den hintersten Winkel hell erleuchteten Büroraum. Wie in einer kleinen Guckkastenbühne saßen zwei mittelalterliche, grau gekleidete Frauen vor ihrem Bildschirm, führten unendlich lange Telefongespräche und schlugen dabei von Zeit zu Zeit auf die Tastatur. Schreibbüro, Briefkastenfirma oder Call Center, dachte er.

Es war fünfzehn Uhr, als die Türglocke seinen Besucher ankündigte. Der Herr Prokurist ist pünktlich, dachte Peck und drückte auf den Knopf an der Gegensprechanlage.

»Ich weiß zwar nicht, was ich hier soll«, sagte Halm zur Begrüßung, »aber unser Senior hat mich herbefohlen.«

Peck tat, als höre er den Unterton nicht, und bat Halm, einzutreten und auf dem IKEA Kläppe vor seinem Schreibtisch Platz zu nehmen.

»Wo könnte Evelyn sein?«

»Ich habe nicht die leiseste Ahnung«, erwiderte Halm, »kann ich jetzt gehen? Ich habe noch eine wichtige Besprechung.« Das Hervorstechendste an Manfred Halm war seine Adlernase, lang und leicht gekrümmt. Ein Gesicht mit ausgeprägter Dynamik, dachte Peck, auch wenn um die Augen tiefe Schatten lagen. Halms Kopf war gänzlich kahl und seine Glatze glänzte in einem dünnen Sonnenstreifen, der gerade vom Fenster ins Zimmer fiel.

»Ich habe den Auftrag, Evelyn Colerus-Cantor zu finden«, sagte Peck, »und ich bitte Sie um Ihre Unterstützung.«

Halm sah ihm ins Gesicht, zog die Mundwinkel leicht nach unten und hob die Schultern. »Wenn Sie Evelyn finden sollen, warum sind Sie dann hier, statt nach ihr zu suchen.«

»Ich brauche einige Informationen von Ihnen.«

»Darum wird sich die Polizei kümmern.«

Peck spürte seinen Unmut wachsen. »Vor dem gemeinsamen Abend in Leopoldskron hat Evelyn eine bisher unbekannte Person getroffen«, sagte Peck, »wir wissen weder, ob Mann oder Frau. Wir wissen nur, dass es sehr dramatisch klang, als Frau Colerus-Cantor ihren Vater anrief und ihm von dem Gespräch berichtete.«

Halm saß konzentriert, aber unbeeindruckt vor Pecks Schreibtisch.

»Ich bin sicher«, sagte Peck und sah auf die leere Tischplatte wie auf ein imaginäres Redemanuskript, »Evelyn hat Ihnen von diesem Gespräch mit dem Unbekannten berichtet.«

»Das hat sie. Aber ich glaube nicht, dass es um wichtige Dinge ging.« Halm verschränkte die Arme vor seiner Brust.

»Evelyn hatte schon immer einen ausgeprägten Hang sowohl zur Dramatik als auch zu Männern. Weiß Gott, mit wem sie sich da getroffen hat.«

»Wissen Sie, wo das Treffen stattfand?«

»Im Café Fabiani, glaube ich. Das ist im Hotel Europa. Mehr weiß ich nicht.«

»Wo könnte sie sein?«, fragte Peck, »Freunde, Bekannte, ein Geliebter?«

»Also, Herr Detektiv«, sagte Halm, »Sie können gern diese Frage noch öfters wiederholen. Ich weiß nicht, wo sich Evelyn aufhält. Vielleicht ist sie tatsächlich mit einem Mann weggefahren.«

»Ist die Ehe mit Thomas Cantor glücklich?«

»Ich glaube, sie sind seit siebzehn Jahren verheiratet«, sagte Halm.

Auch eine Antwort, dachte Peck. »Wann sind Herr Cantor und Sie von Leopoldskron nach Hause gegangen?«

Peck hatte seinen roten Faden im Gespräch gefunden. Er würde sich von Halm nicht verunsichern lassen.

»Thomas ist nur kurz geblieben, obwohl er die verdammte Pflicht gehabt hätte, sich um seine Kunden zu kümmern. Nach einigen Aperitifs zu viel fuhr er mit dem Taxi zum Flughafen.«

»Nicht mit seinem Wagen?«

Halm machte eine ungeduldige Geste mit den Händen. »Keine Ahnung. Ich glaube, er hat sein Auto zum Service in die Werkstätte gebracht, als er dort vorbeifuhr.«

»Und Sie?«

»Was, ich?«

»Wie lange waren Sie am Abend bei Ihren Kunden?«

»Ich habe nicht auf die Uhr gesehen. Es war ungefähr zehn, als ich ging. Um diese Zeit waren auch einige unserer eigenen Mitarbeiter bereits aufgebrochen. Sie hatten alle eine lange Reise hinter sich, und wir mussten ja alle am nächsten Tag wieder arbeiten. Außerdem hatte meine Frau an diesem Tag Geburtstag. Sie wartete mit einer Flasche Champagner zu Hause auf mich.«

»Wo hatten Sie Ihr Auto geparkt?«

»Auf dem Parkplatz vor dem Nebengebäude in der Nähe des Tores.«

»Ist Ihnen irgendetwas aufgefallen, als Sie weggefahren sind? Waren Menschen unterwegs?«

Halm schüttelte den Kopf.

»War der Weg vom Parkplatz zum Ausgang beleuchtet?«

Er überlegte einige Sekunden, dann hob er langsam die Schultern. »Wahrscheinlich, ich kann es aber nicht mit Bestimmtheit sagen.«

»Herr Halm, haben Sie in Ihrem Leben schon mal eine Glaslaterne kaputt geschlagen?«

»Sie sind verrückt, nicht wahr?«

Peck wusste in diesem Moment auch nicht, warum er Halm dies gefragt hatte. »Vergessen Sie's. Verraten Sie mir bitte nur noch, wo Sie wohnen?«

Halm sah ihn ärgerlich an. »In Nonntal. Wir haben ein Haus im Erhardgässchen.« Peck schrieb die Adresse auf ein Blatt Papier.

»Und Evelyn? Wann ging sie?«

»Ich weiß es nicht genau. Sie blieb wahrscheinlich noch eine Stunde länger. Für spätestens halb zwölf war das Ende geplant, glaube ich jedenfalls.«

Halm sah zu Boden, als betrachte er mit Interesse das Rautenmuster des Linoleumbelages. Es war still im Raum, nur leiser Verkehrslärm war durch die Fenster zu hören. Warum sprach Halm nicht weiter? Und warum hatte Peck den Eindruck, dass sein Gegenüber nicht die Wahrheit sprach?

»Ihr Chef war beruflich in Prag?«

»Irgendeines seiner Projekte. Der Alte hat mich gebeten, ihn dort anzurufen, als bekannt wurde, dass Evelyn nicht zu Hause übernachtet hatte.«

»Und?«

»Und nichts. Thomas hat sofort die Rückreise angetreten. Heute früh sagte er, dass er natürlich keine Ahnung hat, wo seine Frau sein könnte.«

»Warum natürlich?«

Halm sah Peck gelangweilt an. »Ich bin nicht zu semantischem Kleinkram aufgelegt, Herr Detektiv.«

Halm macht einen erschöpften Eindruck, dachte Peck, wie wenn er zwei Tage nicht geschlafen hätte. »Der Senior war sehr stolz auf Sie und Ihre Neuentwicklungen.«

Halm nickte langsam mit dem Kopf. »Wir haben einige bestehende Produkte weiterentwickelt.«

»Röhren?«, fragte Peck.

Halm lächelte müde. »Im weitesten Sinne, ja. Rohre aus einem speziellen Verbundwerkstoff und extrem stabil.«

»Kann ich ein Glas Wasser haben«, fragte Halm, »ich fühle mich nicht gut.« Halm war plötzlich grau geworden im Gesicht.

Peck stellte das Wasser vor Halm auf den Tisch und setzte sich wieder.

»In unserer Firma läuft einiges in die falsche Richtung«, sagte Halm.

»Können Sie mir diese falsche Richtung beschreiben?«

»Eine gefährliche Kursabweichung«, sagte Halm, »die Evelyn sehr beunruhigt hat.«

»Seit wann?«

»Seit Kurzem. Eigentlich erst, seitdem wir mit China Geschäfte machen.«

»Herr Halm, ich bitte Sie um eine vollständige Liste aller Gäste Ihrer Abendveranstaltung in Leopoldskron sowie von Evelyns Freunden oder Bekannten.«

»Ich werde Frau Kämmerer, meine Sekretärin, bitten, diese Liste für Sie vorzubereiten.«

»Wie ist Ihr Verhältnis zu Frau Colerus-Cantor?«, fragte Peck.

»Verhältnismäßig gut.«

»Und wie nahe stehen Sie ihr?«

»Evelyn und ich kannten uns, seit ich in der Firma bin.«

»Das muss heißen: Kennen uns, statt kannten ...«

Halm lächelte. »Bin ich jetzt verdächtig, Herr Peck? Als ich vor über fünfundzwanzig Jahren in das Unternehmen eintrat, war Evelyn ein zwanzigjähriges Mädchen und hatte gerade ihre Matura gemacht.«

»Haben Sie mit ihr geschlafen?«

Halm verdrehte die Augen. »Evelyns Mann Thomas ist mein unmittelbarer Vorgesetzter, und Evelyn ist meine oberste Chefin. Näher steht sie mir nicht.« Halms Glatze bekam um eine Nuance mehr Farbe. Er sah Peck provozierend an.

Halm lügt. Davon war Peck überzeugt.

»Ich muss jetzt wirklich los!« Halm sprang auf, dass der Stuhl kippte. Er sah sich nochmals in Pecks Büro um, als ob er etwas suchte. »Ein sehr nettes Büro«, sagte er mit einem Lächeln um die Mundwinkel.

Peck öffnete seinem Gast die Türe und murmelte einen Dank für das Gespräch. Nettes Büro! Sollte er Halm die Stiege hinunterstoßen?

*

Peck setzte sich wieder an seinen Schreibtisch, legte ein weißes Blatt Papier vor sich und machte sich einige Notizen über das Gespräch mit Halm.

Weiß nichts.

Sagt nichts.

Wann war er zu Hause?

Was sagt seine Frau?

Wie sagte Halm? In unserer Firma läuft einiges in die falsche Richtung. Was ging in der Firma vor? Und hing das mit Evelyns Verschwinden zusammen? Peck suchte den Organisationsplan, den er von Colerus erhalten hatte, und legte das großformatige Blatt vor sich auf den Tisch. Wer weiß am besten Bescheid über die geheimen Vorgänge in einem Unternehmen? Nach seiner Erfahrung waren dies die Sekretärinnen. Sie waren die Hüterinnen aller Firmen-Mysterien. Rosi Kämmerer, las Peck auf dem Organigramm. Sie war Halms Sekretärin. Vielleicht war sie noch in der Firma? Peck griff zu seinem Mobiltelefon.

»Kämmerer, Sekretariat Halm.« Eine freundliche, wohlklingende Stimme, von der sich Peck sofort angesprochen fühlte.

Männer gehorchen ganz simplen Spielregeln, eine sogenannte Frauenweisheit, die er von Sophia immer wieder zu hören bekam.

Die wohlklingende Stimme wusste, wer er war, und, einer spontanen Eingebung folgend, lud Peck die freundliche Dame für den nächsten Tag zum Mittagessen ins Restaurant Gmachl nach Elixhausen ein.

Info geht durch den Magen, dachte er. Ob Rosi Kämmerer dunkelhaarig war?

Paul Peck schloss sein Büro und machte sich auf den Heimweg.

Zwei Dinge dominierten in seiner Wohnung: Alte, meist dunkelbraun glänzende Möbel und Unmengen von Büchern, gestapelt auf Sideboards und Tischen sowie in zahlreichen überfüllten Regalen. Die raumhohen Büchergestelle an beiden Wänden hatten das Vorhaus zu einem schmalen, dunklen Büchertunnel werden lassen, der von der Eingangstür bis zum Wohnzimmer reichte.

Neben weiteren Bücherregalen war das Wohnzimmer von einer dunklen Ledercouch und einem Lehnstuhl geprägt, nicht ganz so gemütlich wie der in Sophias Buchhandlung, trotzdem aber sein Lieblingsplatz mit Leselicht und Tisch für Buch und Rotwein.

Direkt neben seinem Leseplatz lagerten jene Bücher griffbereit im Regal sowie auf dem Fußboden, die er besonders mochte und immer wieder zur Hand nahm: Kafka, Joseph Roth, Thomas Mann, Wittgenstein und Carl Barks.

Peck verspürte Hunger und nahm aus einem der Regale ein portugiesisches Kochbuch, aus dem er sich für das Rezept Frango à Moda do Alentejana entschied. Peck und Sophia hatten die Jahre über von ihren Reisen jeweils ein Kochbuch des Urlaubslandes mitgenommen.

Peck mochte das Rezept aus der Algarve, das ebenso einfach wie kalorienreich war: Ein Viertel Zwiebeln (in Würfel geschnitten), ein Viertel Knoblauch (Zehen, ungeschält), ein Viertel rohe Kartoffeln (in großen Stücken) und ein Viertel Hühnerfleisch (in Würfeln). Das Ganze in einer Pfanne mischen und mit viel Olivenöl und Rosmarinzweigen eine dreiviertel Stunde bei zweihundert Grad ins Backrohr. Fertig.

Während er in seinem Sessel Glenn Gould mit Bachs Goldberg-Variationen hörte, kündigte bereits ein nachhaltiger Geruch die bevorstehende Knoblauch-Orgie an.

Als er nach dem Essen langsam zu seinem Sessel zurückkehrte, dachte er an Colerus. Finden Sie Evelyn! Die meisten Detektive, die er aus Büchern kannte, waren hartgesotten, mittleren Alters und erfolgreich. Peck war sensibel und älter, als er sich zumeist fühlte.

Langsam blätterte er seine Notizen durch und versuchte, sich für die Fakten und logischen Zusammenhänge zu begeistern, um herauszufinden, was mit Evelyn passiert war. Eine Stunde später rief Peck seinen Sohn in Stuttgart an, von dem er schon seit Wochen nichts mehr gehört hatte. Sie hatten sich nichts Wichtiges zu erzählen, und das Gespräch kam schon nach einer Minute ins Stocken.

»Wie geht es dir?«

»Monika hat viel zu tun.«

»Wie geht's in der Firma?«

»Beschissen! Nur Stress und einen blöden Chef.«

»Du hast dich lange nicht gemeldet.« Peck hörte, wie sein Sohn nach einer Antwort suchte.

»Ich habe dir einige Male gemailt.«

»Ja«, sagte Peck. Es entstand eine Unterbrechung in ihrem Gespräch. Peck hätte jetzt sagen sollen: Ich habe sie alle gelesen, deine Mails! Und ich hätte dir antworten müssen. Sorry! Aber gelesen habe ich alle ... Aber Peck sagte nichts. Sie tauschten noch einige unwichtige Informationen und einige oberflächliche Freundlichkeiten aus, bis sie schließlich das Telefonat beendeten, enttäuscht, dass sie sich nichts zu sagen hatten.

Diese Nacht blieb Peck lange wach. Er trank den Rest des Shiraz und legte Beethovens dreizehntes Streichquartett auf. Bei der Cavatina klappte er sein Buch zu. Er war müde und nahm sich vor, heute nicht mehr über Evelyns Verschwinden nachzudenken. Er schloss die Augen und saß für kurze Zeit wieder mit dem alten Colerus im Bazar. Plötzlich zog ihn wieder etwas an die Oberfläche. Da war etwas, was Colerus gesagt hatte. Nur ein Wort oder eine Information zu dem, was geschehen war und dem Peck keine Bedeutung geschenkt hatte. Was hatte Colerus ihm erzählt? Angestrengt dachte er so lange nach, bis ihn der Schlaf übermannte. Als er später aus irgendeinem blödsinnigen Traum hochschreckte, war sein Gaumen ausgetrocknet, und er hatte Kopfschmerzen. Er vermied es, auf die Uhr zu sehen, als er ins Schlafzimmer wankte.

Donnerstag, 20. Februar

Der Wecker läutete. Peck spähte auf die Uhr: halb acht. Der Regen trommelte auf das Fensterbrett. Wolkenbruch in Salzburg. Peck blieb liegen und hielt die Augen fest geschlossen. Er spürte die Kälte des Raumes, und er spürte leichtes Kopfweh. Vom gestrigen Rotwein?

Welcher Tag war heute? Donnerstag. Evelyn war den dritten Tag abgängig. Er erinnerte sich, dass er um zwölf mit Halms Sekretärin verabredet war. Rosi mit der samtenen Stimme. Vielleicht war nicht nur ihre Stimme attraktiv.

Er schloss wieder die Augen. Warum sollte er sich quälen? Schützend zog er die Decke bis zum Kinn hoch und stellte den Wecker auf neun.

Eine weitere Stunde später hatte Peck seinen Volkswagen in der Raika-Garage abgestellt und saß wenige Minuten später auf seinem Stammplatz im Café Bazar. Während des ersten Großen Braunen erwachte die geistige Bereitschaft für seine erste Zeitung.

Es war stockdunkel geworden, und im Bazar brannten die Lichter. Einige Gäste unterhielten sich leise miteinander, die allein Sitzenden blätterten lautlos in ihren Zeitungen. Er schlug die Salzburger Nachrichten auf und stieß auf einen Artikel über die chinesische Mafia:

> *Das unsichtbare Netz der Triaden. Die Mafia hat auch Österreich erfasst, mit steigender organisierter Kriminalität, illegalem Handel und gut getarnten Verbrechen. Die Triaden-Mitglieder erkennen einander anhand von Geheimsymbolen und verständigen sich mit einem Fingercode.*

Peck blickte auf seine linke Hand, spreizte die fünf Finger auseinander und stach dann mit dem Mittelfinger in die Luft.

»Noch einen Kaffee?« Der Kellner sah etwas irritiert auf seinen senkrechten Mittelfinger.

*

Das Licht, das durch die Vorhänge ins Wohnzimmer drang, war grau und kraftlos. Es hatte leicht genieselt, jetzt ging der Regen in Schnee über. Elsa Söder sah aus dem Fenster. Der Himmel versteckte sich hinter einer dicken Wolkenschicht, das Thermometer fiel. Vor ihrem Fenster ging ein Nachbar langsam, Schritt für Schritt die Füße nach vorne tastend, den eisigen Gehsteig entlang. Elsa fühlte sich schon den ganzen Tag nicht wohl. Sie hatte schlecht geschlafen, war nachts lange wach gelegen, und alle vermeintlichen und tatsächlichen Sorgen dieser Welt waren in der Dunkelheit immer größer geworden. Heute war der letzte Tag ihrer Semesterferien, morgen stand sie wieder in der Klasse.

In der Fensterscheibe sah sie schemenhaft ihr Gesicht. Mager und farblos, mit blasser, faltiger Haut und kurzen blonden, fast weißen Haaren.

Elsa Söder wohnte außerhalb des Ortes in einer der schmalen Nebenstraßen, die direkt aus dem Zentrum hinausführten und nach wenigen hundert Metern im Wald verschwanden. Plötzlich sah sie einen Wagen, der mit abgeblendeten Scheinwerfern die schmale Straße entlangfuhr und dann rechts zum Wald abbog. Viel zu hohe Geschwindigkeit ... bei dem Glatteis. Sie beugte sich nach rechts und sah das Auto hinter den schwarzen Fichten verschwinden. Ein paar Minuten später saß Elsa auf der Couch, als sie noch einen Wagen hörte, der lautstark an ihrem Haus vorbeibrummte, dass die Fensterscheibe vibrierte. Sie legte die Fernbedienung für ihren Fernseher auf das Fensterbrett, schob den Vorhang zur Seite und sah, wie sich die roten Rücklichter in Richtung Wald bewegten. Zuerst schnell, dann langsamer, und dann sah sie im Wald die Lichter durch die Bäume blinken, so als ob das Auto stehen geblieben war. Die Straße führte in einer leichten Rechtskurve zu einer kleinen Lichtung nahe dem Waldrand und zu einem alten, halb verfallenen Holzschuppen. Der Weg geht aber nach der Lichtung nicht weiter, dachte sie. Was hatten die beiden Autos dort zu suchen? Spaziergänger? Bei diesem Wetter? Neugierig ging sie vor das Haus und sah auf die Lichter, die hinter den dicken, schneebedeckten Ästen der Bäume aufblitzten. Plötzlich hörte sie einen Schuss und nach einigen Augenblicken einen zweiten. Elsa spürte, wie sie am ganzen Körper zu zittern begann. War es Angst oder die Kälte, die an ihrem Körper hochkroch? Dann sah sie eines der Autos aus dem Wald kommen. Es war der Wagen, der als Zweiter gekommen war und jetzt mit hoher Geschwindigkeit und laut aufheulendem Motor auf ihr Haus zukam. Elsa drückte sich in den Schatten des Hauseinganges und sah dem Auto nach, bis es in Richtung Moosdorf hinter den ersten Häusern verschwunden war.

Dann stand sie noch einige Minuten vor dem Fenster und starrte zu den Nadelbäumen, die sich hinter der schneebedeckten Wiese wie bedrohliche schwarze Gestalten abzeichneten. Jetzt war im Wald kein Licht mehr zu sehen. Alles still. Was war das gewesen? Irgendjemand hat geschossen. Im bläulichen Licht der Straßenlampen sah sie große Schneeflocken, die der Wind vor sich her wirbelte. Sollte sie nachsehen, was passiert war? Die Neugierde besiegte ihre Angst.

Wenige Minuten später quälte sie sich durch den Schnee und folgte den Reifenspuren auf dem schmalen Weg zum Waldrand. Der eiskalte Wind tobte um sie herum, als sie keuchend das dichte Gebüsch am Waldrand erreichte. Nach wenigen Schritten im Wald war es still geworden. Sie blieb stehen. Unter dem verfallenen Dach des Schuppens und halb im Schatten der ausladenden Fichten sah sie den Wagen ungefähr dreißig Meter vor sich auf der kleinen Lichtung stehen. Die Scheinwerfer des Wagens leuchteten noch schwach, die Fahrertüre war weit geöffnet. Neben dem Auto lag etwas, auf den Boden geworfen. Etwas wie ein grauer Sack. Sie konnte nicht erkennen, was es war. Dann presste sie ihre Hand vor den Mund, wie um einen Schreckensschrei zu vermeiden. Panik erfasste sie. Sie wirbelte herum, taumelte zum Waldrand zurück und eilte mit hastigen Schritten zum Weg, der zu ihrem Haus führte.

Tief schnaufend und vor Kälte zitternd saß sie auf ihrer Couch im Wohnzimmer. Sollte sie die Polizei anrufen? Nein. Sie kannte die beiden jungen Polizisten im Ort. Alle zwei waren bei ihr in die Schule gegangen. Wenn es etwas ganz Harmloses war, dann würden sie sie nur auslachen. Sie wollte nicht zum Gespött des ganzen Ortes werden.

Und dann erinnerte sich Elsa an die Zeitungsanzeige, die sie vor einigen Tagen gesehen hatte: *Privatdetektiv Paul Peck.* Paul, dachte sie und musste lächeln. Das muss fünfunddreißig Jahre her sein. Sie war verliebt in ihn gewesen. Doch dann war er aus ihrem Leben verschwunden. Irgendwohin nach Deutschland. Aber er könnte ihr sagen, was sie jetzt tun sollte. Lange suchte sie in ihrem Altpapier die Zeitung und fand die Anzeige. Dann griff sie zum Telefon.

*

Pünktlich um zwölf war Peck in Elixhausen. Als sich Rosi Kämmerer im Restaurant aus dem Mantel schälte, konnte Peck sie kurz von allen Seiten begutachten. Sie trug ein eng sitzendes schwarzes Kostüm, und ihr Rock war um einige Zentimeter kürzer, als es ihr Alter erlaubte. Peck stellte fest, dass sie eine Figur nach seinem Geschmack hatte: etwa einen Kopf kleiner als er, angemessen mollig und erfreulich kurvig. Sie stand vor ihm und lächelte ihn an.

Als sie Platz genommen hatten, zog Rosi Kämmerer ein zusammengefaltetes Blatt Papier aus ihrer Handtasche. »Mit Grüßen von meinem Chef. Das ist die Liste der Leute, die wir am Montag nach Leopoldskron eingeladen hatten.«

Peck sah auf die Liste. »1. Sergiu und Daria Popescu, Sales Manager, 2. Yang Zunghua, Exportmanager«, las er. Akribisch waren alle Teilnehmer aufgelistet.

»Auch einige Ehepaare?«, fragte Peck und erinnerte sich an Sophias Aussage, dass die ehemännliche Klugheit ausschließlich auf die Anwesenheit der Gattinnen zurückzuführen ist.

Rosi nickte. »Unsere eigenen Leute aus Bukarest hatten ihre Ehefrauen dabei. Oder welche Frauen das auch immer waren. Aus China kamen nur Männer.«

Sie bestellten je ein Glas Grünen Veltliner als Aperitif. Peck sah ihr ins Gesicht, als sie den ersten Schluck tranken und fast unhörbar die Gläser aneinanderstießen. Er war abgelenkt, hatte Mühe, sich auf seine erste Frage zu konzentrieren, und glaubte, verloren zu gehen, als er in ihre dunkelbraunen Augen blickte. Sie lächelte immer noch, und auf ihren Wangen zeigten sich Grübchen. Ihre Haare waren dunkel und kurz geschnitten. Das Frisieren in der Früh dauert bei ihr nicht lange, dachte Peck.

»Erzählen Sie mir etwas über die Geschäfte mit Rumänien und China«, sagte er, mehr, um sich auf die Fakten zu konzentrieren.

»In unserer Firma läuft einiges in die falsche Richtung«, sagte Rosi Kämmerer etwas gedankenverloren.

Die gleiche Bemerkung, wie er sie schon von Halm gehört hatte. Was war los in diesem Unternehmen? »An wen genau liefert Ihre Firma?«

»Ich weiß darüber nicht viel«, sagte Rosi. »Ich habe einige Male gemeinsam mit unserem Export die Lieferpapiere erstellt. Deshalb kenne ich den Namen unseres größten Kunden: Chang Limited in Qingdao, irgendwo südlich von Peking.«

»Gab es in letzter Zeit Probleme mit den Lieferungen?«

»Ich weiß nur, dass es vor einigen Wochen Aufregungen in der Firma gab, weil bei irgendeiner Behörde der Verdacht aufkam, dass China nicht die Endstation in der Lieferkette sein könnte.«

»Wie kommen die Produkte nach China?«

»Die Lieferungen gehen von Neumarkt auf LKWs zum Hafen Constanta am Schwarzen Meer und von dort mit dem Schiff nach China. Das Ministerium hat sich bei Evelyn gemeldet. Die haben tatsächlich den Weg der Container verfolgt und angeblich festgestellt, dass unsere Rohre von China aus nochmals weiterverschifft wurden.«

Peck hatte konzentriert zugehört. »Und wohin?«

Sie hob die Schultern. »Die Welt ist groß. Ich weiß es nicht.«

»Wusste Evelyn mehr darüber?«

»Vielleicht. Auf jeden Fall war sie wie von Sinnen, als sie von den Weiterverkäufen erfuhr. Schließlich ist sie die Verantwortliche. In jedem Fall beschloss sie, mit den Behörden zusammenzuarbeiten. Und sie hatte vor, diese Exporte zu unterbinden.«

»Zur Freude der Kunden?«, fragte Peck.

»Ich habe gehört, dass unsere Niederlassung in Bukarest unter massiven Druck aus China geraten ist.«

»Also war der Abend in Leopoldskron kein reiner Freundschaftsbesuch aus China?«

»Halm sagte mir, dass Chinesen äußerlich zwar einen zurückhaltenden Eindruck machen, aber sehr emotional und brutal agieren können.«

»Was erzählt man in der Firma über das Verschwinden der Chefin?«, fragte er.

»Eigentümliche Gerüchte und Halbwahrheiten. Wir haben schon seit vielen Wochen sehr schleppende Auftragseingänge«, sagte Rosi Kämmerer. Ihr Lächeln hatte sich verloren. »Und das Klima in den Abteilungen ist erbärmlich. Cantor schreit nur rum. Er scheint die Nerven verloren zu haben, seit Evelyn weg ist. Gestern hat er übrigens die Polizei eingeschaltet.«

»Wie ist die Ehe von Evelyn und Cantor?«

»Evelyn und Thomas haben sehr unterschiedliche Interessen. Sie interessiert sich für Männer und er sich für Frauen. Bei uns in der Firma ist übrigens keine Ehe gut.« Rosi Kämmerer zeigte wieder ihre Grübchen. »Thomas und Evelyns Beziehung ist wie in einem Theaterstück von Schnitzler. Sie macht, was sie will, und er hat eine Geliebte.«

»Woher wissen Sie das?«

»Evelyn hat es mir mal erzählt. Und bei dem Herrn Gatten ist es ein offenes Geheimnis, dass er in Salzburg eine kleine Wohnung unterhält samt zugehöriger kleiner Gespielin. Jeder weiß das.«

Sie lächelt nur mit ihren Augen, dachte Peck und trank einen

Schluck Wein.

»Ich habe ihn übrigens mit seiner Geliebten beobachtet, ohne es zu wollen«, sagte Rosi, »es war vor einigen Wochen in einer Bar im Stadtzentrum, sehr spät schon, als Thomas mit seinem aufgetakelten blonden Flittchen das Lokal betrat. Wie Gnomia und Julia.« Rosi grinste.

Mit wem Rosi wohl in der Bar saß? Und warum spielte das für ihn eine Rolle?

»Thomas hat mich in der Dunkelheit nicht entdeckt. Einer der Leute, mit denen ich in dem Lokal war, hörte beim Vorbeigehen, wie Thomas sie Christine nannte.«

Rosi Kämmerer sah zufrieden aus.

»Ich wusste von seiner Sekretärin, dass er an diesem Abend eigentlich auf Dienstreise in Bukarest sein sollte. War er aber nicht! In der Firma erzählt man, dass er dieses Weib auch schon auf Dienstreisen mit dabei hatte.«

»Wissen Sie, wo diese Christine ihre Wohnung hat?«

»Wahrscheinlich in teuerster Zentrumslage irgendwo in der Altstadt«, antwortete Rosi.

»Wann haben Sie Evelyn zuletzt gesehen?«

Rosi zog für einen Moment die Stirn in Falten. »Sie war am Montag früh im Büro«, sagte sie dann, »ich habe sie kurz gesehen, als sie hektisch von einer Besprechung zur anderen lief und uns dann noch einige Anweisungen für den Abend in Leopoldskron gab. Dann ist sie weggefahren.«

»Und Sie haben sie nicht mehr wieder gesehen?«

Rosi blickte wie gedankenverloren an ihm vorbei zu irgendeinem Punkt an der Wand. »Nein«, sagte sie, »da war noch etwas. Ich musste gegen Mittag zwei wichtige Schriftstücke bei einem Kunden abliefern, und als ich über den Hanuschplatz fuhr, sah ich aus dem Auto Evelyn, wie sie mit zwei Männern über die Straße ging. Aber ich bin mir nicht hundertprozentig sicher, dass sie es war. Vielleicht auch nur eine Ähnlichkeit.«

»Und die beiden Männer?«

»Da bin ich mir sicher. Die beiden waren Asiaten.«

Peck lehnte sich zurück und wartete einige Sekunden. In unserer Firma läuft einiges in die falsche Richtung. Plötzlich klingelte sein Mobiltelefon. In wilder Eile durchsuchte er seine Taschen, bis er das Handy endlich hinter dem Taschentuch fand. Hektisch drückte er auf das Gerät ein, ohne dass es ihm gelang, das zwischenzeitlich durchdringend laut gewordene Klingeln abzustellen. Das gesamte Restaurant bestand nur noch aus bösen Blicken, die ihn verfolgten, als er mit einem lauten »Hallo!« und, immer noch auf das Handy drückend, aus dem Raum flüchtete.

Eine Frauenstimme. »Hallo, hier ist Elsa.«

»Elsa?« Wer ist Elsa? Egal, wer sie war, Peck sprach sie schuldig, dass er soeben im Restaurant unangenehm aufgefallen war.

»Du hast mich früher Elsilein genannt.«

Elsilein? Peck stand im kalten Vorhaus und überlegte. Eine gut gebaute Kellnerin balancierte auf beiden Händen einen riesengroßen Schnitzelteller, blieb vor ihm stehen und lächelte ihn so lange an, bis er kapierte, dass er ihr im Weg stand. Er schnaufte tief durch, dann kamen erste Bilder tief aus der Vergangenheit, und neblig verschwommen tauchte das Bild eines blonden Mädchens vor ihm auf, hübsch und lieb. Eine junge Lehrerin aus dem Flachgau. Peck wusste nicht, was er sagen sollte.

»Ich brauche deine Hilfe«, hörte er leise ihre Stimme. Sie klang weinerlich.

»Mein Gott, Elsa, wie kommst du zu mir an mein Telefon?«

»Ich brauche deine Hilfe«, wiederholte sie, »ich habe in der Zeitung gelesen, dass du jetzt ein Detektiv geworden bist. Du musst zu mir kommen. Nach Moosdorf. Jetzt sofort.«

»Ich bin mitten in einem Geschäftsessen.« Diese Ausrede zog immer. Außerdem stimmte es auch.

»Aber danach! Komm bitte. Ich habe Angst.«

»Angst? Mir gegenüber warst du immer sehr mutig.« Er musste lächeln. Eine nicht sehr geistreiche Feststellung. Er würde auf eine solche Bemerkung nicht reagieren, dachte er.

»Ich reagiere auf eine solche Bemerkung nicht«, sagte sie. »Komm bitte! Hier im Wald ist was passiert. Es wurde geschossen. Ganz sicher. Ich habe Angst.«

»Okay, ich komme nach dem Essen kurz bei dir vorbei. Wo in Moosdorf?«

Als Peck ins Restaurant zurückging, sah Rosi Kämmerer ihn lächelnd an.

»Sorry«, sagte er, »das war eine meiner Jugendlieben.«

»Wie viele Jugendlieben hatten Sie?«

Peck lächelte zurück und begann, an den Fingern abzuzählen.

»Drei oder vier.«

»Es ist immer wieder erbaulich, Männer zu treffen, die in der Lage sind, bis drei zu zählen.«

Frech wie Sophia, dachte er und versuchte, sich daran zu erinnern, an welcher Stelle des Gesprächs er durch Elsas Anruf unterbrochen wurde.

»Erzählen Sie mir von Thomas Cantor. Was treibt ihn an?«

»Thomas hat ein zutiefst leistungsorientiertes Weltbild. Wenn Sie in seine Augen sehen, können Sie darin Dollarzeichen erkennen. Und er entwickelt unerschöpfliche Energien, um seine Projekte voranzutreiben.« Sie nahm einen kleinen Schluck aus dem Weinglas. »Es kommt mir manchmal vor, als ob er jeden Tag aufs Neue einen anstrengenden und rastlosen Wettlauf mit der Zeit starten würde. Der Cantorsche Tacho ist schon in der Früh am Anschlag. Und er hält sein rasendes Tempo bis in die Nacht durch. Permanent konzentriert, permanent zynisch und aggressiv. Thomas zittert jedes Mal vor Wut, wenn jemand nicht sofort kapiert, was er will. Und ich frage mich, woher er die Energie für diese hektische Betriebsamkeit nimmt.« Sie lehnte sich zurück. »Manchmal habe ich den Verdacht, dass er irgendwelche Drogen nimmt.«

Peck trank seinen Grünen Veltliner aus.

Der Kellner hatte sich leise und diskret genähert, um die Bestellung entgegenzunehmen. Sie unterbrachen ihr Gespräch und studierten konzentriert die Speisekarte. Rosi Kämmerer bestellte gebeizten Lachs als Vorspeise und danach ein Rehragout mit Pilzen.

»Das nehme ich auch«, sagte Peck und verlangte die Weinkarte.

Seitdem sie nicht mehr über die Firma und Thomas Cantor sprachen, beschlich Peck wieder das Gefühl, aus ganz persönlichen Gründen hier mit der attraktiven Dunkelhaarigen zu sitzen. Und er fühlte sich sehr wohl bei diesem Gedanken.

Peck lehnte sich zurück und schlug die Weinkarte auf. »Château Ramage la Batisse, Cru Bourgeois AOC, Haut Médoc, Bordeaux, Jahrgang 2001«, las er vor. »Einverstanden?«

Er wusste, dass dieser Jahrgang im Gault Millau sechs von sieben Punkten hatte.

»Wer hat für Cantor das Flugticket nach Prag bestellt?«, fragte er.

»Ich. Ingrid, seine Sekretärin, hatte damals einen Tag Urlaub, und deshalb machte ich die Reservierung bei der Lufthansa. Sein Rückflug war ursprünglich für heute geplant. Er hat aber umgebucht, als das mit Evelyn passiert war, und flog schon gestern.«

»Wann war Cantor wieder im Büro?«

»Gestern früh.«

»Und wo ist er heute?«

»Keine Ahnung. Ich habe ihn den ganzen Vormittag noch nicht gesehen.«

Peck sah sie an. »Wo kann Evelyn Cantor sein?«

»Ich weiß es nicht. Wir haben gestern gemeinsam mit Cantors Sekretärin Ingrid eine ganze Liste von Leuten aus der Verwandtschaft durchtelefoniert. Thomas hatte uns darum gebeten.«

»Wer hat Cantor in Prag angerufen?«

»Sowohl Manfred Halm als auch unser Senior. Später habe ich dann noch mit Evelyns Bruder Georg telefoniert. Zusammengefasst: Keiner weiß was! Sie ist verschollen.«

Peck sah sie überrascht an. Warum hatte ihm der Senior verheimlicht, dass er seinen Sohn hat? Oder hatte er nur vergessen, es ihm mitzuteilen? Er machte sich eine Notiz auf einem kleinen Zettel, der neben seinem Weinglas lag. Einige schriftliche Aufzeichnungen von Zeit zu Zeit machen immer Eindruck, dachte er. Das sollte demonstrieren, wie systematisch und strukturiert er vorging. Als Peck seinen Kugelschreiber weglegte, bemerkte er, dass sie ihm lächelnd zugesehen hatte. Lächelte sie ihn an, oder lächelte sie über ihn?

Kaum dass sie mit dem Hauptgericht begonnen hatten, fand sich auf Pecks Hemd ein im Durchmesser schnell größer werdender Soßenfleck. Rosi lächelte. Diesmal lächelt sie über mich, dachte er.

Während sie aßen, erzählte sie über sich, und nach dem Hauptgang hatte er das Gefühl, alles über Rosis Leben zu wissen. Sie war offen und charmant, und Peck genoss ihre Anwesenheit. Als er verstohlen auf die Uhr sah, waren beim Gmachl schon fast zweieinhalb Stunden vergangen.

»Kennen Sie Frau Halm?«, fragte Peck.

»Wenn sie nicht beim Shopping ist, sitzt sie bei der Kosmetikerin«, sagte Rosi. »Sie ist in der Firma weder präsent noch beliebt. Und ich glaube, sie hasst Evelyn.«

Peck sah sie nachdenklich an und nahm einen Schluck von dem Bordeaux.

»Wie gut kennen sich Evelyn und Halm?«

Plötzlich legte Rosi Kämmerer ihre Hand auf seine. Er war wie elektrisiert. Was sollte er tun? Seine Hand vom Tisch wegziehen? Er war froh, als sie weitersprach.

»Sehen Sie, Herr Peck, Evelyn hatte vor einigen Jahren eine schwere Zeit durchzumachen, verbunden mit einer persönlichen seelischen Krise. Mein Chef hat sich damals sehr intensiv um Evelyn gekümmert, was natürlich seiner Gaby nicht sehr gefallen hat.«

Hat sich damals …, dachte er. »Ist das Vergangenheit, oder ist Halm bei Evelyn bis heute ein großer Kümmerer geblieben?«

»Alles im Leben endet einmal.«

»Also keine sexuelle Beziehung mehr?«

Rosi lächelte. »Manfred hatte vor vier Jahren einen schweren Autounfall, übrigens gemeinsam mit Thomas, der mit im Wagen saß.«

Peck legte die Weinkarte, mit der er gespielt hatte, auf den Tisch.

»Ich habe den Eindruck, dass Manfred seit diesem Unfall ein anderer Mensch geworden ist. Er ist oft wie willenlos, arbeitet phasenweise bis zur Erschöpfung und tut alles, was Thomas von ihm verlangt. Damals begannen er und seine Ingenieure auch, die zweite Produktlinie zu entwickeln.«

»Die Spezialrohre für China?«

Rosi nickte. »Zuerst hat sich Manfred dagegen gesträubt. Er meinte, dass diese Röhren nicht zu unserer Fertigungstechnologie passen.«

»Und Cantor?«

»Er hat Halms Widerstand gebrochen. Brutal und schnell.«

»Und Halm hat klein beigegeben?«

Rosi hob kurz die Achseln. »Halm ist krank«, sagte sie, »manchmal ist er vor überschäumenden Aktivitäten nicht zu bremsen, eine Woche später wirkt er deprimiert und kommt erst um zehn Uhr zur Arbeit. Und dann trinkt er, ist gereizt und zerstreut.«

»Ich muss Cantor sprechen.«

»Rufen Sie Ingrid an. Sie ist sein Zerberus.«

Peck trank einen großen Schluck Rotwein.

Jetzt lächelte Rosi stärker. Was hatte sie vor?

»Was sind Sie für ein Sternbild?«

»Wassermann.«

»Und der Aszendent?« Peck schüttelte den Kopf. Er wusste nicht einmal genau, was das war. Warum fragen Frauen so oft nach dem Sternbild? Peck verstand wenig davon. Und er hielt nichts von Astrologie.

*

Als Peck sich von Rosi Kämmerer verabschiedete, war es drei Uhr vorbei, und es hatte wieder leicht zu schneien begonnen.

Gut, dass sich niemand um meine Promille im Blut kümmert, dachte er, als er sich in sein Auto quälte.

Von Mattsee fuhr er über Berndorf und Dorfbeuern nach Moosdorf. Graue Nebel hingen über der Landschaft, und langsam legte sich die Dunkelheit wie schwarze Farbe über die hügelige Landschaft.

Elsilein, dachte Peck. Mein Gott! Das war weit über dreißig Jahre her. Er versuchte, sich daran zu erinnern, wie sie aussah. Blond, schmal, sehr schlank. Sie waren sehr verliebt gewesen. Elsa hatte kurz vorher die Lehrerausbildung abgeschlossen und an der Volksschule in Moosdorf eine Anstellung gefunden. Fast fünfunddreißig Jahre ohne Unterbrechung Lehrerin in einem kleinen Ort! Jeder kennt jeden. Dieser Gedanke verursachte einen leichten Schüttelfrost bei ihm.

Zehn Minuten später saß Peck in der überhitzten Küche, eine Tasse Tee vor sich. Ein schwarzes, antik wirkendes Telefon stand auf der Kredenz neben dem Esstisch. Alles war penibel sauber. Kein Staub, kein herumstehendes Geschirr, nur ein leichter Geruch nach Putzmitteln lag im Raum. Neben dem Telefon standen einige gerahmte Fotografien. Hatte Peck ihr damals ein Foto geschenkt? Er sah auf Elsa Söder, die ihm gegenüber am Küchentisch Platz genommen hatte. Er war in sie verliebt gewesen. Aber Peck hätte sie nicht wiedererkannt, wenn er ihr auf der Straße begegnet wäre. Ein rosarotes Jäckchen hing über ihren schmalen Schultern. Irgendwo tickte langsam eine Uhr.

»Lebt deine Mutter noch?«, fragte Peck, um irgendetwas zu sagen.

Sie nickte mehrmals. »Sie ist alt geworden. Und sie weiß nicht mehr, wer ich bin.«

An Elsas Haar konnte Peck erkennen, dass es früher einmal blond gewesen war. Kurz und struppig wie ein abgeerntetes Kornfeld im Herbst. Am Hinterkopf stand ein Haarbüschel senkrecht nach oben. Wie eine Indianersquaw, dachte er, mit einer Feder am Hinterkopf. Fast erwartungsvoll sah sie ihn an, die Augen zu kurzsichtigen Schlitzen verengt. Eine tiefe waagerechte Falte lief über die Stirn, so als hätte sie in ihrem Leben zu oft die Stirn gerunzelt und die Augenbrauen hochgezogen.

»Danke, dass du so schnell gekommen bist.« Sie flüsterte, als ob ihr Gespräch niemand hören dürfte.

»Erzähle mir, was dich so verunsichert hat.« Peck lehnte sich in seinem Sessel zurück und nahm einen Schluck aus seiner Teetasse. Der Tee war kalt. Dann stand er auf und zog sein Sakko aus und legte es auf den Sessel neben ihm. Elsa drehte sich im Sitzen um und zeigte mit der Hand zum Fenster.

»Da ist ein Auto gekommen, auf dem Weg zum Wald. Und wenige Minuten danach ein zweites.«

»Was für ein Auto?«

»Ein schwarzes.«

»Welche Marke?«

»Vielleicht auch dunkelblau.«

»Elsi, du hattest noch nie eine Ahnung von Autos.«

Sie steht vor mir wie vor ihrer Schulklasse, dachte Peck.

Jetzt würde sie gerne die Hände in die Hüften stemmen. Wenn sie Hüften hätte. Hatte sie auch früher schon so schmale Lippen? Er sah sie an. Lippen wie ein dünner Strich, wie mit einem Schullineal gezogen. Werden Lippen mit den Jahren dünner?

»Gehen wir«, sagte er. »Hast du eine Taschenlampe?«

Sie nickte.

»Mit Batterie?«

»Natürlich mit Batterie.«

Sie standen einige Sekunden lang auf dem Gehsteig vor dem Haus. Elsa Söder deutete mit dem Kinn nach rechts. Der Weg verschwand im Nebel. Irgendwo im Hintergrund konnte man den Wald erahnen wie eine bedrohliche schwarze Mauer.

»Ein Auto steht noch dort«, sagte Elsa, »nicht weit vom Waldrand entfernt. Auf der kleinen Lichtung.« Sie folgte Peck zögerlich, der auf dem Weg in Richtung Wald stapfte. Der Neuschnee und der schneidende Wind hatten dafür gesorgt, dass die Reifenspuren auf dem Weg kaum noch zu erkennen waren.

»Bleib hier, wenn du Angst hast«, sagte Peck, »ich bin gleich zurück.« Und wie um seinen Mut zu beweisen, stapfte er mit großen Schritten davon. Bis er mit seinen Schuhen zwischen zwei Steinen feststeckte, die er unter dem Schnee nicht bemerkt hatte, und er direkt vor Elsa der Länge nach hinfiel. So schnell, dass er keine Chance mehr hatte, den Sturz mit seinen Händen abzufangen. Er hörte sie hinter ihm kichern. Elsilein, dachte er, so groß kann deine Angst nicht sein, wenn du über jede Kleinigkeit lachst. Nachdem er seine Brille gefunden und sich mühsam hochgestützt hatte, drehte er sich nicht zu ihr um, suchte im Schnee nach der Taschenlampe und ging dann alleine vorsichtig weiter, während Elsa zurückblieb.

Peck war erst ein paar Meter im Wald, als sich eine intensive Stille um ihn legte. Er leuchtete mit der Taschenlampe auf den Weg, der hier nur wenig mit Schnee bedeckt war und der sich irgendwo im Dickicht verlor. Vom Waldrand, der jetzt rechts von ihm verlief, warf das spärliche Dämmerlicht verwischte Schatten vor ihn auf den Boden. Ganz in der Nähe schrie irgendein Tier. Elsa würde den Schrei erkennen. Eine Lehrerin kennt alle Tiere. Im gleichen Moment überkam ihn das Gefühl, beobachtet zu werden. Er schaltete die Taschenlampe aus, und das Dunkel des Waldes fiel schlagartig wie eine Decke über ihn. In der Dämmerung erkannte er einen verfallenen Holzschuppen, unter dessen schief hängendem Dach ein Anhänger und einige landwirtschaftliche Fahrzeuge mit großen, verrosteten Eisenrädern standen.

Nein, dachte er. Elsa hat Angst, du nicht. Aber ein beunruhigendes Gefühl blieb. Irgendjemand starrte ihn an. Er schaltete die Taschenlampe wieder an und sah auf den Holzschuppen. Davor stand das Auto. Ein alter Golf mit den immer noch eingeschalteten Lichtern, die jetzt nur noch matt glimmten. Batterie am Ende. Peck richtete die Taschenlampe auf den Wagen. An der linken Seite des Autos lehnte etwas Dunkles wie ein großer Kohlensack, den jemand gegen den Wagen gelehnt hatte. Als Peck vor dem Auto stand, stockte sein Atem. Die Wagentüre stand offen, und ein menschlicher Körper hing, noch halb im Auto sitzend, seitlich heraus, sodass der Kopf und die nach vorne gestreckten Arme fast den Boden berührten. Wie eine ungelenke Gymnastikübung, dachte er.

*

Peck ging langsam näher. In diesem Moment löste sich etwas Schnee von einem der Bäume und rieselte lautlos auf die hängenden Schultern der leblosen Person. Peck bückte sich. Es war ein Mann. Er trug einen blauen Anzug mit zahlreichen Flecken auf der Hose und den Armen und braune Schuhe, die nicht zum Anzug passten. Das karierte Hemd war aus der Hose gerutscht und bis auf die Brust aufgeknöpft. Vorsichtig berührte er die Schulter des Mannes. Keine Reaktion. Er kniete sich vor den aus dem Wagen hängenden Körper und leuchtete dem Mann ins Gesicht. Kein junger Bursche mehr, dachte er, vierzig, vielleicht auch etwas jünger. Und eindeutig tot. Peck sah zwei Einschüsse am Kopf, einen seitlich über dem Ohr und ein kleines rundes Loch genau zwischen den Augenbrauen. Wie ein drittes Auge. Schüsse aus geringer Entfernung. Mein Gott, dachte er, eine regelrechte Hinrichtung. Auf den dunklen Haaren und den Augenbrauen lag Reif oder Schnee.

Peck erhob sich und sah sich um. Alles still. Nur die Bäume rauschten gleichmäßig. Der Boden war zwar gefroren, aber Peck tat trotzdem alles, um auffällige Fußspuren zu vermeiden. Er bückte sich, wickelte sich sein Taschentuch um die Finger und griff in die schief um den starren Körper hängende Jacke. Er fand eine Geldtasche. Achtzig Euro und in einer der Seitentaschen einen Führerschein: *Armin Kuttner* aus Salzburg. Peck notierte sich den Namen und als er den Führerschein wieder in die Geldtasche zwängte, fiel ein Stück Papier auf den Waldboden. Darauf standen einige Zahlen. Sieht nach einer Telefonnummer aus, dachte Peck und steckte den Zettel in seine Hosentasche. Dann ging er zum Auto, öffnete das Handschuhfach und war überrascht, als sich darin tatsächlich Handschuhe befanden, die aber eindeutig nicht Armin Kuttner gehörten. Kleine beige Lederhandschuhe. Frauenhandschuhe. Vorsichtig ging Peck auf einem kleinen Bogen zum Heck des Golfs und öffnete den Kofferraum, in dem sich ein nach vorne gerutschter Kasten mit leeren Bierflaschen befand. Peck näherte seinen Kopf dem Kofferraum und pfiff durch die Zähne. Quer hinter dem Bierkasten lag ein eisernes Schwert, glänzend und leicht gekrümmt. Wie für einen Samurai oder einen fahrenden Ritter. Armin, der ritterliche Held, dachte er. Aber tot.

Peck leuchtete von allen Seiten in das Auto, fand aber nichts Besonderes. Dann griff er sich den herumliegenden Ast einer Fichte und versuchte, im Schein der Taschenlampe seine Fußspuren so weit wie möglich zu verwischen. Anschließend bewegte er sich rückwärtsgehend auf dem Weg zurück zum Waldrand. Außerhalb des Waldes hatte der Wind die Fußspuren in der Zwischenzeit völlig weggeblasen. Wo war Elsa? Er traf sie vor ihrem Haus, zitternd vor Kälte. Oder vor Angst.

»Wo warst du so lange? Was ist da im Wald passiert?«

»Gehen wir ins Haus«, sagte Peck und trampelte einige Male auf die Fußmatte.

Einige Minuten später saßen sie sich wieder am Küchentisch gegenüber, über dem eine viel zu helle Lampe hing, die Peck in den Augen wehtat.

»Nun?« Sie sah ihn erwartungsvoll an.

»Eine Leiche«, sagte er. »Ein Mann.« Er holte sein Notizbuch aus der Tasche. »Armin Kuttner. Kennst du ihn?« Sie schüttelte den Kopf.

»Soweit ich sehen konnte, wurde der Mann mit zwei Schüssen in den Kopf getötet. Er muss sofort tot gewesen sein.«

Sie schloss die Augen und wurde blass. Dann presste sie ihre Hand gegen den Mund und begann, auf ihrem Sessel leicht zu schwanken. In der Küche war es still. Nur die Uhr tickte, und der Kühlschrank brummte leise. Peck sah auf der Kühlschranktüre ein Kalenderblatt, mit einem Klebestreifen befestigt. Die Wochentage waren mit großen X in verschiedenen Farben gekennzeichnet. Zeitmanagement einer Lehrerin, dachte er.

»Was jetzt?« Sie sah ihn an, fast weinerlich. »Polizei?«

»Ja«, sagte er, »du machst einfach alles noch mal.«

»Wie, noch mal?«

»Ganz einfach. Du rufst in der Wachstube an und erzählst denen genau das Gleiche wie mir vor zwei Stunden.«

Sie sah ihn skeptisch an.

»Keine Bange. Zuerst hast du dir nichts gedacht, sagst du denen, dann hast du das Licht im Wald gesehen, dann hast du lange nachgedacht und schließlich mit der Polizei telefoniert. Denn, um in den Wald zu gehen, hast du nicht den Mut gehabt.«

Sie wirkte nicht überzeugt. »Da kommen dann Hans und Karli.«

»Wer zum Teufel sind Hans und Karli?«

»Das sind die zwei Gendarmen hier in Moosdorf. Beide sind bei mir in die Schule gegangen. Die haben immer noch Angst vor mir. Karli hat bei meinem Vater immer im Garten Äpfel geklaut, bis ich ihn mal verprügelt habe. Heute hütet er das Gesetz.«

»Dann hast du ja ein entspanntes Verhältnis zur Polizei.«

Sie dachte nach. »Okay«, sagte sie dann, »das müsste klappen.«

Peck erhob sich und ging zur Türe.

»Ich muss jetzt los.«

»Treffen wir uns noch mal?«, fragte sie hinter seinem Rücken. »Wir haben gar nicht über dich gesprochen.«

»Ruf mich an, wenn die Polizei bei dir war«, sagte er und verließ die Wohnung.

*

Peck ging früh zu Bett, konnte aber nicht einschlafen. Er würde morgen mit Thomas Cantor sprechen und versuchen, Halms Frau zu erreichen. Finden Sie Evelyn, hatte der alte Colerus gesagt, und: Ich wende mich an Sie als Detektiv!

Pecks Gedanken wanderten zurück zu seiner Firma und zum Ende seiner beruflichen Tätigkeit. Nach vielen Jahren in der Geschäftsleitung seines Unternehmens und verantwortlich für den weltweiten Verkauf, war Peck über Nacht aus seinem beruflichen Umfeld vertrieben worden. Er erinnerte sich noch, als sein direkter Chef und Firmeneigentümer ihn in sein Büro nach München beorderte und sagte: »Nehmen Sie Platz.« Er selbst blieb stehen, und Peck hatte plötzlich das Gefühl, nur noch Befehlsempfänger zu sein.

Fünf Minuten später war sein Vertrag einseitig aufgelöst, und er stand mit sechsundfünfzig und einer mageren Abfindung auf der Straße.

Tags darauf warf Peck seine gesamte Krawattensammlung in den Müll. Bis auf eine rote Krawatte, die er für den Notfall bei Sophia deponierte.

Peck dachte an Colerus, der sich Sorgen um seine Tochter machte und an sein Gespräch mit Rosi Kämmerer sowie ihrem Chef Manfred Halm. In der Firma läuft einiges in die falsche Richtung. Und er dachte an den Toten im Wald bei Moosdorf. Musste er ein schlechtes Gewissen haben, weil er es Elsa alleine überlassen hatte, die Polizei zu informieren? Er hatte Elsa gebeten, ihn anzurufen, sobald die Polizei bei ihr gewesen war. Sollte er mit ihr telefonieren? Eins nach dem anderen, dachte er. Morgen würde er sich Evelyns Haus ansehen. Auch im Flachgau. Eine Leiche in Moosdorf, sinnierte er, und das Haus der verschwundenen Evelyn am Seeleitensee, nur wenige Kilometer von Moosdorf entfernt. Zufall? Paul! Er rief sich zur Ordnung. Alles Zufall, dachte er. Es gibt keinerlei Verbindung zwischen der Leiche im Wald und Evelyns Verschwinden. Oder doch?

Freitag, 21. Februar

Manfred Halm stand in seinem Büro vor dem Fenster und sah auf das teilweise mit Schnee bedeckte Feld jenseits der Straße, das von zahlreichen umherhüpfenden Krähen bevölkert war.

Halm fühlte sich schon seit dem Aufwachen erschöpft und niedergeschlagen. Er hatte kaum geschlafen, und es hatte ihn große Überwindung gekostet, so früh aufzustehen.

Die Uhr auf seinem Schreibtisch zeigte zehn nach acht. Seit vier Tagen war Evelyn verschwunden, und weder die Polizei noch der Detektiv aus Salzburg, den der Alte engagiert hatte, konnten bisher eine Spur finden. Halm fühlte sich am Boden zerstört. Nur mühsam konnte er sich auf seine Aufgaben konzentrieren. Der Arzt hatte ihm Medikamente verschrieben. Antidepressivum stand auf der Packung. »Und vermeiden Sie Stress«, hatte ihm der Arzt noch geraten. Wie sollte er das machen? Er fühlte sich wie ein Getriebener, hatte Angst um sich. Und um die Zukunft des Unternehmens. Die Geschäfte waren besorgniserregend rückläufig. Sie hatten bereits Leute entlassen und würden dies fortsetzen müssen, wenn es dem Vertrieb nicht gelang, einige Großaufträge hereinzuholen, die sie in den letzten Tagen angeboten hatten.

Von seinem Büro aus betrat Halm das Doppelsekretariat, in dem Rosi Kämmerer und Ingrid Schellhorn telefonierten. Die Tür zu Thomas Cantors Büro auf der gegenüberliegenden Seite des Raumes stand offen. Halm konnte den Geruch von Cantors Aftershave wahrnehmen. Er sah Rosi an, die immer noch gelangweilt mit einem Kunden telefonierte, und öffnete das Fenster.

»Bringst du mir bitte einen Kaffee?«, fragte er seine Sekretärin. Sie sah ihn sorgenvoll an. Wortlos schlenderte er in sein Büro und schloss die Tür hinter sich.

Kurze Zeit später kam Thomas Cantor, ohne anzuklopfen, in sein Büro gestürmt. Halm schob seinen Laptop zur Seite und lehnte sich zurück. Thomas Cantors Gesicht war rot angelaufen. Breitbeinig und die Hände in die Hüften gestemmt, stand er vor Halms Schreibtisch.

»Also, so geht es nicht weiter!«, begann Cantor mit leiser, fast flüsternder Stimme. »Hast du das Angebot für das Projekt Wien Ost selbst berechnet oder einer deiner unfähigen Leute?«

Halm schwieg. Hatte Thomas getrunken?

»Und ich hatte lange Gespräche mit den Leuten von Chang aus Qingdao. Ihr Endkunde ist außer sich. Unsere Lieferungen kommen schleppend, und sie bemängeln die technische Qualität. Alles dein Verantwortungsbereich.«

»Sämtliche technischen Parameter werden eingehalten«, entgegnete Halm wütend.

»Eben nicht! Die Spezifikation wird bei Weitem nicht erfüllt. Du hast für die Rohre eine maximale Rotationsgeschwindigkeit von 900 Umdrehungen garantiert. Der Kunde bemängelt eine unzureichende Stabilität und deutlich zu hohe Eigenschwingungen. Also wieder ein Beweis, dass deine Arbeit nichts taugt.«

Bevor er etwas erwidern konnte, klopfte es, und Cantors Sekretärin steckte ihren bebrillten Kopf in Halms Büro.

»Da ist ein Herr Peck am Telefon«, sagte Ingrid Schellhorn, zu Thomas gewandt, »er möchte einen Termin mit Ihnen verabreden. Heute noch. Es sei dringend. Außerdem will es der Alte!«

Der Herr Detektiv, dachte Halm. Er hatte niemandem von seinem Gespräch in der Innsbrucker Bundesstraße erzählt.

»Wie sehen heute meine Termine aus?«

Frau Schellhorn sah zuerst zu ihrem Chef, dann auf den Kalender, den sie in der Hand hielt.

»Sie könnten sich um zehn mit dem Menschen bei der Wirtschaftskammer treffen.«

»Sagen Sie's ihm!«

Der Kopf der Sekretärin verschwand, und Thomas versuchte, seinen früheren Gesprächsfaden wieder aufzunehmen.

»Zurück zum Wien-Projekt. Damit kann ich keine Aufträge holen!« Cantor warf die Angebotsmappe durch die Luft, so dass sie mit einem lauten Knall knapp neben Halms Kaffeeschale landete. »Die Kalkulation ist um dreißig Prozent zu hoch! Und ich weiß, dass noch drei weitere Firmen im Rennen sind, die deutlich billiger anbieten werden. Unsere Konkurrenz hat die besseren Preise und die besseren Techniker.«

»Unsere Kalkulation beruht auf der technischen Klärung durch deine Leute.«

»Also ist wieder mal der Vertrieb schuld!« Cantors Gesicht wurde noch dunkler. »Es wäre sehr positiv für die Firma, wenn der Technikverantwortliche ein gewisses Maß an Durchblick hätte.«

Halm zögerte die Antwort hinaus und trank einen Schluck aus seiner Kaffeetasse. Er spürte, dass seine Wangen heiß wurden. Vermutlich färbten sie sich jetzt rot. Meist schaffte er es, auch in hitzigen Diskussionen ruhig und überlegen zu bleiben. Aber heute in seinem Zustand …

»Was soll der Unsinn?«, fragte er.

»Der Unsinn soll bedeuten, dass du unfähig bist. Und technisch nicht mehr auf der Höhe der Zeit!«

Halm sah an Cantor vorbei aus dem Fenster.

»Verdammt, ich rede mit dir!« Cantor kam noch einen Schritt näher. »Oder interessiert dich deine Inkompetenz nicht? Ich erwarte, dass du mit deinen sogenannten Fachleuten dieses Angebot korrigierst.«

»Die Kalkulation meiner Leute ist in Ordnung«, sagte Halm. »Und ich erwarte von dir mehr Niveau, vor allem hier in meinem Büro.«

»Dein Niveau erreiche ich noch mit verbundenem Mund.«

Cantor brüllte irgendetwas Unverständliches, drehte sich um und knallte die Tür hinter sich zu.

Halm lehnte sich zurück, atmete tief durch und schloss die Augen. Wenn es ihm bisher noch nicht klar gewesen war, jetzt wusste er, dass er Thomas Cantor hasste, wie er im Leben noch keinen Menschen gehasst hatte. Wieder beschlich ihn die Angst vor dem, was ihm möglicherweise noch bevorstand. Nur weg, dachte er. In zwei Stunden würde er im Flugzeug nach Oslo sitzen. Ihr norwegischer Vertriebspartner hatte ihn gebeten, nach Trondheim zu kommen. Er hatte eine Präsentation über das Produktprogramm des Unternehmens vorbereitet, wobei die Technik im Vordergrund stehen würde.

Plötzlich zuckte er zusammen. Da war wieder die Stimme! Sie sprach zu ihm, unwirklich wie eine Computerstimme, nur teilweise verständlich, aber bedrohlich. Die Stimme. Er wusste, dass er alleine im Raum war. Er würde nochmals mit dem Arzt reden müssen.

*

Müde stand Peck im Pyjama vor dem Schlafzimmerfenster. Er sah auf die vereisten Spitzen der hohen Birken, die der Wind vor seinem Fenster in stetigem Hin und Her in Bewegung hielt. Der Himmel war verhangen, das Thermometer vor dem Fenster zeigte null Grad, und der lebhafte Wind schaukelte einige wenige Schneeflocken zu Boden.

Hinter ihm hörte er aus dem Radio die Stimme des Nachrichtensprechers, der einen verhangenen Himmel prophezeite, von null Grad sprach und leichten Schneefall, verbunden mit lebhaftem Wind aus allen Richtungen, voraussagte. Empirisch begründete Meteorologie, dachte Peck, der sich vorstellte, wie der Radiosprecher im Funkhaus vor dem offenen Fenster stand und seine Beobachtungen ins Mikrofon sprach.

Mit einem leisen Seufzer setzte sich Peck vor seinen Laptop.

Er fand einen Armin Kuttner im Salzburger Telefonbuch.

Kuttner, Armin & Monika, Dornbergstraße 36. Er speicherte die Telefonnummer in seinem Handy. Sollte er Monika Kuttner jetzt anrufen? Wahrscheinlich würde sie die Leiche ihres Mannes erst heute im Laufe des Tages identifizieren müssen. Also beschloss Peck, die junge Witwe erst nach dem Wochenende aufzusuchen.

Er dachte an Sophia, die auf dem Weg nach Budapest war, wo sie an einer Buchmesse teilnahm. Sophia fuhr gemeinsam mit einem Buchhändler aus Freilassing nach Ungarn, den Peck flüchtig kannte. Bei einer Vernissage vor einigen Monaten hatte ihm Sophia den Herrn vorgestellt. Peck erinnerte sich nicht an den Namen, aber daran, dass es ein sehr gut aussehender Mann war, mit dem Sophia gerade nach Budapest fuhr. Ob sie im selben Hotel übernachteten? Peck mochte diesen Gedanken nicht. War er eifersüchtig? Er wies dies weit von sich. Abends würde er Sophia im Hotel anrufen. Dann würde er ja sehen …

Neben seiner Teetasse lag der Organisationsplan von Evelyns Firma. Peck nahm das Telefon zur Hand, um Thomas Cantor in der Firma anzurufen. Es war höchste Zeit, mit dem Ehemann zu plaudern.

Eine kühle Stimme meldete ihm, dass Herr Cantor in einem wichtigen Meeting sei.

»Es ist bei mir mindestens genauso wichtig«, sagte Peck, »ich rufe wegen seiner Frau an. Ich muss Herrn Cantor dringend zu einem Gespräch treffen.«

»Bleiben Sie dran.«

Die kühle Stimme entfernte sich. Peck hielt sein stummes Handy ans Ohr, bis die Stimme kaum hörbar zurückgekehrt war und frostig sagte: »Herr Cantor hat zuerst einen wichtigen Termin bei der Wirtschaftskammer in Salzburg und um zwölf ein Mittagessen mit einem wichtigen Geschäftspartner. Dazwischen hat er eine Stunde Zeit für Sie.«

Paul, der Pausenfüller, dachte Peck, eine neue Erfahrung für ihn. In seiner Firma hatten sich früher die meisten nach seinem Terminkalender zu richten. Aber, davon abgesehen, waren auch seine Termine und Gesprächspartner damals ausnahmslos wichtig gewesen.

»Punkt zehn Uhr«, setzte die Sekretärin nach, »im Foyer der Wirtschaftskammer am Julius-Raab-Platz. Bitte seien Sie pünktlich.«

Peck salutierte im Sitzen, dann zog er sich an und verließ seine Wohnung. Zehn Minuten später nahm er den Siebener zum Hanuschplatz. Der Bus war voll besetzt, und Peck stand schwankend in dem fahrenden Bus und sah auf eine hübsche Frau, die vor ihm saß. Er hatte sie zuerst mit Interesse beobachtet, sich dann aber abrupt abgewandt, als er sich an eine seiner größten Niederlagen erinnerte, die er je vom weiblichen Geschlecht hatte einstecken müssen.

Es war im Sommer davor gewesen, und wie heute hatte er im Bus gestanden, während genau vor ihm eine attraktive junge Frau saß. Er sah aus der Vogelperspektive ihr eindrucksvolles Dekolleté und wunderbare dunkle Augen. Peck suchte und genoss den aufregenden Blickkontakt, der während der Busfahrt an Intensität zunahm. Ein leichtes Lächeln umspielte ihre Lippen. Noch bin ich nicht zu alt für einen Flirt, hatte Peck gedacht. Und gerade, als er sich wieder mit einem besonders gefühlvollen Augenaufschlag bei ihr einfand, stand sie auf und sagte: »Darf ich Ihnen meinen Sitz anbieten? Die Fahrt ist noch lang.« Peck hatte damals einen ganzen Tag gebraucht, um sein Selbstbewusstsein wieder auf Soll-Niveau zu bringen.

*

Um kurz vor zehn stand Peck in der großen marmornen Eingangshalle der Wirtschaftskammer und blätterte mit Interesse in einer Broschüre über Jungunternehmer-Coaching, als er einen kleingewachsenen, schlanken Mann mit einem teuer aussehenden Aktenkoffer aus dem Aufzug steigen und mit hallenden und weit ausholenden Schritten in Richtung Ausgang gehen sah. Peck machte ein paar Schritte und stellte sich ihm in den Weg.

»Geduld, Geduld«, sagte der Mann ohne Geduld zur Begrüßung, umrundete Peck und strebte dem Ausgang zu. »Ich lege nur den Koffer in mein Auto. Außerdem habe ich nicht viel Zeit.«

»Ich weiß«, sagte Peck, »Sie haben ein wichtiges Essen mit einem wichtigen Geschäftspartner.«

Thomas Cantor strafte ihn mit einem eisigen Blick über seine linke Schulter.

Vor dem Gebäude der Wirtschaftskammer drehte sich wirbelnd der Wind, und Cantor stürmte mit schnellen Schritten und leicht nach vorne gebeugt auf die Straße. Er presste die flache Hand auf seine Brust, um zu vermeiden, dass seine Krawatte vom Wind erfasst wurde. Thomas Cantor sah in dieser Haltung wie ein Angeklagter aus, der dabei war, seine Unschuld auszudrücken. Er ging zu einem dunkelblauen A8, der vor dem Gebäude im Halteverbot stand, öffnete den Kofferraum und legte seinen Aktenkoffer hinein. Schönes Auto, dachte Peck. Und schönes Kennzeichen. SL-TC001.

»Gehen wir ins Wernbacher, dort können wir kurz reden, wenn es denn sein muss«, sagte Cantor mürrisch und eilte ohne einen Blick auf Peck davon.

Zehn Minuten später saßen sie an einem Ecktisch in angenehmer Kaffeehausatmosphäre der Fünfzigerjahre. Das Café war um diese Zeit nicht voll besetzt. Cantor bestellte einen Espresso und einen Jack Daniels. Peck hatte zwar ebenfalls Lust auf einen Whiskey, nahm aber einen Großen Braunen. Er betrachtete Thomas Cantor. Mindestens einen Kopf kleiner als er. Peck erinnerte sich, dass Alfred Adler den Begriff Napoleon-Komplex geprägt hat. Kleiner Mann, großes Ego. Cantor trug eine rote Krawatte zu einem blauen, taillierten Zweireiher mit Weste. Hugo Boss? Eine Locke seines gegelten Haares fiel ihm in die Stirn und zitterte leicht über der Augenbraue, wenn er den Kopf bewegte. Peck sah das scharf geschnittene Profil und ein leicht aufgedunsenes Gesicht mit einer dunkelroten Narbe, die oberhalb der Augenbraue seitlich über die Stirn verlief.

»Nun stellen Sie schon endlich Ihre Fragen!«

Peck bedankte sich höflich für die kurzfristige Verabredung.

»Ich habe der Polizei alles erzählt, was ich weiß«, sagte Cantor und zündete sich eine Marlboro an. »Und ich habe keine Ahnung, warum ich mit Ihnen noch reden sollte. Aber der Alte legt wohl Wert darauf.« Er hob resignierend seine Schultern und sah Peck gelangweilt an.

Peck merkte, wie ihn dieser Mann irritierte. Er ließ seinen Blick von Cantors gelocktem Haar zu seinen arrogant lächelnden Augen wandern. Ein jugendlicher, gut aussehender Typ, dachte Peck, selbstgefällig und aufgeblasen.

Aber da war noch etwas anderes, das Peck auffiel, als er Cantor einige Sekunden lang fixiert hatte. Cantor zuckte immer wieder wie unkontrolliert mit den Augen.

»Haben Sie Nachricht von Ihrer Frau?«, fragte Peck, obwohl er die Antwort kannte.

»Ich habe alle unsere Freunde und Bekannten angerufen. Sie ist nicht aufgetaucht.«

»Schließen Sie Selbstmord aus?«

Cantor verzog ärgerlich sein Gesicht. »Evelyn ist keine Selbstmörderin. Sie liebt ihren Beruf, sie liebt das Leben, und sie liebt Männer. In allen Konfektionsgrößen.«

Liebt sie auch ihren Ehemann, fragte sich Peck. Er lehnte sich etwas zurück und sah Cantor ins Gesicht. Da ist noch etwas, dachte er. Er erkannte, dass Cantors dunkle Pupillen deutlich vergrößert waren. Rosi hat recht, dachte Peck, er nimmt was. Ecstasy? Peck wusste, dass diese Droge aufputschend wirkt, ohne das Bewusstsein zu trüben.

»Wie alt sind Sie?«, fragte Peck, der Angst hatte, in den Wirkungsbereich der Aftershavewolke zu geraten.

»Meine Frau ist zwei Jahre älter als ich.« Cantor lächelte ihn an, offensichtlich darüber amüsiert, Peck eine Rechenaufgabe gestellt zu haben.

»Ihre Frau besitzt ein Haus am Seeleitensee?«

Cantors Augen bohrten sich in seine. »Dort ist meine Frau nicht. Das hat ihr Vater bereits überprüfen lassen. Fragen Sie doch Halm.«

»Warum glauben Sie, könnte er mehr wissen?«

Cantor hob die Schultern und trank seinen Tennessee Whiskey aus. »Halm kennt jedes Zimmer in diesem verschwiegenen Refugium am See. Besonders das Schlafzimmer.«

»Haben Sie einen Schlüssel zu dem Haus?«

»Das ist nicht mein Haus. Es gehört Evelyn.«

»Sie mussten Ihre wichtigen Kunden in Leopoldskron schon sehr früh verlassen.«

»Die Polizei hat mir schon eine Menge eigentümlicher Fragen gestellt, wann und warum ich am Montag zum Airport gefahren bin und so weiter. Also können Sie sich weitere dumme Fragen sparen.« Cantor schüttelte ungeduldig den Kopf. Seine Locken zitterten.

»Wissen Sie, warum auch Herr Halm früher gegangen ist?«

»Fragen Sie ihn! Woher soll ich das wissen?«

»Mir erzählte Herr Halm, dass seine Frau an diesem Montag Geburtstag hatte ...«

»Hören Sie auf mit dieser dummen Fragerei! Glauben Sie, ich habe im Kopf, wann die Ehefrauen aller unserer Mitarbeiter zur Welt gekommen sind? Müsste ich vielleicht auch die Aszendenten wissen?«

Cantors Gesicht und die Narbe bekamen jetzt einen etwas dunkleren Farbton. Seine Augenlider zitterten einige Male.

»Stammt die Narbe von dem Unfall, den Sie vor Jahren gemeinsam mit Halm hatten?« Peck deutete mit dem Zeigefinger kurz auf Cantors Stirn.

»Ich hatte keine Ahnung, dass Manfred besoffen war.« Cantor sah Peck überrascht an, bewegte etwas ruckartig seinen Kiefer und knirschte erbärmlich mit den Zähnen, was bei Peck eine Gänsehaut auslöste.

»Es war scheiße von ihm, in diesem Zustand Auto zu fahren. Ich konnte nicht wissen, dass Manfred nicht mehr fahrtauglich war.«

»Aber Sie wussten, dass es Fahrerflucht war?«

»Fahrerflucht! Hören Sie, außer uns und einem hölzernen Gartenzaun war an dem Unfall niemand beteiligt. Worüber reden wir eigentlich? Über einen Unfall, der Sie nichts angeht, oder über Ihren eigentlichen Auftrag, meine Frau zu finden?«

Peck schwieg lange und sah auf das leere Whiskeyglas.

»Wie hoch ist eigentlich das Honorar, das Ihnen der alte Colerus bezahlt?«

Paul schwieg. Nahm Cantor Pecks Schweigen und wortloses Abwarten übel? Er braucht meine unverzügliche Reaktion, dachte Peck, um sein überlegenes, arrogantes Spiel weiterspielen zu können. Nach einigen langen Sekunden brach Peck das Schweigen.

»Reden wir über die sogenannte zweite Produktlinie«, sagte er, »warum wickeln Sie diese Geschäfte über Ihre rumänische Tochtergesellschaft ab?«

»Weil unsere Leute dort die besten Kundenkontakte nach China haben und die Logistikerfahrung des Seetransports ab Constanta.«

»Und es geht um simple Rohre?«

Cantor verdrehte die Augen. »Simple Rohre! Es geht um hochpräzise und teure Produkte.«

»Und die Technologie stammt von Herrn Halm«, sagte Peck und sah, dass Cantors Augen wieder wild zuckten.

»Überschätzen Sie ihn nicht. Die Technologie ist altbekannt. Halm hat nur einige Materialanpassungen vorgenommen, um die sehr speziellen technischen Anforderungen unserer Kunden zu erfüllen.«

»Sie haben ihn vor einigen Jahren massiv unter Druck gesetzt, in großer Hektik, gegen Halms Willen sowie gegen den Widerstand des gesamten Aufsichtsrates diese Produkte zu entwickeln. Haben Sie Halm erpresst? Was war Ihr Druckmittel?«

»Sie haben eine ausufernde Fantasie, Herr Peck. Setzen Sie diese doch ein, um Evelyn zu finden. Ich erpresse Manfred nicht. Sie haben sich meilenweit von Ihrem Auftrag entfernt.«

»Kann man Ihre Produkte eigentlich zum Bau von Urananreicherungs-Anlagen verwenden?«

»Mein Gott! Wer hat Ihnen diese Verschwörungstheorie eingeblasen? Es geht um den Bau von Gasverdichtern. Ausschließlich für konventionelle und zivile industrielle Prozesse.«

»Ihre chinesischen Kunden verkaufen doch Ihre technologisch so überaus hochwertigen Rohre weiter. An wen?«

»Für uns ist Chang Limited in Qingdao der Endkunde.«

»Herr Cantor, Ihre Frau nimmt die Verantwortung als sogenannte Exportbeauftragte sehr ernst. Hat sie herausgefunden, dass hier illegale Geschäfte laufen?«

»Quatsch! Wir mussten nur unsere Lieferungen kurz unterbrechen, bis die Zollbehörden und das Wirtschaftsministerium ihre Untersuchungen abgeschlossen hatten.«

»Und dieser Lieferstopp hat den Chinesen nicht gefallen.«

»Wir konnten alles erklären«, sagte Cantor und nahm einen großen Schluck Whiskey. »Jetzt ist wieder alles in Ordnung, und Evelyn hat das sehr positiv geregelt.«

»Aber sie ist verschwunden«, sagte Peck. »Wann haben Sie Ihre Frau zuletzt gesehen?«

»Am Montagabend. Mit einem Glas Sekt in der Hand und verträumt aus dem Fenster schauend. Auf den Leopoldskroner Weiher.«

»Und davor?«

»Am selben Tag. Am Vormittag. Sie rief mich aus dem Auto an.«

»Und Sie haben Ihre Frau getroffen?«

»Nur kurz. Um die Mittagszeit herum.«

»Warum hat Evelyn Sie angerufen?«

»Sie war nervös wegen irgendeines dummen Anrufes, den sie in der Früh oder am Tag davor bekommen hat, vielleicht auch wegen des Kundenmeetings am Abend.«

»Wer hatte Ihre Frau angerufen?«

»Meine Frau ist sehr launenhaft und regt sich oft schon über Kleinigkeiten auf. Ich habe das nicht so wichtig empfunden.«

»Evelyns Vater aber schon …«

»Ach, der Alte! Der ist genauso wenig ernst zu nehmen.«

»Warum? Ich hatte den Eindruck, Ihr Seniorchef weiß genau, was in der Firma los ist.«

»Das Leben folgt eigenen Gesetzen. Mit dem Alter nimmt jedes Genie ab.«

Peck hatte das Gefühl, dass Cantor genauso auch zu einer Putzfrau oder zum Pförtner seiner Firma gesprochen hätte.

»Evelyns Vater berichtete noch etwas«, sagte Peck. »Ihre Frau soll sich am gleichen Vormittag mit einem Mann getroffen haben. War das der Inhalt des Gesprächs mit Ihrer Frau?«

Cantor schüttelte ruckartig den Kopf. Seine Haarlocke zitterte.

»Möglicherweise hat sie auch dies mir gegenüber erwähnt. Ich erinnere mich nicht daran. Wie gesagt: Evelyn ist leicht erregbar, und sie neigt zu Überreaktionen. Außerdem hatte ihr diese Exportgeschichte sehr zugesetzt.«

»Herr Cantor, gibt es irgendeinen Zusammenhang zwischen Ihren chinesischen Kunden und dem Verschwinden Ihrer Frau?«

»Ihre Fantasie möchte ich haben. Natürlich nicht. Kein Kunde entführt seinen wichtigsten Lieferanten.«

»Wo sind die Herren aus China zurzeit?«

»Irgendwo zwischen Qingdao und Peking.«

»Es gibt Leute, die behaupten, dass in Ihrer Firma einiges in die falsche Richtung läuft. Was sagt das Ihrer Meinung nach aus?«

»Dummheit«, antwortete Cantor, ohne nachzudenken. »Vielleicht auch Uninformiertheit oder unsinnige Gerüchtemacherei!«

»Was haben Sie in Prag gemacht?«

Cantor sah umständlich auf die Uhr. »Wir haben ein Vertriebsbüro in der Nähe des Wenzelsplatzes. Es ging um mehrere Projekte in Millionenhöhe, die wir in den letzten Wochen angeboten haben.«

»Wo haben Sie übernachtet?«

»Im Melnik Garden. Ingrid bucht immer dort.«

»Wann haben Sie erfahren, dass Ihre Frau verschwunden ist?«

»Von meinem Schwiegervater. Er hat mich aus dem Haus in Mattsee angerufen, als er sah, dass Evelyn nicht zum Frühstück kam.«

»Wann hat Sie der Anruf aus Mattsee erreicht?«

»In meinem Hotelzimmer. Noch vor dem Frühstück. Etwas später hatte mich übrigens dann noch Manfred Halm angerufen.«

Sie schwiegen einige Sekunden.

»Vielleicht ist Evelyn entführt worden«, sagte Cantor langsam. »Das habe ich auch schon der Polizei gesagt.«

Er senkte den Kopf. Seine Zähne knirschten wieder.

Warum hatte Peck das Gefühl, dass Cantor nicht ehrlich war?

»Ich habe noch eine Frage.« Cantor hob langsam den Kopf und sah Peck mit blitzenden Augen an.

»Schließt Ihre Frau den Wagen nie ab, wenn sie ihn irgendwo parkt?«

»Wieso?«

Peck wiederholte die Frage im gleichen Wortlaut. »Der Wagen Ihrer Frau wurde am nächsten Tag auf dem Parkplatz in Leopoldskron gefunden. Unversperrt.«

»Sie hat ein teures Auto«, sagte Cantor, »und natürlich sperrt sie es ab.«

»Besitzen Sie eigentlich eine Waffe?«

Cantor sah ihn überrascht an. »Ja, ich habe eine Waffe. Und einen Waffenschein. Warum wollen Sie das wissen?«

Peck wusste selbst nicht, warum er das gefragt hatte.

Es war halb zwölf, als sie gemeinsam das Café Wernbacher verließen, sich die Hand gaben und in unterschiedliche Richtungen auseinandergingen. Peck war froh, wieder an der frischen Luft zu sein. Er roch an seiner Hand. Aftershave. Er musste sich dringend die Hände waschen.

*

Christine lag nackt vor ihm auf dem Bett. Die Vorhänge vor dem Fenster waren zugezogen. Er konnte im Halbdunkeln ihre Gesichtszüge nur erahnen. Thomas Cantor schaltete die Tischlampe ein, die neben dem Bett stand. Er knöpfte sein Hemd zu und sah auf ihren Körper. Ihre gelockten blonden Haare umrahmten ihren Kopf. Sie hatte ihren Blick ihm zugewandt.

»Meine Eltern möchten dich endlich kennenlernen«, sagte sie mit Nachdruck, »sie haben nach dir gefragt, als sie mich vor einer Woche hier besucht haben.«

Er und ihre Eltern! »Ich muss mit dir reden«, sagte er, »so geht's nicht weiter mit uns!«

»Kannst du nicht dein Aftershave wechseln? Ich kann diesen Gestank nicht ausstehen.«

Er drehte sich von ihr weg, schlang seine rote Krawatte um seinen Hals und stellte sich im Badezimmer vor den Spiegel. Auf dem

Ablagebrett standen unzählige Fläschchen, Tinkturen und Tuben. Nach einigem Suchen fand er auch die kleine bauchige Flasche mit seinem Rasierwasser und verteilte einige Tropfen auf Hals und Wangen. Dann ging er zurück zu ihrem Bett.

»Du hast dich sehr verändert«, sagte sie, »hast du heute schon deine Dosis genommen? Gib mir noch eine Tablette, ich hab nichts mehr.«

»Besorg dir dein Zeug selbst!«

»Was ist los mit dir?«, fragte sie ihn.

»Ich bin verheiratet. Schon vergessen?«

»Für dich reicht es wohl, mir Geld für die Wohnung zu spendieren. Und mit mir zu schlafen, wenn dir danach ist.

In letzter Zeit übrigens immer seltener.«

»Von mehr war nie die Rede. Du weißt, dass in meiner Position eine Scheidung unmöglich ist.«

»Deine Frau ist ohnehin schon weg«, sagte sie und grinste. »Was sagt übrigens die Polizei dazu?«

»Evelyn wird von der Polizei gesucht, hier und im Ausland.«

Sie grinste immer noch. Er sah sie wütend an.

»Übrigens, jemand aus unserer Firma hat uns zusammen gesehen. Auch das kann ich mir nicht erlauben, schon gar nicht in dieser Situation.«

»Wo ist deine Frau?

»Zieh dich an!«

Sie lag immer noch nackt vor ihm, lächelte ihn an und öffnete langsam ihre Schenkel. Er drehte sich um und ging in den Vorraum.

»Zum Unterschied zu dir«, sagte Cantor, »weiß ich genau, was zu tun ist.« Er zog sein Sakko an. »Ich werde meine Ehe wegen einer Nutte nicht riskieren.«

»Du Schwein. Existiert deine Ehe überhaupt noch?«

»Ich kann und werde Evelyn nicht verlassen. Merk dir das«, sagte er und wandte sich zum Gehen.

»Du wirst noch von mir hören, das schwöre ich dir! Spring in den nächsten Gully!«

Als er einige Minuten später nach Mattsee fuhr, dachte er nochmals an Christine. Er kannte sie jetzt schon drei oder vier Jahre. Schon viel zu lange.

Cantor hatte immer schon Menschen im intellektuellen Mittelfeld verachtet, Menschen, die nicht genau wussten, in welche Richtung sie im Leben gehen sollten. Er war zielstrebig und wusste genau, was er wollte. Er lächelte. Er kannte den Weg und würde sich weder von der Polizei noch von einem dahergelaufenen Detektiv aus der Spur drängen lassen. Notfalls mit Gewalt.

*

Peck ging vom Café Wernbacher quer durch den Mirabellgarten, überholte eine ältere Dame, die mit einem hoch in den Himmel gestreckten Schirm eine große Gruppe noch älterer Japaner hinter sich herzog, die kichernd und durch Fotoapparate schauend vor den steinernen Zwergenfiguren standen.

Zehn Minuten später betrat Peck sein Büro. Er war unruhig und hatte schon seit seinem Gespräch mit Cantor das Gefühl, etwas Wichtiges übersehen zu haben. Oder störte ihn nur die Tatsache, dass Sophia mit einem anderen Mann nach Ungarn gondelte? Sie waren jetzt sicher schon in Budapest eingetroffen.

Peck hatte sich einige Notizen zurechtgelegt und rief den alten Colerus an, um einen ersten Bericht über seine Aktivitäten abzuliefern. Er hatte kein gutes Gefühl, als er die Nummer wählte. Was hatte er bisher schon erreicht?

Colerus war sofort am Telefon. Wahrscheinlich ging der Alte selten aus dem Haus. Peck vermied den Begriff Berichterstattung.

»Ich habe gerade die Anzeige mit dem Foto Ihrer Tochter in der Zeitung gesehen«, sagte Peck, »wissen Sie, ob sich daraufhin Leute gemeldet haben?«

»Schon nach einer Stunde waren es Unzählige«, sagte Colerus mit dünner Stimme. »Ein Anruf kam sogar aus Mallorca. Jemand hat dort Evelyn gesehen, inmitten einer Gruppe betrunkener junger Ballermänner.«

Peck lachte nicht. Er konnte nicht abschätzen, ob Colerus diese Nachricht für bare Münze nahm.

»Es gibt noch keine ernsthafte Spur«, sagte Peck, »aber ich bleibe dran. Und ich habe eine Bitte: Erzählen Sie mir von Georg. Ich wusste nicht, dass Sie noch einen Sohn haben.«

Einige Sekunden Schweigen.

»Es gibt hier auch keinen Zusammenhang mit Evelyns Verschwinden. Aber bitte: Mein Sohn Georg ist drei Jahre jünger als seine Schwester. Viel mehr ist nicht zu berichten. Zumindest nichts Positives.«

Peck rechnete nach: Georg war jetzt dreiundvierzig. War er das schwarze Schaf der Familie? Hatte Colerus seine Gedanken erraten?

»Mein Sohn zog es schon während der Schulzeit vor, sich aus der Familie auszublenden. Er hat sich für eine Dauerfreundschaft mit dem Alkohol entschieden. Und das bis heute. Ich habe von Georg schon ein Jahr lang nichts mehr gehört. Die Polizei hat zu ihm deutlich intensiveren Kontakt als der eigene Vater. Die Einzige in der Familie, bei der er manchmal aus seiner versoffenen Höhle kommt, ist Evelyn. Sie gibt ihm wohl auch regelmäßig Geld. Aber ich habe nie mit ihr darüber gesprochen. Ich glaube, ich habe meinen Sohn einmal kurz in Mattsee im Wald gesehen, auf dem Weg zu unserem Haus. Als er meinen Wagen bemerkte, verschwand er zwischen den Bäumen. Georg war in vielen Ländern unterwegs, lebt aber jetzt in Salzburg. Glaube ich.«

Seine Stimme war leise geworden. Fiel es Colerus schwer, offen über seinen Sohn zu sprechen?

»Soweit ich mich erinnere«, sagte Peck, »haben Evelyn und Thomas Cantor einen Sohn.«

»Michael«, sagte Colerus, »er ist in einem Internat am Chiemsee in Bayern, wohnt aber seit zwei Tagen bei mir im Haus. Der Bub ist siebzehn und hängt sehr an seiner Mutter.

Meine Haushälterin und ich kümmern uns um ihn.«

»Ich sehe mich heute noch kurz im Haus Ihrer Tochter am Seeleitensee um. Wie komme ich ins Haus?«

»Über dem Seiteneingang hängt eine kleine Lampe an der Wand, mit einem kugelförmigen Lampenschirm aus weißem Glas. Wenn Sie diesen abschrauben, finden Sie darin den Schlüssel.«

»Danke«, sagte Peck, »und was macht Herr Cantor ...?«

»Thomas geht jeden Tag in die Firma. Und ich kann ihm keinen Vorwurf daraus machen. Einer muss sich ums Geschäft kümmern.«

»Noch eine Frage, Herr Colerus. Der Wagen Ihrer Tochter war leer, als er in Leopoldskron gefunden wurde. Was ist mit Evelyns Handtasche? Und wo sind ihre Autoschlüssel?«

»Der Wagen war leer. Keine Tasche, und der Wagenschlüssel steckte im Zündschloss.«

»Was denkt die Polizei?«

»Die Polizei verdächtigt wohl jeden in der Firma, mich, Thomas ... zwei aufdringliche Beamte waren bei mir und redeten mit allen. Ziemlich plump.«

»Und was glauben Sie?«

»Ich glaube gar nichts«, sagte der Alte wieder mit tonloser, brüchiger Stimme. »Finden Sie Evelyn.«

Peck schaltete seine Schreibtischlampe an, die zwar seine Notizen in gelbes Licht tauchte, aber keine weitere Erhellung brachte. Seine Gedanken wanderten zu Sophia in Budapest, die wahrscheinlich gerade mit einer Gruppe attraktiver Männer zusammensaß und sich hervorragend amüsierte. Oder vielleicht nur mit dem Kollegen aus Freilassing, in trauter Zweisamkeit bei einem Glas Merlot. Er schob die Gedanken um Sophia energisch zur Seite.

Sein Blick fiel auf den Organisationsplan der Georg Wilhelm Colerus GmbH und auf die vielen Namen, die in mehr oder weniger großen Kästchen standen. Wie wenig wirklich gute Freunde Thomas Cantor doch hat, dachte er. Mit Ingrid Schellhorn sprechen, las er auf einem seiner Papiere. Er wählte ihre Nummer.

Die kühle Stimme, die er schon vom Vormittag kannte, ging sofort ans Telefon: »Schellhorn!«

Sie gehörte zu den wenigen Frauen, die sich mit einem Rufzeichen meldeten.

Er nannte seinen Namen, und die kühle Stimme entgegnete sofort: »Herr Cantor ist außer Haus!«

»Ich weiß«, sagte Peck, »ich möchte ein Treffen mit Ihnen vereinbaren.« Kurze Pause. »Passt Montag früh?«

»Montag um acht Uhr dreißig kann ich einrichten.« Die Stimme war noch kühler geworden.

»Vielen Dank für Ihre Zusage«, sagte Peck, »halb neun im Schlosscafé Mattsee. Okay?«

»Wie erkenne ich Sie?«

Rote Socken, dachte Peck, sagte es aber nicht.

Dann nahm er das Telefonbuch zur Hand und fand den Eintrag M. und G. Halm, Erhardgässchen 16a.

Halms Frau Gaby war sofort am Telefon und startete zuerst einige Versuche, ihn abzuwimmeln. Doch Peck blieb hartnäckig. Schließlich willigte sie ein, dass er sie um halb vier besuchen könne.

»Aber ich habe schon den ganzen Tag volles Programm und ganz wenig Zeit!«

Volles Programm und wenig Zeit, dachte Peck. Alle sind beschäftigt, und alle haben tausend Pläne. Und trotz aller bildungsbeflissenen Zielsetzungen, Tätigkeiten und permanenten Planungen machen die Menschen keine Fortschritte. Im Gegenteil, Peck war überzeugt, dass die Dummheit in der Welt auf dem Vormarsch war. Der eindimensionale Mensch, dachte er, Herbert Marcuse hat das Problem schon vor langer Zeit erkannt. Das deutlichste Indiz war für Peck der Niedergang des Fernsehens während der letzten vierzig Jahre. Seiner Meinung nach bestand das Fernsehprogramm bis auf wenige Sonderfälle nur noch aus mehr oder weniger geistlosen Sendungen. Eher mehr. Sophia teilte seine Verdummungstheorie nicht und machte sich lustig, wenn er ihr dann und wann einen alten Schwarz-Weiß-Film in *Das Kino* oder im Fernsehen vorschlug. »Gibt es für dich bei einem Film noch andere Qualitätskriterien als das Fehlen von Farbe?«, hatte sie ihn einmal gefragt. Er hatte diese Frage nicht beantwortet.

*

Nachdem er sein Auto geholt hatte, verließ Peck Salzburg in nördlicher Richtung, fuhr auf der B1 bis Obertrum und weiter, bis er in Moosdorf die B156 erreichte. Er dachte an die Leiche Armin Kuttners. Sicher war die Polizei gestern noch bei Elsa gewesen. Warum hatte sie ihn nicht angerufen? War etwas schiefgelaufen? Er beschloss, mit ihr am Abend zu telefonieren. Peck sah ein Schild, das links auf Wannersdorf hinwies, einen kleinen Weiler, bei dem er das Auto direkt neben der Straße parkte. Diese Gegend gehörte zum Ibmer Moor, das jetzt im Winter gefroren und unter einer dicken Schneedecke lag. Er zog seine warme Winterjacke an und folgte dem schneebedeckten Weg, der beiderseits von Büschen und niedrigen, kahlen Obstbäumen gesäumt war. Peck mochte den Winter und die Reinheit des Schnees, der wie ein weißer Teppich über der Landschaft lag. Auf dem Weg waren Fußspuren in beiden Richtungen zu erkennen. Viele Salzburger kamen hierher, um die Stille und Abgeschiedenheit des Ibmer Moors zu genießen.

Versteckt hinter einigen Nadelbäumen entdeckte Peck das Haus. Ein niedriges, weiß gestrichenes Gebäude mit vielen kleinen Fenstern und weitem Dachüberstand. Das Haus musste schon vor vielen Jahren erbaut worden sein. Es lag direkt an dem kleinen See, auf dem Eisschollen trieben, der aber trotz der Kälte der letzten Tage nicht zugefroren war. Ein windschiefer, aus rohen Holzbrettern gezimmerter Anbau lehnte sich gegen die Rückseite des Gebäudes. Durch die weit geöffnete Türe des Schuppens erkannte er im Halbdunkeln einen Berg Brennholz, ausreichend für einige strenge Winter. Peck stapfte um das Haus herum, als mit lautem Gekreische und Geflatter plötzlich eine Schar Krähen hochflog und in alle Richtungen davonstob. Peck bemerkte, dass auch nördlich des Gebäudes ein schmaler Weg zum Haus führte, breit genug, um in der schneefreien Zeit ebenfalls befahrbar zu sein. Ein kleines handgeschriebenes Schild zeigte nach Norden: »Ibm«.

Vorsichtig drückte er gegen die Tür. Zu seiner Überraschung war sie unversperrt. Begleitet von einem leisen Quietschen öffnete Peck die Tür und tappte durch ein fensterloses Vorhaus, von dem eine schmale Holzstiege nach oben führte. Er ging bis zum Ende des Vorraumes, wo ihn vollends die Dunkelheit umfing. Leises Knacken im Holzboden oder im Gebälk, so als wollte ihn das Haus darauf hinweisen, dass er hier nichts verloren hatte. Der muffige Geruch ungelüfteter, staubiger Räume schlug ihm entgegen, als er durch die Türe ins dunkle Wohnzimmer trat, in dem die Fensterläden und die Vorhänge geschlossen waren. Er betätigte den Lichtschalter, aber es blieb dunkel. Schritt für Schritt ging er weiter in Richtung Wand. Plötzlich tauchte ein Gesicht vor ihm auf. Er zuckte zurück. Vor ihm an der Wand hing eine venezianische Maske, die ihn grinsend anstarrte.

Als Peck die Vorhänge zur Seite zog und die Fensterläden nach außen klappte, flutete graues Tageslicht träge in den Raum. Überrascht pfiff er durch die Zähne. Der ganze Raum war ein einziges Durcheinander. Jemand hatte die Kredenz, die an der Wand stand, durchwühlt und den Inhalt auf dem Boden verstreut. Die zahlreichen Bilder an der Wand hingen schief. Peck durchquerte das Zimmer. An der gegenüberliegenden Wand stand ein schmales eisernes Regal mit einigen Büchern, daneben führte eine Tür in die kleine Küche. In dieser funktionierte das Licht, und Peck sah, dass auch hier die weiß gestrichenen Hängeschränke sowie die Schubladen durchsucht und der Inhalt großteils auf den Boden geworfen worden war. Peck ging zurück ins Vorhaus und betrat das Schlafzimmer, das nicht viel größer als das Doppelbett war. Der niedrige Schrank, der am Fußende des Bettes stand, war mit bäuerlichen Blumenmotiven bemalt und genauso durchwühlt wie das Bett. Zahlreiche Kleidungsstücke und Bettwäsche lagen auf dem Boden, daneben zwei großformatige Damenhüte. Ein alter Hut, dachte Peck, unter der Bettwäsche sucht man immer zuerst. Vom Vorhaus stieg er die hölzerne Stiege nach oben, die bei jedem Schritt knarrte, und betrat durch eine aus Brettern gezimmerte Tür einen kalten dunklen Dachboden. Einige Dachziegel waren gebrochen, und Peck erkannte in dem wenigen, kalten Licht einige alte Möbelstücke und große Reisekoffer, zentimeterdick mit Staub bedeckt. Vorsichtig ging er die Stiege wieder hinunter ins Wohnzimmer. Direkt an einem der Fenster stand ein kleiner Schreibtisch mit geöffneter Schublade. Schreibzeug, Papier und leere Briefumschläge, alles wild durcheinandergeworfen. Peck stellte sich vor das kleine, an die Wand gelehnte Bücherregal und neigte den Kopf, um die Titel auf den Buchrücken zu entziffern. Alles Krimis von Raymond Chandler und Dashiell Hammett. Und mittendrin Tolstois Anna Karenina. Eine zarte Dame zwischen hartgesottenen Amis.

Tolstoi, murmelte Peck und nahm den siebenhundertseitigen Wälzer zur Hand. Das Buch öffnete sich etwa in der Mitte, und Peck fand ein zusammengefaltetes Blatt Papier.

Mein Testament, las er als Überschrift. Sein Puls beschleunigte sich, als er, am Fenster stehend, den handschriftlichen Text entzifferte. Evelyns Testament! Es war nicht das Original, sondern eine schon ältere Fotokopie, öfters gefaltet, am Rand eingerissen und mit einem großen braunen Fleck in der Mitte. Er sah auf das Datum des Testaments. Etwa vor einem Jahr geschrieben. Peck holte sich einen der Holzsessel, setzte sich ans Fenster und las die wenigen Zeilen. Die Hälfte des Vermögens erbte Manfred Halm, die beiden Söhne je ein Viertel! Peck legte das Blatt auf das Fensterbrett und atmete tief durch. Soweit er das österreichische Erbrecht kannte, entsprach dies dem Pflichtteil, der den leiblichen Kindern ohnehin zustand. Und der Ehegatte? Thomas Cantor ist demnach enterbt, dachte Peck. Musste so eine Enterbung nicht im Testament ausdrücklich begründet werden? Egal. And the winner is: Happy Halm! Peck machte sich einige Notizen und steckte dann das Papier wieder in die Anna Karenina. Peck lehnte sich an die Wand und starrte noch lange in den Raum. Wer hatte hier gewütet? Und was hatte er gesucht? Das Testament? Keine Gewaltanwendung, dachte er, als er die Türen untersuchte. Sie waren nicht aufgebrochen worden. Wusste der Einbrecher, wo der Schlüssel war?

In Gedanken versunken, ging er den vereisten Weg zurück zu seinem Wagen. Evelyns Testament. Wenn er die handschriftlichen Streichungen und Ergänzungen richtig deutete, hatte sie die Absicht, das Testament zu ändern. Und was bedeutete das? Nichts, dachte er, ein Testament hat keine Bedeutung, solange der Verfasser noch lebt. Doch er war skeptisch, ob dies noch der Fall war.

*

Halms Haus im Erhardgässchen sah von außen kleiner aus, als es sich im Inneren erwies. Es hatte ein flaches, pyramidenförmiges Walmdach, das mit silbrig glänzendem Blech gedeckt war. Peck sah sich um und vermutete, dass das Haus von Architekturstudenten im zweiten Semester entworfen worden war.

»Kommen Sie rein«, sagte Gaby Halm, »ich habe schon auf Sie gewartet.«

Peck sah verstohlen auf die Uhr. Er war zehn Minuten zu früh. Sie führte ihn in ein großes Wohnzimmer, das sich in einem raumhohen Fenster auf eine Veranda und zum Garten hin öffnete. Vor dem Fenster stand ein großer schwarz glänzender Bösendorfer Flügel, der als Abstellfläche für unzählige Hummel-Figuren, Blumenvasen, Fotografien und unterschiedlich große Glastiere diente. Die Glasmenagerie in Neuinszenierung, dachte Peck. Er bekam einen Sitzplatz auf einer riesigen weißen Couch mit Blumenmuster zugewiesen, in der er spontan bis zum Bauch versank, sodass er tief und ohne Bewegungsspielraum in den Blumen feststeckte. In dem offenen Kamin vor der Couch brannte kein Feuer, worüber Peck sehr froh war, denn es herrschten Saunatemperaturen im Zimmer.

Der Raum war in Rot- und Grüntönen gehalten, an den Wänden hingen teuer aussehende Bilderrahmen mit wenig teuer aussehenden Kunstdrucken.

Ein leichter Geruch von Pfefferminze lag in der Luft, der aber nicht vom Tee kam, wie Peck aufgrund unauffällig durchgeführter Geruchstests feststellte. Roch sie nach Minze? Gaby Halm hatte leicht gerötete Wangen, und Peck nahm dies als Indiz, dass sie getrunken hatte.

Frau Halm sah ihn mit weit geöffneten, grünlich geschminkten Augen und nach oben gezogenen Augenbrauen an.

»Sie haben Glück«, sagte sie, »dass der Termin bei meiner Kosmetikerin ausgefallen ist. Sonst hätte ich keine Zeit für Sie gehabt.«

Peck verneigte sich leicht, soweit es die Couch zuließ, um zu zeigen, wie dankbar er war.

»Sie haben ein wunderbares und geschmackvoll eingerichtetes Haus.« Er musterte den Raum, um seinen Worten Nachdruck zu verleihen. »Spielen Sie Klavier?«

»Ach nein!« Sie lachte und schüttelte den Kopf. Ihre langen blonden Haare rutschten ihr ins Gesicht, und sie strich sie hinter die Ohren zurück.

»Wir haben zwei Töchter, die schon außer Haus sind. Beide mussten Klavier lernen.«

Sie erhob sich schwungvoll, verlor kurz das Gleichgewicht, was sie elegant mit einem Gegenschwung austarierte, und ging zu einem Wandverbau aus dunkelbraunem Holz, der sich neben dem Klavier befand.

»Sehen Sie«, sagte sie, »das ist mein Stolz und mein Hobby.« Wie zu Beginn eines Theaterstücks öffnete sie langsam eine in der Holzfläche unsichtbar eingelassene Flügeltüre, während sie ihm ihr Gesicht mit einem erwartungsvollen Lächeln zuwandte.

Peck traute seinen Augen nicht. In dem geöffneten Schrank saßen hunderte Puppen, eng aneinander gelehnt wie die Hühner auf der Leiter.

»Meine Lieblinge«, sagte sie flüsternd, »meine kostbaren Puppen. Sehen Sie zum Beispiel diese hier.« Sie nahm eine der Puppen in einem hellblauen, mit Stickereien verzierten Kleidchen aus dem Regal und nahm sie wie ein Baby in den Arm. »Reines Biskuitporzellan aus dem neunzehnten Jahrhundert, hergestellt von einer französischen Manufaktur. Erlesen und wertvoll.«

Ein Puppenheim. Vielleicht heißt eine ihrer Töchter Nora, dachte Peck. Er blickte fasziniert auf die Szenerie. Sah die eine Puppe Barbie ähnlich? Schön, zartrosa gekleidet, gepflegt und sehr blond. Frau Halm hatte möglicherweise etwas mehr Begeisterung erwartet. Sie stellte Barbie wieder ins Regal und schloss die Tür.

Wie viele Bücher könnte man doch in diesem Regal unterbringen! Peck dachte an die zahlreichen in seiner Wohnung gestapelten Büchertürme. Und hier in diesem Wohnzimmer sah er kein einziges Buch. Die Menschheit verblödet, dachte er.

Mit der Frage: »Warum sind Sie eigentlich gekommen?«, riss die Gastgeberin ihn aus seinen apokalyptischen Gedanken.

»Ihr Mann ist verreist?«

»Er kommt morgen zurück. Aus Trondheim. Irgendwo in Schweden.«

Er kommentierte ihr skandinavisches Weltbild nicht.

»Zu Ihrer Frage, warum ich gekommen bin: Ich höre, Sie hatten genau vor einer Woche Geburtstag. Und ich möchte Ihnen herzlich dazu gratulieren.«

Sie sah ihn entgeistert an. »Aber ich hatte nicht Geburtstag! Ich bin im November geboren. Ich bin Skorpion.«

Peck ließ sich seine Verwunderung nicht anmerken und murmelte etwas von einer Verwechslung. »Kennen Sie Evelyn Colerus-Cantor?«, fragte er dann.

»Ich kenne alle Frauen, mit denen mein Mann ein Verhältnis hat.«

Peck sah sie an. Ihre Wangen waren röter geworden. »Verhältnis?«

»Verhältnis, Beziehung, Pantscherl. Nennen Sie es, wie Sie möchten. Es war wohl eine firmenstrategische Beziehung. So heißt das doch im Businessdeutsch!«

»Ich habe davon gehört«, sagte Peck, »dass Ihr Mann die Firmenchefin engagiert unterstützt hat, als sie vor einigen Jahren in einer persönlichen Krise war, und …«

Frau Halm unterbrach ihn mit einem hysterischen Lacher.

»Was heißt vor einigen Jahren? Die engagierte Stütze, wie Sie es nennen, gibt es bis heute.«

Sie war immer lauter geworden und hob jetzt die Teetasse hoch, so wie man normalerweise mit einem Weinglas seinem Gegenüber zuprostet.

»Frau Halm, mir wurde zugetragen, dass Evelyn Cantor vor ihrem Verschwinden ein Testament beim Notar hinterlegt haben soll und Ihrem Gatten demnach finanziell viel Gutes widerfahren wird.« Peck beobachtete Gaby, die etwas verwirrt wirkte.

»Würde mich nicht wundern, wenn sich das für Manfred auszahlen würde, so wie er sich ihr aufgedrängt hat. Sex sells.«

»Man berichtet aber auch, dass Ihr Gatte in letzter Zeit bei seiner Chefin etwas aus der Gunst geraten ist.«

Sie sah ihn mit verschleiertem Blick an. Längere Pause. Dann hob sie die Schultern und ließ sie wieder fallen.

»Auf alle Fälle hat Evelyn meine Ehe zerstört. Und sie wird auch mein Leben zerstören. Das sehe ich kommen.«

Ihre Stimme war wieder laut geworden. »Vor vier Jahren, als Manfred den Autounfall hatte, dachte ich, dass er sich von diesem Weib gelöst hätte. Aber ich weiß, dass er sie nach wie vor bumst.«

»Wann war dieser Unfall?«, fragte Peck.

»Vor vier Jahren. Im Suff. Natürlich im Suff. Sie waren nachts zu zweit im Auto, Thomas und er. Manfred streifte zuerst einen Baum, fuhr einen Gartenzaun nieder und dann kippte der Wagen in den Straßengraben. Es gelang ihnen aber, weiterzufahren, Manfred hatte Prellungen und eine schwere Gehirnerschütterung, Thomas brach sich die Hand und schlug sich den Kopf blutig.«

»Polizei?«

»Keine Polizei.«

»Wo war der Unfall?«

»Auf der Bundesstraße nach Henndorf. Seit dem Unfall ist Manfred ein anderer Mensch geworden. Und es ist wie eine dämonische Macht, die von Thomas ausgeht und die meinen Mann ständig unter Druck setzt. Manfreds Stimmung wechselt ständig, sodass ich schon lange nicht mehr weiß, woran ich bei ihm bin. Manchmal ist er tagelang wie weggetreten. Dann brütet er vor sich hin und trinkt bis zur Bewusstlosigkeit. Einige Tage später ist er plötzlich wie aufgedreht, benimmt sich wie ein Größenwahnsinniger und läuft wie ein manischer Hund allen Frauen nach, vor allem Evelyn.«

Im Geiste ging Peck seine Liste an Fragen durch, die er ihr noch stellen wollte.

»Nochmals zurück zum vergangenen Montag, als Ihr Mann bei dem Kundenempfang im Schloss Leopoldskron war. Wann ist er an diesem Abend nach Hause gekommen?«

Ohne Nachdenken kam die Antwort: »Irgendwann in der Früh. Drei oder halb vier. Und er hat gestunken wie eine Herde heißer Freudenmädchen. Das ist echtes Business!«

*

»Sie haben mir sehr geholfen«, sagte Peck, befreite sich mit einigen kraftvollen Ruderschlägen aus den Untiefen der Couch und erhob sich.

»Bleiben Sie doch noch ein bisschen.« Gaby stand ebenfalls auf und kam zwei Schritte näher. Erschrocken wich Peck zurück, floh ins Vorzimmer und zog seinen Mantel an, als ein deckenhoher Einbauschrank seine Aufmerksamkeit erregte. Noch mehr Puppen? Er drehte sich um, sah, dass er allein war, und öffnete die Schranktüre. Mindestens zweihundert Paar Schuhe in allen Farben und Formen saßen da auf unzähligen Regalbrettern so wie die Puppen im Wohnzimmer. Fassungslos schloss er den Schrank und flüchtete aus dem Haus.

Der arme Halm, dachte Peck, als er vor dem Haus in der Kälte stand. Immerhin hatte er zwei wichtige Dinge erfahren: Gaby war Sternbild Skorpion, und Manfred Halm kam vor einer Woche erst in der Früh von Leopoldskron nach Hause. Durchaus bemerkenswerte Fakten, wie er fand. Er musste so schnell wie möglich nochmals mit Halm sprechen. Irgendjemand hat gelogen, dachte Peck. Aber wer? Und was waren die Konsequenzen?

*

Es war schon dunkel, als Peck zu Hause ankam. Als er in seinem Lieblingssessel saß, dachte er gemeinsam mit einem Lagavulin über den Tag nach. Er war müde. Machte er Fortschritte? Auch die Polizei, dachte er, tappt im Dunkeln und hat bisher keine Spur von Evelyn. Da läutete sein Telefon. Elsa Söder. »Ich habe alles so gemacht, wie du es mir geraten hast«, sagte sie und schwieg dann.

»Und?«, fragte Peck in die Schweigeminute hinein.

»Du hast mir aber was verschwiegen.«

»Lehrerinnen kann man nichts verschweigen.«

»Doch. Seit gestern ruft mich alle halbe Stunde ein anderer Journalist an. Und besonders aufdringliche stehen schon vor meiner Tür mit Mikro und Blitzlicht.«

»Weise alle kühl ab.«

»Das kann ich nicht.«

»Bei mir hast du das vor fünfunddreißig Jahren hervorragend gekonnt. Erzähl mir, wie es dir mit der Polizei ergangen ist.«

»Nach meinem Anruf in der Wachstube kam alles ganz schnell ins Rollen. Zuerst die beiden Polizisten aus dem Ort, der Hans Kogler und sein Freund Karli, die ich beide unterrichtet habe. Dann rückte eine Armada an, mit Blaulicht und einer ganzen Polizeischule, die im Laufschritt in Richtung Wald lief. Du hättest dir wegen deiner Fußspuren im Schnee keine Gedanken zu machen brauchen. Die haben alles zertrampelt.«

Peck gab ein zufriedenes Grunzen von sich. Er murmelte einige Worte des Abschieds und dass er sich gewiss melden würde. Dann drückte er vorsichtig und langsam den Aus-Knopf an seinem Mobiltelefon.

Anschließend wählte er die Nummer seines Auftraggebers Colerus, dem er von dem Besuch am Seeleitensee und dem Durcheinander im Haus berichtete. Er hörte Colerus schnaufen, dann seine tiefe, militärisch schneidende Stimme: »Herr Peck, dort ist schon des Öfteren eingebrochen worden. Das Anwesen liegt eben sehr abgelegen, und manche Leute glauben, im Haus die großen Reichtümer zu finden. Ich werde jemanden aus der Firma hinschicken, um die Türe wieder zu richten.«

»Wer könnte gewusst haben, wo der Hausschlüssel versteckt ist? Das Schloss ist nicht aufgebrochen worden.«

Colerus schnaufte wieder. »Keine Ahnung. Einigen Leuten wird Evelyn es sicher erzählt haben.«

»Noch eine Frage, Herr Colerus: Hat Evelyn ein Testament verfasst?«

»Meine Tochter hat nicht nur für das Unternehmen Strategien entwickelt, sie hat auch ganz sicher für den Fall ihres Todes gut vorgesorgt und irgendwo klare Regelungen bezüglich ihrer Hinterlassenschaft deponiert. Wahrscheinlich bei unserem Notar.«

»Wer ist Ihr Notar?«

»Notariatsbüro Dr. Geldwerter in Salzburg.«

Peck blieb noch einige Zeit in seinem Lehnstuhl sitzen, schaltete die Stehlampe an und legte Klaviermusik von Erik Satie auf.

Seine Gedanken wanderten zu seiner früheren Firma. Führt euer Geschäft so, als ob es eure eigene Firma wäre, war Pecks Credo. Und mit dem neuen Firmeninhaber, einem internationalen Finanzinvestor, kam ganz schnell Pecks persönliche Katastrophe. Er verstand die Welt nicht mehr. Es zählte plötzlich nicht mehr eine solide Zukunftsplanung, sondern nur noch der kurzfristige Erfolg im nächsten Quartal. Shareholder Value! Das war nicht mehr seine Firma, die er viele Jahre prägend mitgestaltet hatte. Er lehnte sich auf, wollte nicht mithelfen, mit einer oberflächlichen Kosmetik die aktuellen Geschäftszahlen so weit zu schönen, um das Unternehmen mit Gewinn weiterverkaufen zu können. Nachdem er vom Big Boss lieblos auf die Straße gesetzt worden war, machten ihm einige Bewerbungsgespräche rasch klar, dass er mit sechsundfünfzig keinen Job mehr finden würde. Bei sparsamer Lebensweise, das heißt bei halbierter Buchkauf-Frequenz, reichten seine Ersparnisse für schätzungsweise tausend Tage.

Peck beschloss, Zeit und Geld in eine neue Karriere zu investieren: Er verbrachte einige Zeit als junger Nachwuchslehrling bei einem Linzer Detektivbüro und erwarb in einer mehrmonatigen Ausbildung den in Österreich notwendigen Gewerbeschein als sogenannter Berufsdetektiv, ausgestattet mit lebenswichtigem Faktenwissen in Kriminologie, Rechtskunde und Personenschutz, amtlich examiniert und mit einer von der Behörde ausgestellten Legitimation. Mit Lichtbild.

Plötzlich überfiel ihn der Hunger. Er fand etwas Käse und Wurst im Kühlschrank, jedoch kein Brot. Lustlos kaute er auf den Resten herum.

Später rief er Sophia in ihrem Hotel in Budapest an. Weder dort noch auf ihrem Handy eine Reaktion. Peck ärgerte sich. Wo war sie? Plötzlich erinnerte er sich an den Namen des schwarzhaarigen Buchhändlers aus Freilassing: Rudolf! Wie kann man nur Rudolf heißen, dachte er. Ob sie wohl Rudi zu ihm sagt?

Nachdem er alle seine achtzig Fernsehkanäle durchgespielt hatte und nur auf Blödsinn gestoßen war, ging er eine halbe Stunde später ins Bett.

Samstag, 22. Februar

»Es soll Schnee kommen am Abend und in der Nacht«, sagte Franziska und zog die Wollmütze tief ins Gesicht. Ein eisiger Nordwind blies ihnen ins Gesicht. Der böhmische Wind, dachte Norbert. Trolly sprang übermütig um sie herum, dann lief er quer über das große Stoppelfeld in Richtung Wald. Der Hund wird bis Mittag dreimal so weit gelaufen sein wie wir, dachte Norbert.

»Wo ist Trolly?«, fragte Franziska plötzlich und drehte sich suchend um ihre eigene Achse. Sie hörten ihn in dem nahen Waldstück bellen. Dann sprang der Hund durch das Unterholz, ein langes rotes Band hinter sich herschleifend.

»Was hat er da?«, fragte er. Trolly ließ das Band los, und sie sahen, dass es ein roter Schal war. Der Hund war aufgeregt, lief einige Meter in Richtung Wald, blieb dann stehen, bellte, jaulte und verschwand wieder im Gebüsch am Rande des Nadelwaldes.

»Er hat irgendwas entdeckt«, sagte Norbert leise. Sie folgten dem Feldweg, der von der Straße zum Wald führte, und gelangten in dichtes Buschwerk, in dem sie den Hund knurren und jaulen hörten. Norbert kämpfte sich durch das Gestrüpp. Dann sah er das Furchtbare. Halb im Boden verscharrt und zum Teil vom Hund frei gegraben, lag da ein Mensch vor ihm. Weiß und grau und starr. Er sah das Haar, das sich kaum von dem winterlich verfärbten Gras ringsum unterschied, verschmutzt und mit Raureif bedeckt. Und ein weißes Gesicht mit zwei Augenhöhlen, die mit schmutzigem Schnee gefüllt waren.

Norbert ging zwei Schritte näher. Jemand hatte eine Grube ausgehoben, in der die Leiche lag, halb zugedeckt mit Erde und einigen Tannenzweigen.

»Da liegt eine Leiche«, stammelte Norbert. »Wir müssen die Polizei rufen.«

*

Peck war gerade aufgestanden, als das Telefon läutete. Es war Georg Wilhelm Colerus. Evelyn war tot. Spaziergänger hatten ihre Leiche heute früh nahe Freistadt, vierzig Kilometer nördlich von Linz, in einem Wald gefunden.

Colerus sprach wirr mit leiser, zerbrechlicher Stimme. Er wirkte verstört und kopflos.

»Das Ehepaar hatte einen Hund dabei«, sagte er, »und der hat Evelyn entdeckt. Der Staatsanwalt hat die Nachforschungen aufgenommen, und die Ermittler des Landeskriminalamts sind bereits dort.«

Colerus beschrieb ihm noch kurz den Fundort der Leiche, aber Peck hörte nicht genau zu. Unruhe hatte ihn gepackt. Sein spontaner Gedanke war, ebenfalls sofort hinzufahren. Doch dann entschied er anders. Wie hatte Manfred Halm zu ihm gesagt? Darum wird sich professionell die Polizei kümmern.

»Mein Fahrer wartet schon im Auto vor der Tür«, sagte Colerus weinerlich, »in gut einer Stunde sehe ich meine Tochter. Aber vorher, Herr Peck, ein neuer Auftrag für Sie!«

Seine Stimme wurde schlagartig fest und lauter. »Finden Sie den Mörder meiner Tochter!«

Peck setzte sich und lehnte sich zurück. In diesem Augenblick schien es, als ob ihm der Tag entgleiten würde. Seine Gedanken wanderten zu Evelyn, die er nur von Erzählungen und Fotos her kannte, und zurück zu dem soeben geführten Gespräch mit ihrem Vater.

Peck musste Ordnung in seine Gedanken bringen. Er setzte sich an seinen Schreibtisch und schrieb eine Liste aller Beteiligten und Verdächtigen. Dann begann er, auf einem zweiten Blatt die Liste jener Maßnahmen zu notieren, die er nächste Woche erledigen musste. Er musste nochmals genau die Alibis hinterfragen. Peck sah aus dem Fenster. Es hatte wieder zu regnen begonnen. Schnürlregen in Salzburg. Er setzte sich in den Sessel, schaltete die Leselampe ein und begann, seine Liste zu ergänzen.

Welche Rolle spielte Gaby Halm? Sie hasste Evelyn, und ihr wäre ein Mord durchaus zuzutrauen. Und was war das für eine Art von Ehe gewesen, die Thomas Cantor mit Evelyn geführt hatte? Ihr musste schon seit Jahren klar gewesen sein, dass Thomas alles andere als ein treuer Gatte war und sie auf seinen zahlreichen Dienstreisen betrog. Hatte sie resigniert, weil sie ihren Mann kannte und wusste, dass er sich intensiv zu anderen Frauen hingezogen fühlte? Die meisten betrogenen Ehefrauen schätzen ihre Situation richtig ein, dachte Peck, sie kämpfen entweder hartnäckig gegen eine meist viel jüngere Geliebte, oder sie warten ab, bis die Leidenschaft ihres Mannes und der Reiz des Unbekannten vorbeigezogen sind. Und was tat Evelyn? »Sie macht, was sie will«, hatte Rosi Kämmerer gesagt, und Evelyns Vater hatte ihn gleich bei seinem Treffen im Bazar darüber aufgeklärt, dass die Ehe in keinem guten Zustand sei.

Die Ehe hatte nur noch auf dem Papier bestanden, dachte Peck. Und jeder wusste es. Und jeder akzeptierte es. Oder doch nicht jeder?

Thomas Cantor hatte ein festes Alibi. Rosi hat das Flugticket selbst bestellt. Und sie hat auch die Prager Hotelrechnung gesehen. Der nächste Name auf seiner Liste war Georg. Hatte seine Schwester Evelyn ihm den Geldhahn zugedreht? Peck würde Georg kommende Woche treffen und ihn fragen, wo er am Montagabend gewesen war. Waren die beiden Sekretärinnen verdächtig? Liebe kann ein starkes Motiv sein. War Ingrid Schellhorn verliebt in ihren Chef? Hatte sie Evelyn deshalb aus dem Weg geräumt? Und Manfred Halm? Wann genau verließ er wirklich das Geschäftsessen in Leopoldskron? Und wohin ging er? Hatte Evelyn Halm den Laufpass gegeben, und dieser hatte wütend reagiert? Kannte Halm Evelyns Testament? Und welche Rolle spielten die Chinesen? Und die eigenen Vertriebsmitarbeiter aus Rumänien? Peck war überzeugt, dass Halm nicht die Wahrheit gesagt hatte. Mit ihm würde er nochmals reden müssen.

Was hatte er nächste Woche zu erledigen? Montag, halb neun, Schlosscafé Mattsee: Ingrid Schellhorn war sein erster Eintrag.

Und er würde sich intensiver mit Thomas Cantor beschäftigen und ihn nächste Woche mindestens einen Tag lang nicht aus den Augen lassen.

Peck spürte plötzlich, dass er seit dem Frühstück nichts mehr gegessen hatte, und suchte aus einem seiner französischen Kochbücher Soupe au Pistou à la Minute aus, eine schnell zuzubereitende Gemüsesuppe mit Basilikum und Knoblauch aus der Provence. Danach rief er zweimal Sophia auf dem Handy an: Mailbox!

Peck zog seine Winterjacke an, nahm den Schirm und ging in Richtung Salzach, um etwas frische Luft zu tanken.

Plötzlich fand er sich auf der anderen Seite des Flusses wieder. Er war über den Überfuhrsteg und, in Gedanken versunken, weiter in Richtung der Pezoltgasse in der Josefiau unterwegs, wo Sophia wohnte. Da sah er das Auto mit Freilassinger Kennzeichen, das in diesem Augenblick langsam vor Sophias Haus ausrollte. Ein Mann stieg aus, ging trotz des Regens ohne Schirm um das Auto herum, öffnete mit galanter Geste die Beifahrertüre - und Sophia stieg aus. Peck zuckte zusammen. Mit einem vorsichtigen Blick zum Auto vergewisserte er sich, dass Sophia ihn nicht bemerkt hatte. Im Halbdunkeln konnte er gerade noch erkennen, wie sich Sophia von dem Mann mit einem Kuss auf die Wange verabschiedete. War das Rudi? Wütend stapfte er den Weg durch die Au zurück zur Salzach. Verdammt! Warum küsste sie ihn? Da läutete sein Handy, und er sah Sophias Nummer.

»Ich liebe dich«, sagte sie zur Begrüßung, »bitte komm zu mir. Ich bin gerade angekommen.« Sollte er ihr verzeihen?

Und wenn ja, was? Er machte eine rasche Kehrtwendung und ging den gleichen Weg zurück zur Pezoltgasse. Als er kurz darauf dort eintraf, hatte er ihr bereits großmütig verziehen.

Zehn Minuten später saßen sie im Wohnzimmer.

»Evelyn wurde ermordet«, erzählte Peck.

Sophia sah ihn an. »Wer macht so was? Was ist das für ein Mensch?«

»Ein Mensch wie du und ich«, sagte Peck. Im weitesten Sinne ein Mensch wie du und ich.«

»Was nun?«, fragte sie.
»Ich habe den Auftrag, den Mörder zu finden.«
Sie sah ihn ernst an und begann, leicht mit dem Kopf zu nicken. »Ich wünsche dir viel Glück dabei.«
Sie stand auf und legte eine CD ein. Peck hörte dunkle, beklemmende Todesmotive und dissonante Akzente neben liedhaften Melodien. Peck sah Sophia fragend an.
»Schubert«, sagte sie. »Der Tod und das Mädchen.«
Sophia machte sich Notizen in ihren Bücherkatalogen.
»Hast du keinen Hunger?«, fragte er.
»Wir haben unterwegs eine Kleinigkeit gegessen.« Sophia und Rudi gemeinsam im Restaurant, dachte er, natürlich! Sophia kam mit einem Teller aus der Küche. »Ich habe noch eine hervorragende Pastete.«
»Selbst gemacht?«, fragte Peck.
»Selbst gekauft«, sagte sie und stellte den Teller neben sein Weinglas auf den kleinen Tisch. Die Pastete roch verführerisch. Peck holte sich die Pfeffermühle und bedeckte den ganzen Teller mit einer dünnen schwarzen Schicht.
»Nachwürzen, ohne vorher zu kosten, gilt in Amerika als seelische Grausamkeit und wird als Scheidungsgrund anerkannt«, sagte Sophia, ohne aufzublicken.
Er antwortete nicht. Was sollte er dazu auch sagen?
Peck las *Maigret macht Urlaub* von Simenon. Aber seine Gedanken waren bei der toten Evelyn im Mühlviertel. Was sollte er tun? Bei Maigret ging es immer irgendwie weiter!
Plötzlich schoss ihm wieder die Erinnerung an eine Bemerkung durch den Kopf, die der alte Colerus im Bazar gemacht hatte. Was war es? Er konzentrierte sich auf die damalige Unterhaltung und ging sie nochmals durch, Wort für Wort. Er versuchte, jede einzelne Äußerung wieder an die Oberfläche zu holen. Und langsam nahm der Gedanke konkrete Formen an, bis er wusste, was damals schon seine Aufmerksamkeit erregt und sich im Gespräch mit Rosi bestätigt hatte.
Er beschloss, am nächsten Tag einen Ausflug nach Freistadt zu

unternehmen. Mit Sophia, denn alleine wollte er nicht fahren. Doch wie sollte er sie überreden, mitzukommen? Also würde er ihr eine originelle sonntägliche Landpartie anbieten: »Ich möchte dir morgen gerne das Krokodil zeigen.«

»Geht's dir gut, mein Schatz?« Sophia blickte nicht einmal von ihrem Buch auf.

»Ich möchte es dir zeigen«, sagte er, »das Krokodil in Freistadt. Es ist ein Teil meiner Kindheit. Ich bin in Freistadt zur Volksschule gegangen.« Sie hob ihren Kopf und blickte ihn fragend an.

»Und außerdem kennst du die Stadt nicht. Ein mittelalterliches Juwel im Mühlviertel.«

»Aber ich habe doch schon ein mittelalterliches Juwel.« Sie lächelte.

»Das ist nicht fair«, sagte Peck. »Es ist wichtig für mich.«

»Ich weiß«, sagte sie, immer noch lächelnd, »und deshalb komme ich mit.«

Sonntag, 23. Februar

Als Peck aufwachte, war der Platz im Bett neben ihm leer. Er hatte tief und traumlos geschlafen. Ächzend und sich zuerst stöhnend auf die Seite rollend, wie er es nur machen konnte, wenn Sophia ihn nicht beobachtete, erhob er sich und schlafwandelte mit nackten Füßen zum Fenster. Es hatte geschneit, ein freundlicher Tag: blauer Himmel und Sonnenschein. Ausflugswetter in Salzburg.

In der Küche begrüßte ihn Sophia mit einem Klavierkonzert von Mozart.

»Was gibt's zum Frühstück?«, fragte er.

»Ist das ein offizielles Verhör?«

Peck suchte nach einer geeigneten Antwort, aber es fiel ihm nichts ein.

»Möchtest du einen Kräutertee?«

»Ich liebe Kräuter auf einem saftigen Steak«, erwiderte Peck.

»Aber ich habe fünfunddreißig unterschiedliche Kräutertees!«

Er aß, ohne zu murren, Müsli und Obst zu einem English Breakfast Tea. Je stärker Sophia sein Frühstück mitbestimmte, desto gesünder fiel dieses aus.

Peck fühlte sich ausgeschlafen und stellte fest, dass er guter Laune war. Als er sich vom Tisch erhob, spürte er einen stechenden Schmerz im Rücken. Er griff nach hinten und stöhnte laut. Sophia sah ihn erschrocken an. »Kann ich dir helfen?«

»Ja«, sagte er, »schau weg!«

Als sie vor ihrem Haus standen, fragte sie: »Hast du eine Heizung in deinem Käfer?«

»Natürlich habe ich eine Heizung. Sie funktioniert Montag und Mittwoch.«

»Heute ist Sonntag«, sagte Sophia, »wir fahren mit meinem Wagen. Die Heizung ist gut für deinen Rücken.«

Sophia fuhr einen C-Klasse Mercedes. Peck lief um das Auto herum, öffnete galant die Fahrertüre und blieb aufrecht wie ein Soldat neben dem Auto stehen.

So galant wie der verdammte Rudi bin ich schon lange, dachte er.

Sie verließen Salzburg auf der Westautobahn in Richtung Osten. Je weiter sie kamen, desto dichter wurde die Schneedecke. Freistadt, das sie eine halbe Stunde später erreichten, war tief verschneit.

Als sie von dem Hügel vor der Stadt hinunter ins Zentrum fuhren, sprach Sophia jene Worte, auf die Peck sehnsüchtig gewartet hatte: »Ich habe Hunger.«

»Wie Madame befehlen«, sagte Peck, »ich habe für jeden deiner Wünsche Lösungen vorbereitet. Und die Lösung in diesem Fall heißt: Gasthof Deim.«

Der Deim war in einem der ältesten Gebäude Freistadts beheimatet und lag direkt neben einem der beiden Stadttore aus dem dreizehnten Jahrhundert.

Sie saßen in einer Art Wintergarten mit Blick auf die alte Liebfrauenkirche und ein kleines Gewässer, das den Frauenteich mit der Feldaist verband. Peck erinnerte sich an seine Erstkommunion, die im Klostergarten neben der Frauenkirche mit Kakao und Guglhupf ihren Abschluss gefunden hatte. Auf dem Foto, das damals neben der Kirche aufgenommen wurde, standen alle aus seiner Klasse in dunklen Anzügen und mit einer dicken, langen Kerze in zwei Reihen nebeneinander. Nur er hatte einen hellgrauen Anzug an, weiß der Himmel, warum, und wurde deshalb vom Fotografen ganz seitlich ans Ende der Schülerreihe verbannt. Aber seine Kerze war die dickste von allen gewesen.

Peck trank eine Halbe herbes Freistädter Bier, die hervorragend schmeckte. Sophia hatte ein Glas dampfend heißes Wasser vor sich stehen, aus dem sie schluckweise zu ihrem Gemüsegericht trank. Peck fühlte sich anderen gegenüber als ausnehmend tolerant, auch bei deren Auswahl der Getränke. Aber er würde nie verstehen, warum jemand freiwillig heißes Wasser trank.

Nach dem Essen sprach Peck zum ersten Mal, seitdem sie aus Salzburg weggefahren waren, das Thema Evelyn an.

»Es gibt da eine Idee«, sagte er, »die mich schon seit gestern verfolgt. Ich weiß vom alten Colerus, wo ungefähr die Leiche Evelyns gefunden wurde. Da möchte ich hin. Aber vorher geht's zum Krokodil.«

Peck konnte sich noch gut an seinen Schulweg erinnern, vorbei am Linzertor und auf der Promenade entlang des mittelalterlichen Stadtgrabens bis zum Marianum, das damals seine Volksschule beherbergte. Während des Spazierganges hing er seinen Gedanken nach, die ihn weit in die Vergangenheit zurückführten. Ob alle älteren Männer von Zeit zu Zeit in solche Phasen geraten, fragte er sich, in denen sie sich verloren wie in einem nostalgischen See ihrer Kindheitserinnerungen? Er war wieder der kleine Bub, der mit seiner Mutter durch Freistadt ging. Sah sie nicht sogar ein bisschen Sophia ähnlich?

Da kam ihm wieder der Matador-Baukasten in den Sinn, seine ersten Bilderbücher und vor allem seine Comics, die damals noch Schundhefte hießen und die seine Mutter ihm heimlich kaufte: Akim, der Herr des Dschungels, Sigurd, der ritterliche Held, und Prinz Eisenherz. Die meisten dieser schwarz-weiß gedruckten schmalen Heftchen waren über die Jahre und bei den oftmaligen Umzügen verloren gegangen. Vor einigen Jahren hatte Peck all diese Abenteuerhefte als Nachdrucke und für teures Geld wieder gekauft. Auf der Suche nach seiner Kindheit?

Sie gingen durch die leicht ansteigende Pfarrgasse, die bis zum Hauptplatz führte. Kurz nach der Kreuzung mit der Salzgasse lag links das alte Haus, in dessen dunklem Flur das große Geheimnis seiner Kindheit an zwei rostigen Eisenketten von der Decke hing: sein Krokodil, ein lebensgroßes, ausgestopftes Reptil mit weit geöffnetem Maul.

Paul hatte es als Kind immer besucht, wenn ihn der Weg an dem alten Haus in der Pfarrgasse vorbeiführte. Enttäuscht bemerkte er, dass der Flur heute nicht mehr so beängstigend dunkel und das Krokodil nicht mehr so zähnefletschend bedrohlich war. Sophia stand neben ihm, als er zu dem Vieh hochsah. Sie lächelte. Hatte sie seine Gedanken erraten?

Schweigend schlenderten sie zu ihrem Auto, das sie direkt am Böhmertor geparkt hatten. Peck setzte sich hinter das Steuer. Er wusste von Evelyns Vater, dass die Leiche nur vier oder fünf Kilometer nördlich von Freistadt nahe der Ortschaft Vierzehn gefunden worden war.

Die Straße oberhalb Freistadts war durch die Schneeverwehungen schlecht befahrbar. In der Nähe der Ortschaft Vierzehn führte eine schmale Straße nach Lichtenau. Da irgendwo mussten sie abbiegen. Bei einem der Häuser stand ein etwa dreizehnjähriger Junge neben einer kleinen Kapelle. Peck hielt an. Der Bub war tief in seinen Wintermantel eingemummt und zog einen Schlitten hinter sich her. »Sie wollen sicher wissen, wo der Mord passiert ist«, sagte er und lehnte den Schlitten gegen die Kapelle neben der schmalen Straße. »Soll ich Ihnen die Stelle zeigen?« Als Sophia mit dem Kopf nickte, deutete er in Richtung eines Waldstückes, das einige hundert Meter vom Haus entfernt war.

»Am besten, Sie lassen das Auto hier stehen«, sagte der Bub.

»Gestern konnte man auf dem Weg zum Wald noch mit dem Wagen fahren, aber heut Nacht hat es irre geschneit.«

Zu dritt stapften sie in Richtung Waldrand, der hinter der weißen Schneefläche lag.

Wenn der Schnee einen Tag früher gekommen wäre, dachte Peck, hätte man Evelyns Leiche wahrscheinlich erst viel später gefunden. Seine Hose war durchnässt und seine Halbschuhe mit Schnee gefüllt. Mit kurzem Atem und frierend lief er dem Jungen und Sophia hinterher. Insgeheim verfluchte er jetzt dieses Schneeabenteuer.

Am Waldrand angekommen, drehte sich ihr kleiner Führer um. Er hatte von der Kälte und vor Aufregung rote Wangen und deutete mit dem Kopf zum Wald.

»Hier war es«, sagte der Junge wenig später, »ich habe mich von der anderen Seite angeschlichen und konnte alles genau sehen. Da war alles voll Leute. Sie haben den ganzen Wald abgesucht und dauernd fotografiert. Und dann kam ein Auto und hat die Leiche weggebracht.«

Peck blickte mit einem Schaudern auf den Waldboden. Genau an der Stelle zu stehen, wo vor einigen Tagen der Mörder auf die am Boden liegende Leiche Evelyns gesehen hatte, erfüllte ihn mit Unbehagen. Er hatte nicht vor, nach Spuren zu suchen, zumal der Schnee alles wie mit einem Leichentuch zugedeckt hatte.

»Meine Eltern haben recht«, sagte der Junge, als sie zurückgingen. »Sie sagten, es werden viele Neugierige aus Linz oder von noch weiter herkommen. Vielleicht mache ich hier am Waldrand eine Würstchenbude auf.«

»Ich bin kein Neugieriger«, sagte Peck. »Ich bin Detektiv.«

»Ein echter Detektiv?« Der Bub sah bewundernd zu ihm hoch. »Wie Nick Knatterton?«

»Ein echter Detektiv«, sagte Sophia bestätigend.

Der Bub sah sie fragend an. »Und wer sind Sie?«

»Ich bin die Chefin des Detektivs.« Sophia verzog etwas den Mund, weil ihr Peck kräftig auf die Zehen gestiegen war. »Und manche Detektive gehen mit brutaler Gewalt vor«, sagte sie.

Nach wenigen Metern erreichten sie wieder die Hauptstraße.

»Hier!« Sophia deutete auf ein Verkehrsschild am Straßenrand. »Die Goldene Stadt«, sagte sie, »Prag 209 km. Ich liebe diese Stadt, und ich will sofort da hinfahren!« Auf den ersten Kilometern zurück zur Autobahn war Peck gedankenverloren, und erst später sah er die verschneite Mühlviertler Hügellandschaft, die draußen vorbeizog. Was hatte der Besuch hier draußen gebracht? Wie kam die tote Evelyn von Salzburg hierher nach Freistadt? Und warum wurde die Leiche gerade hier verscharrt? Prag 209 km, dachte er.

»Du hast vorhin etwas Wichtiges gesagt …«

»Das kommt bei mir oft vor«. Sie lächelte.

Als sie wieder Salzburg erreichten, war es bereits dunkel geworden. Sie einigten sich auf ein Abendessen und zwei Gläser Grünen Veltliner vom Jamek im Gasthaus Überfuhr. Danach fuhren sie zu Sophia in die Pezoltgasse.

Peck war müde. Bevor er sich näher mit seiner Couch beschäftigte, ging er mit seinem Mobiltelefon ins Vorhaus, schloss die Wohnzimmertüre hinter sich und rief Monika Kuttner an. Diese war offensichtlich gerade bei einem anregenden Gespräch vom Läuten des Telefons unterbrochen worden. Peck hörte, wie sie noch einige Worte sprach und sich erst dann mit einer leisen Stimme meldete.

»Mein herzliches Beileid, Frau Kuttner, hier spricht Paul Peck, ich bin ein Bekannter Ihres Mannes und möchte Sie gerne kurz persönlich sprechen. Würde Ihnen morgen halb elf passen?«

Sie dachte einige Sekunden nach und flüsterte dann einige Worte zu der Person, die wohl gerade bei ihr im Zimmer war. Dann hörte er ein leises Lachen im Hintergrund. Die lustige Witwe, dachte Peck.

»Was wollen Sie von mir?«

»Nicht jetzt am Telefon«, sagte Peck. »Ich bin morgen um elf Uhr bei Ihnen.«

Montag, 24. Februar

Es war sieben Uhr vorbei, als Sophia und Peck frühstückten. Er hatte gut geschlafen, aber sieben Uhr war eindeutig zu früh für ihn.

»Was machst du eigentlich schon so früh? Fängst du heute den Mörder?«, fragte sie.

»Ich treffe mich mit einer kühlen, aber wohlklingenden Stimme in Mattsee. Ich glaube, sie ist blond.«

»Was macht die kühle Stimme beruflich?«

»Sie lenkt Thomas Cantors Büro mit Kraft und Durchsetzungsvermögen.«

»Weiß die kühle Stimme, wer die Firmenchefin ermordet hat?«

»Ich glaube, jeder ahnt was, einige wissen was, aber keiner sagt ein Wort.«

»Wenn du Lust auf meine coole Stimme hast, können wir uns heute zum Mittagessen treffen«, sagte Sophia. Sie stand auf und stellte das Geschirr in die Abwasch. Peck sah auf ihre schlanke, biegsame Gestalt und sagte: »Du hast wirklich noch immer eine tolle Figur!«

Sie wirbelte herum und funkelte ihn an: »Sag sofort diesen Satz noch mal, aber ohne die Worte noch immer!«

Wieder falsch!, dachte Peck. Er sagte, dass er sie um zwölf am Waagplatz abholen werde.

Bevor Peck Sophias Haus verließ, blätterte er noch die Zeitung durch, auf der Suche nach einer bestimmten Meldung, die er schließlich im Lokalteil fand:

Unbekannte männliche Leiche im Wald bei Moosdorf gefunden.

Peck legte eine Glenn-Gould-CD ein, als er mit dem Wagen nach Mattsee fuhr. Er hatte heute keine Rückenschmerzen, sein Auto war problemlos angesprungen, und es versprach, ein sonniger Tag zu werden. Schwungvoll, soweit es sein VW Käfer zuließ, fuhr er die steile Straße zum Schlosscafé in Mattsee hinauf. Die Morgensonne beschien den See und die umliegende Landschaft des Flachgaues, die er vom Parkplatz aus sehen konnte. Er betrat das Café einige Minuten nach halb neun. An einem Tisch saß eine rötlich blonde übergewichtige Frau in einem gerüschten hellgrünen Kleid. War das Frau Schellhorn? Hätte er ein Erkennungszeichen verabreden sollen? Sollte er ihr jetzt seine roten Socken zeigen?

Sie war es. Er bemerkte, dass ein großer Teil ihres Selbstbewusstseins verloren gegangen war, das er während des Telefonats am Freitag zu spüren bekommen hatte, noch bevor Evelyns Tod bekannt geworden war.

Peck bestellte einen Großen Braunen. Frau Schellhorn sah ihn durch dicke Brillengläser an, die in einem massiven Gestell steckten.

»In der Firma herrscht das totale Chaos, seit Evelyns Tod bekannt ist. Und vor allem diese entsetzliche Bluttat!«

Peck sah sie an. Keine sehr tiefgehende Trauer, dachte er.

»Ich weiß auch nicht, was ich hier überhaupt soll. Thomas, also Herr Cantor, ist recht ungehalten, dass ich nicht im Büro bin. Er hat mich vor wenigen Minuten aus dem Büro angerufen.«

»Er ist im Büro?« Peck sah sie überrascht an.

»Er will es so. Das lenkt ihn von dem Grauenhaften ab, das geschehen ist.« Ihre Stimme war jetzt nicht mehr kühl. Sie klang weinerlich und gepresst. »Die meisten haben bereits am Wochenende vom Tod der Chefin erfahren. Es hat sich wie ein Lauffeuer herumgesprochen. Ich muss sobald wie möglich ins Büro. Herr Cantor braucht mich! Und es gibt viel zu organisieren. Er sagte mir, dass die Leute im Unternehmen kaum noch arbeiten. Sie stehen in Gruppen zusammen und reden über das Unglück, das die Firma und die Familie getroffen hat. Und alle fragen sich: Was wird aus uns?«

Eine gute Frage, dachte sich Peck und gab dem Kellner ein Zeichen für seinen zweiten Großen Braunen.

»Und es kommen hunderte Anrufe«, sagte sie, »von Kunden und Geschäftspartnern. Außerdem will auch die Polizei mit einigen aus der Firma reden.«

»Aber da ist ja auch noch Frau Rosi Kämmerer«, sagte Peck.

»Ach, die!« Frau Schellhorn verzog ihr Gesicht, so dass ihre große Brille auf der Nase nach unten rutschte. »Was wir im Moment brauchen, sind Leute, die anpacken!« Sie saß jetzt reglos da, plötzlich schweigsam und wie in sich gekehrt. Auf ihrer Stirn zeigten sich kleine Schweißperlen.

Wen meint sie mit *Wir*?, überlegte Peck. Wir heißt wohl, sie selbst und Thomas Cantor. Oder sie selbst und der Rest der Firma.

»Er braucht mich jetzt«, sagte sie, überzeugt von ihrer wichtigen Rolle im Unternehmen, »er hat sonst niemanden mehr!« Wieder schwieg sie lange. Peck warf ihr einen fragenden Blick zu.

»Es wird nicht mehr lange dauern«, sagte Peck, »ich möchte zum Beispiel nur noch wissen, in welchem Hotel in Prag Ihr Chef gewohnt hat.«

»Ich buche immer das Melnik Garden auf der Kleinseite. Sein Lieblingshotel. Die Rechnung von der Übernachtung liegt noch auf meinem Schreibtisch.«

»Frau Schellhorn, können Sie sich erinnern, wann Herr Cantor am Montag vor einer Woche vom Büro nach Leopoldskron gefahren ist?«

»Ich habe im Outlook alle Termine, aber ich weiß, dass er schon früh zu seinem Flugzeug nach Prag musste. Ich glaube, er fuhr kurz vor fünf vom Büro weg.«

»Zu welcher Werkstätte wird der Wagen Ihres Chefs gebracht, wenn der Kundendienst fällig ist?«

»Sie haben Fragen! Herr Cantor fährt einen Audi, den Kundendienst macht logischerweise immer die Werkstätte in der Vogelweiderstraße.«

»Ich habe noch eine Frage. Evelyn hatte an diesem Montagvormittag ein Gespräch mit einem bislang unbekannten Mann. Ihr soll das Gespräch sehr nahegegangen sein. Wo war dieses Treffen?«

Frau Schellhorn dachte einige Augenblicke nach, und ihre Brille rutschte wieder nach unten. »Ich erinnere mich«, sagte sie dann.

»Evelyn nahm hektisch ihre Handtasche und sagte zu Rosi und mir, dass sie im Café des Hotels Europa eine Verabredung hätte, was ihr überhaupt nicht gepasst hat, da sie noch jede Menge Vorbereitungen für den Abend in Leopoldskron erledigen musste.« Sie sah Peck lange an und spürte wohl, dass er noch nicht zufrieden war. »Ich weiß aber nicht mehr darüber. Auch nicht, mit wem sie sich traf.«

»Wer hat Ihrer Meinung nach Evelyn getötet?«, fragte Peck.

»Ich glaube, sie hat in letzter Zeit einige Fehler gemacht.«

»In der Geschäftsführung?«

»Herr Cantor und ich sind hier einer Meinung«, sagte sie. »Es ist lobenswert, wenn man seine Aufgabe als Chefin ernst nimmt. Aber Verbissenheit kann manchmal gefährlich werden.«

»Verbissenheit wem gegenüber?«

»Kunden legen Wert auf die Einhaltung von Verträgen, sagt Herr Cantor immer, und chinesische Kunden nehmen es doppelt übel, wenn die zugesagten Lieferungen nicht kommen.«

»Wann ist die chinesische Delegation angereist?«

»Ich glaube, sie sind am Sonntag vor dem Leopoldskroner Meeting, von Frankfurt kommend, in Salzburg gelandet.«

Ingrid Schellhorn sah wieder bedrückt aus. »Die Polizei vermutet, dass Evelyn schon in der Dunkelheit in Leopoldskron ermordet wurde. Es ist so furchtbar …« Sie drückte eine Papiertaschentuch-Kugel gegen ihre Nase.

Sie wird es überleben, dachte Peck, wenn ich ihr noch eine Frage stelle. »Möglicherweise muss ich diese Woche nochmals kurz mit Herrn Cantor sprechen. Wahrscheinlich nur am Telefon. Kann ich ihn da erreichen, oder ist er verreist?«

»Er wird ihnen für ein kurzes Telefonat sicherlich zur Verfügung stehen«, sagte sie, schob die Brille nach oben und setzte sich aufrecht hin.

Die Allmacht der Chefsekretärin kehrt zurück, dachte Peck.

»Herr Cantor hat für diese und nächste Woche alle Dienstreisen abgesagt.« Ihre Augen blitzten. »Morgen Vormittag hat er allerdings Termine in Salzburg.«

»Mit wem?«

Sie sah ihn an, als ob er ihr einen unsittlichen Antrag gemacht hätte. »Selbst wenn ich es wüsste, würde ich es Ihnen nicht sagen.«

Peck sah sie lange an, erwiderte aber nichts.

»Die Termine hat Herr Cantor selbst vereinbart«, sagte sie. »Das darf er.«

Peck bedankte sich für das Gespräch und erhob sich. Galant half er ihr in den Mantel.

Peck bezahlte und verließ das Schlosscafé. Hier lohnt sich ein Besuch, dachte er und beobachtete nochmals die sonnenbeschienene Landschaft ringsum. Kein Wunder, dass so viele Salzburger hierher kamen.

Er stand im Sonnenschein und genoss die Wärme des Vorfrühlings. Sonniger Balsam für dunkel gefleckte Seelen.

*

A. u. M. Kuttner stand auf dem Türschild, und erst nach langem Läuten tauchte ein Schatten hinter der rechteckigen Milchglasscheibe auf, die in der Mitte der Wohnungstür eingelassen war.

»Was wollen Sie?« Peck hörte eine leise Frauenstimme durch die Tür.

»Mein Name ist Paul Peck. Ich habe Sie gestern angerufen.« Einige Sekunden Stille. Dann hörte er, wie sich ein Schlüssel zweimal im Schloss drehte. Langsam öffnete sich die Türe.

Den ersten Eindruck auf ihn bestimmten ihre blonden Locken, die ungebändigt nach allen Richtungen standen, ein Blond, dem man ansah, dass es gefärbt war. Etwas breitbeinig stand sie in der Tür, dann ging sie langsam auf ihn zu. Der zweite Eindruck war ihr stinkender Atem, ein unangenehmer Mundgeruch nach schlechtem Essen, Alkohol und irgendwelchen Kräutern. Ihre Augen waren rot und verschwollen. Sie mochte etwa fünfunddreißig Jahre sein, aber ihre Gesichtszüge waren blass und so schlaff, als hätten sie den Halt verloren. Nur ihre breiten, heruntergezogenen Lippen leuchteten im Dunkelrot ihres Lippenstifts. Ihr rechter Nasenflügel war gepierct, und Peck sah einen großen, wahrscheinlich falschen Stein, der bei jeder Bewegung ihres Gesichts glitzerte. Sie hatte eine Art, einem ganz nahe zu kommen, als sie nebeneinander in ihrem Wohnzimmer standen, das wohl auch als Essraum diente. Peck wich einen Schritt zurück. Egal, welchen Beruf sie ausübte, Peck konnte sich nicht vorstellen, wie Monika Kuttner mit diesem stinkenden Atem erfolgreich war. Sie kaute auf der Unterlippe und hatte den Blick starr auf Pecks zweiten Hemdknopf von oben gerichtet.

»Frau Kuttner, ich möchte Ihnen mein Beileid zum Tod Ihres Mannes aussprechen.«

Sie machte wieder einen Schritt auf ihn zu, so als ob sie ihn gleich zum Tanzen auffordern würde. Warum bin ich eigentlich hier? Reine Neugierde, dachte Peck. Sie standen immer noch neben der Türe, bis sich Peck umdrehte und auf die Couch zusteuerte. An der Wand bemerkte er zwei riesige, überkreuz hängende eiserne Schwerter mit fein ziselierten Klingen, und er erinnerte sich an das Schwert in Kuttners Kofferraum.

»Würde es Sie sehr stören, wenn ich mich setze?«

Sie starrte auf seinen zweiten Hemdknopf, erwiderte aber nichts. Er ließ sich auf die gut durchgesessene Couch fallen und blickte sie an. Was sah er? Verwirrung? Sie ist mit der Welt nicht im Einklang, dachte er, tief verletzt und verschreckt, als ob unter ihrem blassen Gesicht eine Maske aus Angst wäre. Ihre Augen waren glanzlos und jetzt auf einen imaginären Punkt irgendwo an der Wand gerichtet. Sie war mit ihren Gedanken auf einer weiten Reise.

»Frau Kuttner!« Pecks leiser Ruf holte sie von der Reise zurück. »Warum wurde Ihr Mann getötet?«

Sie presste beide Hände auf ihre Wangen und senkte langsam den Kopf. »Ich kannte ihn schon als Kind. Ich habe ihn immer schon gekannt ... Armin kam immer zu mir nach Hause und hat mich zum Kino abgeholt. Meine Mutter mochte Armin nicht, aber ich liebte Kino.«

Zum ersten Mal hatte Peck das Gefühl, dass sie ihm in die Augen sah.

»Ich mochte die Filme, die Armin aussuchte, auch wenn die Schauspieler schlecht waren. Die meisten Schauspieler sind schlecht, sie spielen verlogen. Finden Sie nicht auch? Ich weiß es, ich war früher selbst Schauspielerin.« Sie deutete mit einer langsamen Handbewegung auf ein Bild, das neben der Couch an der Wand hing. Peck sah auf das Foto. Eine Gruppe junger Leute in altmodischen Kostümen, die lachend und sich an den Händen haltend auf einer Bühne standen.

»Ich war die Ophelia, aber ich habe meine Rolle glaubwürdig gespielt.« Ruckartig wandte sie ihren Blick von dem Bild an der Wand ihm zu. »Wer sind Sie eigentlich?«

»Ich habe Ihren Mann früher schon mal getroffen.« Die reine Wahrheit. Er dachte an die Szene im Wald bei Moosdorf.

»Und was wollen Sie von mir?«

»Kann ich irgendetwas für Sie tun?«

»Können Sie Ermordete wieder lebendig machen?«

»Was war Ihr Mann von Beruf?«

»Handlungsreisender wie mein Vater. Wir hatten nie Geld. Das machte mich sehr traurig. Und jetzt ist er tot. Tod eines Handlungsreisenden …« Eine Träne lief langsam über ihre Wange, eine nasse Spur hinterlassend, und tropfte auf den Teppich.

»Und jetzt ist er tot«, wiederholte sie. Ihre Stimme war tonlos.

»Ja, er ist tot. Darüber wollte ich mit Ihnen sprechen. Warum fuhr Ihr Mann am vergangenen Donnerstag nach Moosdorf?«

»Nein«, seufzte sie, »über den Tod darf man nicht sprechen. Armin hatte eine schwere Kindheit. Sein Vater schlug ihn … sein Elternhaus steht noch am Ortsrand von Moosdorf.« Für den Bruchteil einer Sekunde warf sie ihm einen Blick zu, den er nicht deuten konnte. »Er wollte zu dieser Scheune im Wald, wo er schon als Kind oft gespielt hatte.«

Also keine zufällige Begegnung mit seinem Mörder. Es war Kuttners Absicht, nach Moosdorf zu fahren, genau dorthin, wo Peck das Auto und die Leiche gefunden hatte.

»Hatte Ihr Mann Feinde?«

»Alle Männer haben einen miesen Charakter ... alle außer Armin ... und meinem Vater. Er war gut zu mir und hat mich beschützt, verstehen Sie? Ich war seine Ophelia, ich war sein trauriges Kind.«

Was ist los mit dieser Frau, dachte er. Peck war überzeugt, dass sie mehr wusste, als sie sagte. Zumindest wusste sie genau, warum ihr Mann mit dem Wagen nach Moosdorf gefahren war. Warum sagte sie ihm nicht die ganze Wahrheit?

»Was sind Sie von Beruf?«

»Ich bin Kellnerin und Serviererin.«

»Wo?«

»Unser Unternehmen sorgt für das körperliche Wohl bei Veranstaltungen und Firmenfesten. Essen, Trinken und persönlicher Service. Der Service bin ich. Man kann mich mieten.« Zum ersten Mal lächelte sie. »Aber ganz seriös. Ich bin meistens eine anständige Frau. Aber traurig, todtraurig.«

»Seien Sie versichert, die Polizei wird den Mörder schnappen.«

»Das glaube ich nicht. Das Einzige, was die schnappen, ist Luft.«

*

Peck verließ die Wohnung und ging zu seinem Auto. Was war sie? Verrückt, verwirrt oder zugedröhnt? Eine trauernde Witwe mit einem sehr eigenartigen intellektuellen Strickmuster. Oder eine clevere Darstellerin. Immerhin war sie mal Schauspielerin gewesen, dachte er. Immer wenn er ihr eine konkrete Frage gestellt hatte, war sie abgeschweift und in eine ihrer Rollen ausgewichen.

Aber, beruhigte er sich, das hat nichts mit meinem eigentlichen Fall zu tun. Meine Aufgabe ist es, den Mörder von Evelyn zu finden. Der Mord an Armin Kuttner ist nicht mein Bier! Das ist Polizei-Bier!

Auf dem Weg zu Sophias Buchgeschäft fuhr Peck beim Bahnhof

vorbei. Er wollte der Cafeteria Fabiani im Erdgeschoss des Hotels Europa einen Besuch abstatten.

Peck spurtete die wenigen Stufen nach oben und betrat das Café. Der Kellner wieselte diensteifrig aus einer Ecke des Lokals auf Peck zu. Mit einem breiten Grinsen beobachtete er Peck, wie er mühsam einen der dunkelbraunen Hochstühle erklomm. Er war der einzige Gast. Peck lächelte zurück und hielt ihm die Fotografie von Evelyn und Thomas Cantor auf der grünen Wiese inmitten blühender Obstbäume vor das Gesicht.

»Kennen Sie diese Personen?«

»Ja, ich bin ganz sicher. Den Typ neben ihr auf dem Foto habe ich aber noch nie gesehen. Sie saß da drüben beim Fenster.« Er deutete auf die andere Seite des Raumes. »Sie hat sich mit einem Mann getroffen. Der kam mit einem Reisekoffer an und setzte sich zu ihr. Er bestellte ein Bier.«

»Wie lange hat das Gespräch gedauert?«

»Vielleicht eine halbe Stunde. Der Mann hat einige Papiere aus seinem Koffer genommen und vor der Frau auf den Tisch gelegt. Und der Typ war sehr emotional, manchmal sehr laut. An mehr kann ich mich aber nicht erinnern.«

»Wie sah der Mann aus?«

»Keine Ahnung. Die Frau war viel interessanter«, antwortete der Kellner mit einem Grinsen. »Zumindest, was das Design betrifft.«

»Danke, vielleicht komme ich noch mal«, sagte Peck und kletterte von seinem Hochstuhl.

Der Barkeeper nickte und lächelte. »Ich verbringe einen großen Teil meiner Jugend hier in dem Lokal«, sagte er, »jede Woche von Samstag bis Dienstag.«

Als Peck das Lokal verlassen wollte, rief der Kellner hinter ihm her. »He, Sir! Da fällt mir noch was ein. Während des Gesprächs zwischen den beiden kamen noch zwei Männer ins Lokal. Sie setzten sich hier an den Ecktisch. Und ich glaube, sie verließen gemeinsam oder kurz nach der Frau das Café. Kann aber auch ein zufälliges Zusammentreffen gewesen sein.«

»Würden Sie die beiden Männer wiedererkennen?«, fragte Peck.

»Nein, es waren zwei Asiaten, Chinesen, glaube ich. Die sehen ja alle gleich aus.«

Die sehen ja alle gleich aus. Wer hatte das schon mal zu ihm gesagt? Und dann fiel es ihm ein.

*

Als Peck wieder in seinem Wagen saß, drehte er nachdenklich die Fotografie in seiner Hand. Plötzlich bemerkte er, dass auf der Rückseite des Bildes jemand mit einer zittrigen Handschrift geschrieben hatte: *Evelyn + Gatte II*.

Gatte II? Wenn Thomas Gatte II war, wer war dann Gatte I?

Peck staute sich vom Bahnhof in Richtung Innenstadt. Im Schritttempo näherte er sich der Raika-Garage beim Mozarteum, wo er sein Auto abstellte. Es war ein Fehler gewesen, mit dem Wagen in die Stadt zu fahren, überlegte er. Er flanierte über den Makartsteg, bog beim Alten Rathaus in der Getreidegasse rechts ab, bis er bei den Bücherkisten vor der Buchhandlung Höllrigl stand. Wenn ich mir hier ein Buch kaufe, dachte er, muss ich es vor Sophia verstecken.

Einige Minuten später (er hatte das gekaufte Buch sicher in seinem Wintermantel verstaut), begrüßte ihn Sophia mit einem Kuss und den Worten: »Ich habe heute nicht viel Zeit. Um zwei kommt ein Vertreter des Verlages aus München. Gehen wir! Ich lade dich ein.«

Sie gingen ins Sternbräu und aßen im Schatten eines der riesigen Gemälde, die in der Nische des Bürgersaals an der Wand hingen. Der Maler soll die Bilder vor fast hundert Jahren gegen Kost und Logis im Sternbräu gemalt haben. Es gelang Peck, Sophia zu einer Schmankerlplatte für zwei Personen zu überreden. Er liebte es, Gerichte, die auf riesigen silbernen Platten serviert wurden, mit Sophia zu teilen, schon wegen des ungleichen Prozentsatzes der Kalorien-Teilung.

Sophia verdrehte die Augen, als sie die Portionen sah, die der Kellner zum Tisch schleppte. Sie erzählte Peck, dass am Vormittag kaum fünf Kunden in der Buchhandlung gewesen waren.

»Und die meisten wollten nur einen Stadtführer für vier Euro neunzig. Entweder die Leute kaufen alle ihre Bücher bei Amazon oder in einer anderen Buchhandlung.«

Peck sah zum Garderobenhaken, wo sich das sperrige Buch in der Innentasche seines Mantels deutlich abzeichnete, und bekam ein schlechtes Gewissen. Auch dies ist eine Art von Betrug, dachte er geknickt, Fremdgehen auf Literarisch.

Peck begleitete Sophia wieder zurück zum Waagplatz.

»Ich freue mich auf den Abend mit dir«, sagte sie.

Nachdem Peck fünf Liter Benzin für die Suche nach einem Parkplatz investiert und endlich einen in einer entlegenen Nebenstraße entdeckt hatte, sah er einen Mann vor seiner Haustür stehen. Der Mann rauchte eine Zigarette und beobachtete, so kam es Peck vor, die aus beiden Richtungen vorbeikommenden Fußgänger. Peck verlangsamte seinen Schritt, ging dann zügig an dem Mann vorbei und bog am Ende des Gebäudes links ab. Irgendetwas hatte ihn gewarnt. Wartete der Typ im schwarzen Mantel auf ihn? Peck sah verstohlen um die Hausecke. Der schwarze Mann stand immer noch da und sah in seine Richtung.

Peck schalt sich einen Narren. Es war heller Tag. In der Innsbrucker Bundesstraße waren viele Fußgänger unterwegs, und er war nicht in Chicago! Peck richtete sich innerlich auf, ging zu seiner Nr. 31 und schloss die Haustüre auf. Der Mann stand jetzt direkt neben ihm.

Er warf die Zigarette weg und sagte laut: »Herr Paul Peck?«

Peck fuhr zusammen und wandte sich blitzartig dem Mann zu. Er war ungefähr in seinem Alter und sah eigentlich nicht besonders furchterregend aus. Er suchte etwas in seinem schwarzen Mantel und zeigte Peck eine runde Metallplakette.

»Funke, Kriminalpolizei Salzburg. Ich möchte mit Ihnen reden.« Peck tat unbeeindruckt und bedeutete dem Mann, ihm zu folgen.

Dieser warf noch einen langen Blick auf Pecks Messingschild neben der Türe, dann marschierten sie hintereinander in den ersten Stock und betraten Pecks Büro. Als der Mann saß, grinste er und sagte: »Was ist bei Ihnen stärker ausgeprägt: die Seriosität oder der Durchblick?«

»Oh Gott«, sagte Peck, »ein Polizist mit Humor.«

Er sah den Mann von der Kripo genauer an. Vom Rauchen gebräunte Fingerspitzen, ein zerknitterter Hemdkragen und ein ebenso zerknittertes Gesicht, das ihn nicht unfreundlich ansah.

»Was kann ich für Sie tun?«, fragte Peck im Tonfall eines seriösen Verkäufers mit Durchblick.

»Ich habe eine Botschaft und eine Bitte an Sie«, sagte der Mann von der Kripo.

Zuerst bitte die Botschaft, dachte Peck.

»Also Herr Peck, wenn Sie bei Ihren Recherchen im Mordfall Evelyn Colerus-Cantor auf irgendwelche sachdienliche Fakten stoßen, dann sind Sie verpflichtet, uns diese mitzuteilen.«

Peck wartete einige Sekunden. Jawohl mitteilen!, dachte er.

»Darf ich rauchen?«, fragte der Polizist. Peck schüttelte den Kopf. »Das ist Nichtraucher-Terrain. Wichtig für den Durchblick.«

»Oh Gott«, sagte Funke, »ein Detektiv mit Humor.« Er sah Peck unzufrieden an und ließ seine Zigaretten wieder verschwinden.

»Vielleicht könnten wir uns darauf einigen, gelegentlich zu telefonieren.« Funke legte eine Visitenkarte auf den Tisch. Landeskriminalamt Salzburg konnte Peck lesen. Er nahm die Karte und sah Funke an. »Wie ist der Stand Ihrer Ermittlungen? Wer hat die Frau umgebracht?«

»Ich darf Ihnen keinerlei Auskünfte geben«, erwiderte Funke, »und ich kann Ihnen keine Zusammenarbeit anbieten. Das wäre gegen das Gesetz. Der Ermittlungsleiter in diesem Mordfall ist der Staatsanwalt, und der hätte heftig was dagegen, wenn ich Ihnen vertrauliche Informationen überlassen würde. Aber Sie sind auch als Detektiv ein Staatsbürger und als solcher verpflichtet, uns alles zu offenbaren, was Sie wissen. Das ist die Rechtslage, mit Verlaub gesagt.« Er zeigte mit dem Zeigefinger auf Peck.

Ich bin ein Doppelwesen, dachte Peck: Detektiv und Staatsbürger zugleich. Mit Verlaub gesagt.

»Thomas Cantor wirkt sehr verdächtig auf mich«, sagte Peck, »und was halten Sie von den Produkten dieser Firma und deren Kunden?«

Vielleicht konnte er Funke aus der Reserve locken. Dieser begann, zu lächeln. »Wenn Sie meinen«, erwiderte Funke, »Exportgeschäfte mit asiatischen Firmen sind manchmal risikoreich. Und Ehemänner sind immer verdächtig, wenn ihre Frauen plötzlich tot im Wald liegen.«

Dazu brauche ich keine Kripo, überlegte Peck.

»Aber mehr wissen wir nicht«, sagte Funke.

Es ist stets erbauend, wenn Ahnungslose sich treffen, dachte Peck. Er versprach vage, sich beim Auftauchen neuer Fakten zu melden.

»Nicht nur Frauen … in letzter Zeit liegen auch die Männer tot im Wald …« Peck lächelte freundlich, während Funke die Stirn in Falten zog.

»Meinen Sie die gefrorene Leiche in Moosdorf? Was wissen Sie davon?«

»In der Zeitung stand, dass es heutzutage gefährlich ist, mit dem Auto in den Wald zu fahren und dort auszusteigen.«

»Das bearbeiten wir gemeinsam mit unseren Kollegen aus Oberösterreich.«

»Glück gehabt«, sagte Peck.

»Eine Bemerkung noch«, sagte Funke, der bereits in der geöffneten Türe stand. Peck hob den Kopf. Wie bei Inspektor Columbo, dachte er, beim Hinausgehen hat er noch was Wichtiges parat. Aber Funke enttäuschte ihn.

»Die Obduktion von Evelyns Leiche hat bereits heute stattgefunden, und wie mir Herr Colerus vor einer Stunde am Telefon sagte, wird das Begräbnis am Donnerstag in Mattsee stattfinden.«

Peck verabschiedete Funke an der Tür. »Übrigens«, sagte dieser, »Sie hatten Pech mit Ihrem Ausflug nach Freistadt. Der Neuschnee hatte wohl schon alles zugedeckt.«

Peck vermied es, soweit möglich, überrascht auszusehen.

»Und noch ein Hinweis, den Sie ernst nehmen sollten: In der Zeitung stand kein Wort davon, dass der Tote in Moosdorf mit einem Auto im Wald unterwegs war. Als die Leiche noch lebte, meine ich.«

Peck erhob sich. »Vielleicht sollten wir doch mal miteinander reden.«

Dann sagten Funke und er, dass es sie sehr gefreut hatte, dass sie sich kennengelernt hatten.

»Nettes Büro haben Sie hier.« Funke sah sich nochmals demonstrativ im Raum um und nahm dann die Stiege ins Erdgeschoss.

Er blieb noch einige Minuten an seinem Schreibtisch sitzen und dachte über das Gespräch nach. Wurde er überwacht? Woher wusste die Polizei, dass er in Freistadt und am Fundort der Leiche gewesen war? Er beschloss, sich im Moment nicht weiter den Kopf darüber zu zerbrechen. Die Zusammenarbeit mit der Kripo war somit klar geregelt: Ich muss alles erzählen, die wollen und dürfen nichts sagen. Management by Dialog, dachte er.

Es befriedigte ihn nicht wirklich, dass die Polizei offenbar auch nicht mehr wusste als er, und er unterdrückte rasch die hochkommende Schadenfreude.

Peck startete seinen Rechner und hatte nach kurzer Zeit im Internet einen Zeitungsartikel gefunden, der von einem Unfall auf der B1 berichtete. Zwölfter März vor vier Jahren.

Nächtliche Fahrerflucht bei Henndorf:
Fünfjähriger stirbt im Krankenhaus
an den Folgen des Unfalls.

Halm, dachte Peck. Im Suff. Und Thomas erpresst ihn, obwohl auch er verpflichtet gewesen wäre, den Unfall zu melden. Doch der Schuldige war Halm, dachte Peck. Die Polizei hat den Unfallfahrer nie gefunden.

Als Peck bei Colerus anrief, meldete sich die Haushälterin. Ohne Rückfrage rief sie Colerus zum Telefon. »Er ist etwas verwirrt«, flüsterte sie. »Der Notar ist gerade weggefahren. Wir haben soeben den Inhalt von Evelyns Testament vernommen.«

Wir, die Haushälterin als Teil der Familie, dachte er, als sich Colerus tiefe Stimme meldete. Und gar nicht verwirrt.

»Was haben Sie herausgefunden? Ich bezahle Ihr Honorar dafür, dass Sie mehr wissen als die Polizei!«

»Ich weiß mehr, als die Polizei erlaubt«, antwortete Peck. »Ich hatte heute schon ein ausführliches Gespräch mit dem Ermittler von der Kripo.«

»Funke? Der hat doch keine Ahnung!«

»Mein Erfolg steht in direktem Zusammenhang mit der Informationsbereitschaft meines Auftraggebers«, sagte Peck. Stille. Dann hörte er Colerus schnaufen. »Niemand hält Informationen vor Ihnen zurück, Herr Detektiv!«

»Wer war der erste Ehemann Ihrer Tochter?«

»Spielt in unserem Zusammenhang keine Rolle.«

»Sagen Sie es mir! Wer war Gatte römisch eins?«

»Alex. Alexander Dorner. Keiner der Männer, die für den Verlauf der Weltgeschichte wichtig wären. Nicht mal einer, der auf unseren Familienstammbaum klettern darf.«

»Kinder?«

»Ein Sohn. Toni Dorner. Er ist knapp über zwanzig und lebt bei seinem Vater.« Colerus klang abwertend, als ob es für ihn mit Schmerzen verbunden wäre, über diesen Zweig der Familie zu sprechen.

»Herr Colerus, was steht im Testament Ihrer Tochter?«

Colerus schnaufte in den Hörer. »Evelyn hat das Testament vor einem Jahr geschrieben. Und bemerkenswerterweise heißt der große Gewinner Manfred Halm. Er soll die Hälfte des Vermögens erben. Ob Halm damit auch auf Teile des Unternehmens zugreifen kann, wird noch geklärt.«

»Ist der Letzte Wille Ihrer Tochter überraschend für Sie?«

»Herr Peck, Sie wissen, dass ich Halm als Entwicklungschef schätze. Aber das ist meinen Enkeln gegenüber nicht fair!«

»Wieviel erben die Kinder?«

»Zusammen die restlichen fünfzig Prozent. Jeder der beiden bekommt die Hälfte.«

Und Thomas geht leer aus. Das entsprach genau der Kopie, die ihm in Evelyns Haus in die Hände gefallen war.

Nach dem Telefonat blätterte Peck noch einige Minuten in seinen Unterlagen, machte sich lustlos einige Notizen und versuchte eine Zusammenfassung der bisher gesammelten Fakten.

Für morgen war die Überwachung Thomas Cantors geplant. Aber wie konnte er unerkannt bleiben? Sollte er sich wie Nick Knatterton eine Perücke aufsetzen und einen Bart ins Gesicht kleben? Da kam ihm eine Idee. Er würde Cantors Beschattung an eine Person seines Vertrauens delegieren. Und es muss ja nicht unbedingt ein Mann sein, dachte er.

Zufrieden verließ er sein Büro.

*

Sophia stand in der Küche, als er die Türe aufschloss. Ein verführerischer Duft zog durch das ganze Haus.

»Was gibt es zu essen?«, rief er in die Küche.

»Rate mal«, rief sie zurück. »Du bist doch der Detektiv!«

Er platzierte Teller und Besteck auf den Esstisch und legte das Klavierquintett von Schumann auf. Dann kehrte er in die Küche zurück.

»Woran denkst du?«, fragte Sophia ihn unvermittelt.

»An meinen Fall und an dich.«

»Ändere sofort die Reihenfolge! Ich bin dein wichtigster Fall.« Sie lächelte. »Wie kommst du voran?«

»Ich habe zwei Leichen, die einander nicht kennen, und es gibt für den Mord an Evelyn mehr Verdächtige, als Moosdorf Einwohner hat.«

»Inklusive Elsilein?«

»Inklusive Halm.«

»Warum er?«

»Weil er ein Motiv hat. Und kein Alibi.« Dann machten sich seine Gedanken selbständig, und er dachte an Evelyns Kinder, an Halm und Evelyns Testament. War da alles mit rechtlichen Dingen zugegangen? Dr. Geldwerter, dachte er. Der Notar muss das wissen. Er würde ihn aufsuchen. Morgen vielleicht. Dann kehrten seine Gedanken zu Sophia und ins Zimmer zurück. Sie sah ihn funkelnd an.

»Und immer kehren die Gedanken des Helden zurück, um sich um seine Geliebte zu kümmern. Oder geht's dir nur ums Essen? Überlege genau, was du jetzt antwortest!«

»Ich habe mich gerade gefragt, warum Evelyn ihre Kinder testamentarisch so stark benachteiligt.«

»Vielleicht liebt sie ihn.«

»Wen?«

»Halm.«

Peck zuckte mit den Schultern. »Halm ist krank, psychisch am Boden und auf seine Medikamente angewiesen.«

»Wer könnte sonst noch aus Evelyns Tod Profit ziehen?«

»Sie hat sich bei ihren Kunden äußerst unbeliebt gemacht.

Und jetzt sind alle angereist, um sie zur Rede zu stellen.«

»Kunden sind oftmals unzufrieden. Ich weiß das aus meinem Geschäft.«

»Aber diese Kunden sind etwas Spezielles. Sie vereinen Macht, Geld und Gewalt.«

»Das müssen interessante Produkte sein, die die Firma Colerus nach China verkauft.«

»Höchst bemerkenswerte Produkte«, sagte Peck, »ein weiterer Grund, um nochmals mit Halm zu reden. Er hat sie entwickelt.«

»Was ist mit Thomas, dem trauernden Ehemann?«

»Stahlbetonhartes Alibi und ausgeprägt wenig Trauer.« Peck sah in Richtung der Töpfe und Pfannen, die auf dem Ofen standen und einen immer betörenderen Essensgeruch verströmten. War das Alibi wirklich so fest? Motiv und Alibi sind die Grundpfeiler jeder Ermittlung, dachte er, ging ins Nebenzimmer und schaltete Sophias Rechner ein. Wie hieß das Hotel? Er blätterte in seinen Unterlagen. Melnik Garden.

Nach einigem Suchen fand er die Homepage des Hotels und dessen Telefonnummer. Er kam zu einem Hotelangestellten, der schlecht Deutsch und noch schlechter Englisch sprach. Nach mühsamen Begründungen, warum er all diese Fragen stellte, weil man solche Fragen nicht beantworten dürfe, denn man wisse ja nicht, wer er war, und schon gar nicht am Telefon … und schließlich nach oftmaligem Nachfragen hatte Peck nochmals die Bestätigung erhalten: Cantor hatte im Hotel übernachtet und auch dort gefrühstückt.

Nachdenklich ging er zurück in die Küche. »Ich komme hier nicht weiter«, sagte er zu Sophia.

»Kein Einzelfall.«

»Hast du in deiner weit verzweigten Verwandtschaft jemanden, der gut Tschechisch spricht?«

Sie dachte kurz nach und klopfte mit dem Kochlöffel auf die Deckel der Pfannen. »Ich habe einen Cousin, der in Prag lebt. Er ist fast ein Muttersprachler.«

»Ich schreibe dir genau auf, welche Auskünfte ich von ihm über das Hotel in Prag haben will.«

»Traust du meinem Gedächtnis nicht?«

»Ich traue dir alles zu.«

Sie sah ihn mit blitzenden Augen an. »Was ist Cantor für ein Mensch?«

»Ein etwas klein geratener Macho, zynisch und überdreht. Er hat bestimmt schon als Kind darauf Wert gelegt, dass seine Lego-Burg immer die größte war.«

»Und hat den anderen Kindern die Lego-Bausteine geklaut?«

Peck nickte. »Und manchmal sieht er aus wie Jack Nicholson, der über das Kuckucksnest fliegt. Übrigens übt Cantor einen erstaunlich großen Einfluss und Druck auf Halm aus.«

»Jeder Vorgesetzte übt Druck auf seine Mitarbeiter aus. Du versuchst es sogar bei mir.«

»Das zwischen Halm und Colerus ist mehr als eine normale Chef-Mitarbeiter-Beziehungskiste. Das riecht nach Erpressung.«

»Nein«, sagte Sophia, »das riecht nach gebratenen Kräuter-Oliven als Vorspeise und hinterher Saltimbocca.«

Es schmeckte hervorragend! Als Sophia eine Flasche Rotwein

aus seinen Beständen öffnete, gab er einer spontanen Eingebung nach und sagte: »Wie soll ich unter diesen Voraussetzungen meinen Rotweinkonsum einschränken?«

»Rotwein gibt's nur noch zum Essen und nicht mehr danach.« Er erwiderte nichts.

»Okay?«, fragte sie.

»Okay«, sagte er, »ich verspreche es. Und ich bin sogar einverstanden.«

Es wurde ein harmonischer Abend, und Peck dehnte das Essen lange hinaus. Schließlich musste er so lange essen, wie er Rotwein trank. Das hatte er versprochen. Später begann Peck vorsichtig, mit Sophia über die für morgen geplante Beschattung zu sprechen.

»Ich muss herausfinden, mit wem er sich trifft. Cantor hat morgen Termine in Salzburg, aber keiner weiß genau, mit wem und was er tut. Vielleicht haben wir Glück. Einen weiteren Tipp gibt Rosi mir morgen.«

Sophia sah ihn scharf an und hob die Augenbrauen. »Rosi?«

»Frau Kämmerer«, sagte er. »Halms Sekretärin.«

Ihre Augenbrauen wanderten langsam nach unten. »Wie willst du Cantor beschatten, wenn er genau weiß, wie du aussiehst?«

»Genau darüber möchte ich mit dir reden.«

Sie verzog das Gesicht. Kein Zweifel, jetzt hatte sie den Braten gerochen.

»Ich habe das genau durchdacht.« Peck versuchte, besonders seriös und überzeugend zu wirken. »Jemanden in der Altstadt zu observieren, ist bedeutend simpler als über Land und im Auto. Und durch deine Mithilfe würdest du mir auch einen langjährigen Wunschtraum erfüllen. Ich möchte einmal einen halben Tag alleine in deiner Buchhandlung stehen und Bücher verkaufen.«

Sophia sah ihn verschreckt an.

»Wirklich kein Problem.« Er legte ihr Cantors Foto hin. »Hier ist sein Bild. Ich erfahre morgen, wo Cantor in der Früh sein wird und mit wem.«

»Von Rosi?«

»Von Frau Kämmerer.«

Sophia überlegte einige Sekunden lang. »Okay. Ich mach's!«

»Soll ich dir noch einige Tipps zum Thema Bespitzelung geben? Ich habe zu Hause ein Fachbuch …«

»Mein Schatz«, unterbrach ihn Sophia, »ich überwache dich auch ohne Fachbuch schon seit zehn Jahren. Und du hast es bis heute nicht gemerkt. Übrigens: Soll ich dir noch einige Tipps zum Thema Buchverkauf geben? Ich habe einen Leitfaden mit dem Titel …«

»Mein Schatz«, unterbrach Peck, »ich habe schon Bücher gelesen, da hast du noch nicht einmal gewusst, dass es Buchstaben gibt.«

»Ich kann nichts dafür, dass ich so jung bin.« Sie lächelte ihn an.

Einige Minuten später sah Peck vom Wohnzimmer im ersten Stock auf die menschenleere Pezoltgasse. Im Schein der gelben Lampen tanzten Schneeflocken zu Boden. Dann sah er einen dunklen Schatten auf der anderen Straßenseite. Dort stand ein Mann. Ein großer Mann, das stand fest, schlank, mit einer dunklen Mütze auf dem Kopf, den er jetzt hob und genau zum hell erleuchteten Fenster sah.

»Komm mal her«, sagte Peck zu Sophia, »da ist jemand.«

Er drehte sich um und wartete, bis Sophia aus dem Nebenzimmer kam und ihre Nase ans Glas drückte. Peck zeigte mit der Hand hinüber auf die andere Straßenseite. Doch da war niemand mehr zu sehen.

»Rotwein«, murmelte Sophia und verließ das Zimmer, ohne ihn anzusehen.

Dienstag, 25. Februar

Sophia hatte sich an diesem Morgen in unauffälliges Lodengrau gekleidet, passend zum Anlass sowie zum grauen, nasskalten Wetter. Sie stieg am Hanuschplatz aus, gefolgt von Peck, der schwerfällig nach ihr den Bus verließ. Seit dem Aufstehen plagten ihn wieder seine Rückenschmerzen.

In der Getreidegasse war es noch ruhig. Die meisten Touristen saßen noch in ihren Hotels beim Frühstück. Viele der Geschäfte waren um diese Zeit noch geschlossen, einige Einheimische eilten dick vermummt zu ihren Arbeitsstätten, Lieferwagen fuhren durch die Getreidegasse, Waren wurden ausgeladen und Rollläden mit knatterndem Geräusch hochgezogen.

Vor dem Buchgeschäft am Waagplatz lag ein riesiger, mit Kunststofffolie verschnürter Holzverschlag auf dem Boden. Sophia seufzte auf und suchte die Versandpapiere. Bücher-Paket stand seitlich auf dem unförmigen Ding, das wie eine eingewickelte Hundehütte vor dem Geschäft lag.

»Schau dir diese blöden Leute an«, sagte Sophia und gab ihm den Lieferschein. »Jetzt schicken die mir alle fünfhundert Bücher für das nächste Halbjahr auf einmal. Ich weiß gar nicht, wohin damit. Meine Regale sind alle voll.«

»Ich kenne das von mir zu Hause«, sagte Peck. Er saß in seinem Ledersessel und trank den ersten Großen Braunen. Danach rief er Rosi Kämmerer in der Firma an.

»Einen kleinen Moment«, hörte er Rosi sagen, »ich rufe Sie gleich zurück.«

Peck hätte wetten können, dass sie nicht alleine im Raum war. Wahrscheinlich saß ihr eine aufmerksam zuhörende Ingrid Schellhorn gegenüber.

Eine Minute später kam ihr Rückruf: »Ich bin aus dem Büro rausgegangen. Wie geht es Ihnen heute?«

Sophia sah ihn an, und Peck wurde es etwas heiß im Kopf. Jetzt hatte auch er eine aufmerksame Zuhörerin.

»Ich habe wenig Zeit«, sagte er etwas kühler, als er eigentlich wollte. »Wo ist Herr Cantor?«

War sie beleidigt? Oder kam es Peck nur so vor, als ob Rosi jetzt ebenfalls auf sachliche Nüchternheit umschaltete. »Herr Thomas Cantor trifft sich heute um zehn mit einem Herrn Dellacher im Sacher. Zu Ihrer Information: Herr Dellacher ist ein junger Mann, etwa dreißig, dunkel, Bart, Brille. Das Meeting mit Herrn Dellacher wird etwa eine Stunde dauern. Danach wird's etwas mysteriös. Er hat unmittelbar nach dem Sacher noch ein Gespräch, aber weder Ingrid noch ich wissen, wo und mit wem.« Peck machte sich Notizen.

»Und noch etwas«, sagte Rosi, »das Begräbnis ist für Donnerstag um neun auf dem Friedhof in Mattsee angesetzt. Und am Vorabend gibt es ein großes Familientreffen. Unser Senior hat dazu die gesamte Verwandtschaft zu sich ins Haus eingeladen.«

Die ganze Familie in Trauer vereint, dachte Peck.

»Auch Georg Colerus wird kommen«, sagte Rosi, »und auch Halm, der ja eigentlich nicht zur Familie gehört.« Peck dachte an Gaby Halm. Ob auch sie kommen würde? Und ob sie neue Schuhe brauchte für diesen Abend?

»Ich werde ebenfalls in Mattsee sein«, sagte Rosi fast vergnügt, »ich gehöre als Halms Mitarbeiterin schon fast zur Familie. Urgestein des Unternehmens, sagte unser Senior neulich. Übrigens: Ingrid Schellhorn ist nicht eingeladen.«

Jetzt verstand Peck, warum Rosi vergnügt klang. »Ich habe noch eine Bitte«, sagte er zu Rosi, »ich muss kurzfristig nochmals Manfred Halm treffen … es ist sehr dringend.«

»Es geht ihm nicht gut, aber ich werde mit ihm sprechen«, antwortete Rosi Kämmerer leise.

»Sicher eine sehr hilfsbereite Informantin!« Sophia war näher gekommen und sah ihm in die Augen. »In einer Viertelstunde betritt Cantor das Sacher.« Peck wurde plötzlich dienstlich. Er gab Sophia die Informationen zu Cantors Gesprächspartner.

»Du solltest jetzt los«, sagte er dann.

»Bedenke bitte, dass es die Verantwortlichkeit des Verkäufers ist, die eingetroffenen Büchersendungen auszupacken, zu katalogisieren und nach Sachgebieten in die Regale einzuordnen.« Sie deutete auf die Hundehütte mit den fünfhundert Büchern vor ihrer Türe. »Und natürlich zu verkaufen«, fügte sie hinzu.

Peck blieb alleine zurück. Er sah Sophia nach, bis sie seinen Blicken entschwunden war. Schlagartig fühlte er sich unsicher. War das richtig gewesen? Musste er Angst um sie haben?

*

Peck stand mitten im Geschäft und sah sich um. Dann klatschte er in die Hände und durchmaß in aufrechter Körperhaltung und selbstbewusst den Raum, der nun sein Verantwortungsbereich war. Nachdem er das große Bücherpaket hineingeschleppt hatte, wischte er sich den Schweiß von der Stirn. Jetzt konnte er endlich an die Vermarktung denken. Die erste Regel im Marketing lautete: Aufmerksam und liebenswürdig auf die potenzielle Zielgruppe zugehen! Im zweiten Schritt musste er die genauen Bedürfnisse der Kunden ausloten. Dann war der Verkaufserfolg garantiert. Peck musste insgeheim lächeln, wie unsystematisch seiner Meinung nach Sophia manchmal mit ihren Kunden umging. Er würde ihr zeigen, wie sich unmittelbar der Erfolg einstellt, wenn man die grundlegenden Marketingstrategien beherrscht und in die Praxis umzusetzen weiß.

*

Nach fünfzehn Minuten hatte Sophia bereits kalte Füße. Sie stand in der Theatergasse und hatte beide Ausgänge des Sacher im Blickfeld. Neben dem Hoteleingang stand ein Mann in heller Hose und Jeansjacke, der den Eindruck eines Hotelbediensteten machte. Sophia sah nochmals auf das Foto, das sie in der Manteltasche trug. Wenig später trat das Original aus dem Gebäude, gemeinsam mit einem jüngeren Bartträger, der deutlich größer war als Cantor. Gemeinsam bogen sie auf der Schwarzstraße zwischen dem Hotel Sacher und dem Eingang zum Café Bazar rechts ab und gingen in Richtung Salzach. Sophia eilte schnellen Schrittes auf die Straße, schlängelte sich durch die langsam fahrende Kette der Autos durch und konnte gerade noch sehen, dass auch der Mann mit der Jeansjacke sich in Bewegung gesetzt hatte. Als Sophia um die Hausecke kam, sah sie Cantor und seinen Begleiter neben der Telefonzelle direkt am Kai stehen. Sie schienen sich zu verabschieden, und tatsächlich ging einige Augenblicke später der Jüngere nach links zur Staatsbrücke, während Cantor auf dem Elisabethkai in die entgegengesetzte Richtung marschierte und auf dem Makartsteg den Fluss überquerte. Plötzlich hatte Sophia das Gefühl, dass sie nicht die Einzige war, die Cantor verfolgte. Auch Jeansjacke hatte nahe der jetzt leeren Terrasse des Bazar abgewartet und folgte jetzt mit schnellen Schritten Cantor auf den Makartsteg. Sophia hatte keine Schwierigkeiten, den beiden zu folgen. Sie ging, geschützt von einer Gruppe Touristen, einige Schritte hinter Jeansjacke. Cantor überquerte den Hanuschplatz und verschwand rechts im ersten Durchhaus. Sophia ging rascher, um Cantors Vorsprung zu verkleinern. Wo war Jeansjacke? Als sie in den Innenhof kam, sah sie Cantor gerade im Eingang zum Gasthaus Wilder Mann verschwinden. In der Ecke des Hofes stand Jeansjacke vor der Auslage eines Andenkengeschäftes. Ohne anzuhalten, marschierte Sophia zügig vorbei. Erst im Durchhaus, das zur Getreidegasse führt, blieb sie stehen und sah sich um. Im Moment war sie in dem Durchgang sicher. Cantor war in dem Gasthaus, Jeansjacke konnte sie von seinem Standort im Innenhof aus nicht sehen. Was sollte sie tun? Hier im Durchgang konnte sie nicht stehen bleiben. Sobald Jeansjacke um die Ecke sah, würde er sie entdecken.

*

Nach fünfzehn Minuten hatte auch Peck bereits kalte Füße. Das erwartete Umsatzfest blieb aus. Dabei hatte er alle Marketinggrundsätze beachtet. Sich proaktiv auf den Kunden zubewegen, ist wichtiger, als auf ihn hinter der Ladentüre zu warten. So stellte er sich vor dem Geschäft ins Freie. Er setzte sein charmantestes Lächeln auf, mit dem er jeden der Vorbeigehenden beglückte. Viele lächelten mit gleicher Freundlichkeit zurück, bevor sie zielstrebig am Buchgeschäft vorbeieilten. Wenig später führte seine proaktive Kundennähe zu ersten massiven Kälteschauern von den Füßen an aufwärts. Als er weitere zehn Minuten später wieder in das warme Innere des Geschäfts flüchtete, brachte er zuerst seine kalten Füße wieder auf Temperatur, dann änderte er leicht seine Vermarktungspolitik.

*

Sophia hatte eine Idee. Genau gegenüber vom Wilden Mann lag das indische Restaurant Hanas Rasoi, das bereits geöffnet hatte und sich mit einem großen Panoramafenster zum Innenhof öffnete. Zuvor wollte sie jedoch wissen, mit wem sich Cantor im Wilden Mann getroffen hatte. Frechheit siegt, sagte sie sich und betrat über einige Stiegen das gemütliche Gastzimmer.

Die Mehrzahl der großen Holztische war besetzt. Es war laut in dem Lokal und warm. Sie öffnete ihren Mantel. Cantor saß mit einem Mann an dem Ecktisch am Fenster und hatte ein Bier vor sich stehen. Mit langsamen Schritten ging sie auf den Tisch zu. Ihr harmloser suchender Blick auf dem Rundgang durch das Lokal gab vor, einen freien Sitzplatz zu suchen. Als sie sich umdrehte, sah sie, dass Cantors Gesprächspartner ein schmächtiger, dunkelhaariger Mann mit asiatischen Gesichtszügen war.

Sophia verließ das Gasthaus, überquerte rasch den kleinen Hof und betrat das Hanas Rasoi. Sie nahm an einem der Tische Platz, die direkt am Fenster zum Innenhof standen und bestellte einen grünen Tee und eine Ayurveda-Suppe mit Ingwer. Sie saß wie in einem Schaufenster und konnte jetzt auch Jeansjacke genauer beobachten, der in der linken Ecke des Hofes stand, den Blick zum Wilden Mann gerichtet. Er machte einen heruntergekommenen

Eindruck auf Sophia. Er war ungefähr vierzig, trug Turnschuhe und einen braunen Rollkragenpullover unter der Jacke. Auffällig waren seine rötlich blonden Haare mit Bürstenschnitt. Sophia zückte ihren Fotoapparat, und es gelangen ihr einige überzeugende Porträts.

Sie zahlte, um notfalls auch fluchtartig das Lokal verlassen zu können. Eine halbe Stunde später kamen Thomas Cantor und der Asiate aus dem Gasthaus gegenüber heraus und verließen den Platz in Richtung Getreidegasse, gefolgt von Jeansjacke. Sophia griff nach Mantel und Tasche. Als sie durch den Durchgang nach wenigen Metern die Getreidegasse erreicht hatte, waren alle drei in dem Menschengewühl verschwunden. Sollte sie nach links oder rechts gehen? Sie entschied sich für rechts, Richtung Bürgerspitalkirche. Nichts. Sie hatte sowohl Jeansjacke als auch Cantor mit seinem asiatischen Begleiter verloren.

Auf dem Platz vor Mozarts Geburtshaus blieb sie stehen und besah sich nochmals die Fotos von Jeansjacke auf ihrer Kamera. Es war ein trauriges Gesicht, das sie sah, müde, unrasiert und unglücklich. Vielleicht war es auch ein Zeitgenosse, der für Pauls Fall ohne Bedeutung war, ein harmloser Tourist, aber daran glaubte sie nicht. Zu zielsicher war der Mann Cantor nachgelaufen. Ob er ihm jetzt noch folgte? Oder hatte er wie sie Cantors Spur in der vollgestopften Getreidegasse verloren?

Langsam ließ ihre Anspannung nach. Sie drehte um und eilte durch die Judengasse zu ihrem Geschäft.

»Warum bist du blau vor Kälte?«

Peck wollte auf keinen Fall auf die Höhe seines Umsatzes zu sprechen kommen, nämlich genau zwei Euro fünfundneunzig für einen Mini-Stadtplan.

»Wie ist es dir ergangen«, fragte er sie.

Sie zeigte ihm das Display ihres Fotoapparates.

»Kennst du den?«

»Nie gesehen.«

Sophia berichtete ihm von ihren Erlebnissen. »Es war unterhaltsam«, sagte sie. »Person A verfolgt Person B, und Person C verfolgt Person B. Und dann verfolgt Person A Person B, C und Person D. D war der Chinese. Von dem habe ich aber kein Foto.«

Wie hatte der Kellner im Café Europa gesagt? Die sehen ohnehin alle gleich aus.

*

Peck hatte das Gefühl, dass Sophias Fotos von großer Bedeutung für seinen Fall werden könnten. Sie schloss den Fotoapparat an ihren PC an. »Ich kann dir ein erstes Schwarz-Weiß-Bild von dem Typ ausdrucken«, sagte sie lächelnd. »Du magst ohnehin alles in Schwarz-Weiß am liebsten. Wie deine Filme aus den Fünfzigern.«

Pecks Handy klingelte. Rosi! Langsam ging Peck mit seinem Mobiltelefon vor das Buchgeschäft. Er spürte förmlich Sophias Blicke zwischen seinen Schulterblättern.

»Ich habe Ihre Bitte von heute früh ernst genommen und mit Manfred Halm gesprochen. Wenn Sie Zeit haben, kann das Treffen heute noch stattfinden. Mein Chef ist gerade irgendwo in Salzburg unterwegs. Können Sie es ermöglichen, um achtzehn Uhr im Café Fürst zu sein? Er wartet auf mein Okay. Und noch etwas: Er ist in einem schlimmen Zustand.«

Peck sagte sofort zu. »Ich werde pünktlich im Fürst sein.«

Er sah auf die Uhr. Halb drei. Noch Zeit für einen Besuch. Wenn man Dr. Geldwerter heißt, kann man sich ein Büro in der Getreidegasse leisten, dachte Peck, als er wenige Minuten später in dem Gebäude schräg gegenüber von Mozarts Geburtshaus dem Notar gegenübersaß.

»Ich habe kurz vorher mit Herrn Colerus telefoniert«, sagte der Notar, »und ich bin befugt, Ihnen nähere Details zum Nachlass des Erblassers, also der verstorbenen Evelyn Colerus-Cantor, samt Rechten und Pflichten mündlich mitzuteilen.«

»Mündlich reicht«, sagte Peck.

Sein erster Eindruck von Dr. Julius Geldwerter war, dass er seine enorme Energie kaum im Zaum halten konnte. Ungeduldig rutschte er auf seinem Sessel herum, begleitet von kreisenden Bewegungen seines Oberkörpers. Der Notar war mittelgroß, an allen Stellen seines Körpers gut gepolstert und hatte eine glatte, fettig glänzende Haut. Er trug eine randlose Brille, hinter der die punktförmigen Augen in ständiger Bewegung waren. Sein mitternachtsblauer Anzug sah aus, als sei er erst vor einer Stunde gebügelt worden. In den farblich zum Anzug passenden Schuhen spiegelte sich die gesamte Büroeinrichtung. Etwas weniger zu diesem Eindruck passten die langen öligen Haare, die wie eine Matte hinten auf dem Hemdkragen lagen. Peck sah auf die wurstförmigen Finger des Notars. Kein Ehering. Wahrscheinlich geschieden, dachte er, keine Frau würde ihren Mann mit einer solchen Frisur in Freiheit herumlaufen lassen.

»Der gesamte Text des Testaments war von der Testamentsverfasserin eigenhändig geschrieben und unterschrieben worden, sodass der Forderung des Gesetzes, dass über die Identität der Testamentsverfasserin kein Zweifel bestehen darf, Genüge getan wurde.«

Peck dachte an die schmutzige Kopie des Testaments, die er im Haus am Seeleitensee gefunden hatte.

»Die verstorbene Frau Evelyn Colerus-Cantor hatte ihr Testament in meiner Kanzlei deponiert. Das Schriftstück entsprach inhaltlich voll den Erfordernissen und war auch ohne Unterschrift eines Notars oder weiterer Zeugen prinzipiell gültig. So weit zum Formalen.«

»Und die Enterbung des Ehegatten ist ebenfalls formal gültig? Oder unverbindlich?«

Dr. Julius Geldwerter nickte unverbindlich, sah dann zur Decke, verdrehte wie entsetzt die Augen und griff nach dem Bleistift, der vor ihm auf dem Tisch lag.

»Enterbung ist ein juristisch sehr unexakter Begriff«, dozierte er, »aber ich will es Ihnen auch für Laien verständlich erklären.«

»Das ist äußerst entgegenkommend, Herr Doktor.«

»Es handelt sich hier um den Entzug des Pflichtteils, was juristisch durchaus möglich ist, jedoch nur unter Vorliegen gesetzlich genau definierter Gründe.«

»Und sind diese Gründe hier gegeben?«

»Nicht nach den derzeit aktenkundigen Informationen. Diese meine Aussage bitte ich Sie jedoch als vorläufig einzustufen. Sozusagen als privat.« Er lachte meckernd und klopfte dabei mit dem Bleistift auf die Tischplatte.

»Natürlich«, sagte Peck zustimmend, besann sich aber dann eines Besseren. »Warum eigentlich?« Er sah den Notar fragend an.

»Es steht der Vorwurf im Raum, dass der berechtigte Ehegatte beharrlich eine gegen die öffentliche Sittlichkeit anstößige Lebensart führte sowie die eheliche Beistandspflicht grob vernachlässigt hat.«

»Was heißt anstößig?«

Der Notar wischte Pecks Frage mit einer weit ausholenden Geste zur Seite. »Egal«, sagte er. »Das, was hier passiert ist, könnte man, juristisch nicht ganz exakt, als Affront gegen den Ehemann bezeichnen, wobei ich noch darauf hinweisen möchte, dass prinzipiell der Entzug des Pflichtteils im Testament ausgesprochen und begründet werden muss. Dies ist im vorliegenden Fall nicht geschehen.«

»Das heißt, Thomas Cantor kann das Testament anfechten?«

»Ich würde es auf alle Fälle versuchen.«

»Danke«, sagte Peck, »ich habe noch eine Frage, das Testament betreffend. Hat Evelyn Colerus Ihnen gegenüber irgendwann erwähnt, dass sie vorhatte, ihr Testament zu ändern?«

Dr. Geldwerter knallte den Bleistift auf den Schreibtisch. Seine Haarmatte kam in leichte Schwingungen.

»Woher wissen Sie das? Das ist tatsächlich der Fall. Sie teilte mir vor zwei Wochen telefonisch mit, dass sie eine Änderung plane und wollte mich deshalb in der Kanzlei aufsuchen. Aber dazu ist es nicht mehr gekommen.«

Peck atmete tief durch. »Welcher Art waren die geplanten Änderungen?«

Der Notar zuckte mit den Schultern. »Der Familie war möglicherweise bekannt, dass testamentarische Korrekturen ins Haus standen, aber es kursierten wohl keine konkreten Änderungspläne. Wenn ich Evelyn Colerus am Telefon richtig verstanden habe, hätten die Korrekturen mit an Sicherheit grenzender Wahrscheinlichkeit die Pflichtteilsansprüche und somit auch die letztwillige Anordnung Herrn Manfred Halm gegenüber betroffen. Aber es ist müßig und vor allem zu spät, jetzt darüber zu spekulieren.«

Peck bedankte sich für das Gespräch und ging nachdenklich durch die Getreidegasse zurück zu Sophias Buchhandlung, in der sich zwischenzeitlich einige Kunden eingefunden hatten, sodass er sich mit einem Handwinken von Sophia verabschiedete, die noch mindestens zwei Stunden im Geschäft bleiben musste.

Der Himmel war dunkel verhangen, und ein kalter Wind fegte über den Waagplatz. Die Dämmerung hatte sich bereits wie ein grauer Teppich über die Stadt gelegt.

Peck war in Gedanken versunken. Er ging durch die dunkle Unterführung bei der Michaelskirche, als er ein schlurfendes Geräusch hörte, und plötzlich war da ein Schatten hinter ihm. Er hatte das Gefühl, verfolgt zu werden, und drehte sich um, aber außer einigen Touristen war da niemand.

Um achtzehn Uhr saß Peck im Café Fürst in der Brodgasse mit Blick auf den Alten Markt. Das Café war um diese Zeit gut gefüllt, und Peck fand gerade noch einen freien Tisch neben der Stiege zum ersten Stock. Er bestellte einen trockenen Sherry bei einer dunkelhaarigen und gut aussehenden Kellnerin, die ihn um eine Spur länger anlächelte, als es für die Bestellung nötig gewesen wäre. In diesem Moment betrat Halm das Kaffeehaus. Er zog seinen Mantel aus, setzte sich wortlos zu Peck an den Tisch, lehnte sich zurück und verschränkte die Arme vor der Brust. Halm sah müde aus. Er hatte schwarze Ringe unter den Augen, und sein Gesicht war genauso grau wie der Marmortisch, der vor ihnen stand. »Also, Herr Halm«, sagte Peck, »die Zeit der Spielchen ist vorbei. Es gibt ein neues Szenario, und wir haben einen Mord aufzuklären.«

Peck nahm einen Schluck von seinem Sherry und ließ dabei Halm nicht aus den Augen. »Sie haben mir bei unserem ersten

Gespräch nicht die Wahrheit gesagt. Und es gibt noch erhebliche Unklarheiten.«

Halm bestellte einen doppelten Wodka.

»Wo waren Sie an dem Montag, als Evelyn ermordet wurde, nachdem Sie Leopoldskron verlassen hatten? Sie haben mich bei unserem ersten Gespräch angelogen, auch bezüglich des Geburtstages Ihrer Frau.«

»Wenn es Sie befriedigt, kann ich Ihnen gerne mein kleines Geheimnis anvertrauen. Ich war nach Leopoldskron bei einer schwarzhaarigen, intelligenten jungen Dame. Von zehn bis Mitternacht. Diese Frau hat all jene körperlichen und geistigen Vorzüge, die meine Frau nicht hat. Und wie Gaby ist dieses Mädchen nicht billig, aber deutlich kurzweiliger. Und glauben Sie nicht, dass Sie je von mir den Namen der Dame erfahren.«

»Wie oft waren Sie in Evelyns Haus am Seeleitensee?«

»Einmal.«

Die Antwort kam ohne Zögern. Zu schnell. Peck beugte sich vor.

»Aber Sie wussten, dass Evelyn in ihrem Haus das Testament aufbewahrte. Und Sie wussten, dass sie vorhatte, dieses abzuändern.«

»Und Sie meinen, dass mich das belastet?«

»Wie groß war Ihre Freude, als sich herausgestellt hat, dass Evelyn nicht mehr die Zeit gefunden hatte, ihr Testament zu ändern?«

»Und?«

»Hatten Sie noch einen anderen Grund, Evelyn zu ermorden?«

»Hören Sie auf mit diesem Blödsinn. Ich bin kein Mörder!«

»Aber Sie sind jetzt ein reicher Mann. Nicht zuletzt, weil Evelyn getötet wurde, bevor sie ihr Testament ändern konnte.«

Halm drückte seine Zigarette aus und zündete sich eine neue an.

»Wussten Sie, wo der Schlüssel für das Haus am Seeleitensee versteckt war?«

»Was soll das? Evelyn liegt irgendwo in einem Tiefkühlfach mit einem Zettel an ihrer großen Zehe, und Sie reden hier über Hausschlüssel.«

»Herr Halm, Sie wissen, mit wem Evelyn sich am Montag getroffen hat. Sie hat es Ihnen gesagt. Wen schützen Sie?«

Peck war lauter geworden, und einige Leute vom Nebentisch sahen zu ihnen herüber. »Reden Sie!«

Halm sagte kein Wort. Er wirkte nicht mehr so ungerührt wie vorher. Peck bemerkte, dass sich Halms Wangen schnell röteten und seine grauen Augen oft den Ausdruck wechselten. Peck konnte in ihnen Staunen, Wut, Ironie oder unangenehme Überraschungen sehen. »Ich habe Evelyn nicht ermordet. Und ich schütze niemanden«, sagte Halm und kratzte sich an der Nase. »Ich weiß nur, dass Evelyn sich an diesem Montagvormittag mit einem Mann getroffen hat. Mehr Informationen konnte sie mir in Leopoldskron nicht geben.«

Er lügt, dachte Peck.

»Sagen Sie, Herr Halm, womit hat Cantor Druck auf Sie ausgeübt, gegen Ihre Überzeugung die, wie Sie es nennen, zweite Produktlinie zu entwickeln?«

Halm schwieg. Auf seinem kahlen Kopf kamen kleine Schweißperlen zum Vorschein.

»Erzählen Sie mir von Ihrem Unfall vor vier Jahren. Sie waren betrunken, oder?«

Halm schloss langsam die Augen.

»Und da war der fünfjährige Bub«, sagte Peck, »der mit dem Fahrrad unterwegs war. Er lebte nach dem Unfall noch genau eine Stunde. Dann starb er im Krankenhaus. Wissen Sie, Herr Halm, dass der Bub den gleichen Vornamen wie Sie hatte?« Halm nahm eine Schachtel mit Tabletten aus seiner Jacke und schluckte eine der Pillen, überlegte kurz und nahm dann noch eine. Er sah Peck an. »Thomas hat mich erpresst. Oder gezwungen. Nennen Sie es, wie Sie wollen. Ich musste mitspielen, sonst drohte er, mich wegen des Unfalls anzuzeigen. Anonym natürlich. Ich lebe seit vier Jahren mit der Schuld an dem Tod dieses Kindes.« Halm richtete sich auf. »Aber ich bin kein Mörder!«

Peck suchte nach einer Möglichkeit, zu Halm durchzudringen. Er ist wie ein großer Teigklumpen, dachte Peck. Egal, wie er versuchte, ihn zu kneten, Halm blieb schwammig.

»Und wozu werden Ihre sogenannten Spezialrohre verwendet?«

Peck hatte sich in der einschlägigen technischen Literatur informiert und wusste, dass es um gasförmiges Uranfluorid ging, das in Gaszentrifugen angereichert wurde, sodass es für Atomwaffen verwendet werden konnte. Und die Rohre der Firma Colerus dienten zur Herstellung der Gehäuse und der darin rotierenden Zentrifugen.

»Es gibt Verdachtsmomente«, sagte Peck, »dass letztlich nicht die Chinesen Ihre Produkte einsetzen, sondern an Dritte weiterverkaufen.«

Halm nickte. Auf seiner Stirn zeigten sich kleine Schweißperlen. »Ich kenne die technischen Datenblätter.«

»Welches Land?«

»Ich weiß es nicht. Ich tippe auf Nordkorea oder den Iran.«

»Und Evelyn war den Behörden gegenüber für die Legalität dieser Geschäfte verantwortlich.«

»Ja. Und sie stoppte die Lieferungen«, sagte Halm, »und so standen die Chinesen plötzlich unter großem Druck seitens ihrer Abnehmer. Das sind Menschen, die eiskalt und ohne Zögern zuschlagen. Und so hatten wir sie alle plötzlich am Hals, besonders Evelyn. Brutale und undurchsichtige asiatische Bruderschaften.«

»Welche Rolle spielen Ihre Mitarbeiter aus Bukarest?«, fragte Peck.

»Ich habe kein großes Vertrauen in die Loyalität unserer dortigen Leute. Vermutlich haben sie sich sehr schnell mit den Chinesen verbündet.« Halms Blick war starr auf Peck gerichtet. »Dasselbe gilt übrigens auch für Thomas.«

*

Bezüglich Evelyn sagt Halm nach wie vor nicht die Wahrheit, dachte Peck, aber mehr ist heute wohl nicht drin. Halm stand auf, gab Peck flüchtig die Hand, ohne ihn anzusehen, und verließ das Café Fürst.

Als Peck am Alten Markt stand, wurde der Regen stärker und ging in einen Wolkenbruch über. Peck liebte Wasser. Er trank es gern, und er duschte auch gerne. Aber im Regen spazieren zu gehen, war für ihn fast so schlimm, wie mit einer Badehose bekleidet ins Schwimmbad zu steigen.

Als er zu Hause ankam, war selbst seine Unterwäsche triefnass. Nachdem er geduscht hatte, schaltete er die Stehlampe neben seinem Lehnstuhl ein, seufzte wohlig und nahm einen Lagavulin mit ein wenig Wasser.

Peck unterschied strikt zwischen Wohlbefinden und Wellness. Er war vor einigen Monaten in akuter Gefahr gewesen, Sophia auf ein verlängertes Wellness-Wochenende begleiten zu müssen. Zum Glück hatte er noch rechtzeitig vorher den Hotelprospekt zu Gesicht bekommen. Was er da las, war die Horror-Dreieinigkeit für ihn: Sauna, schwimmen und kneippen. Und alles war mit intensivem äußerem Wasserkontakt verbunden. Frauen haben hierzu einen völlig anderen Zugang. Sophia saß oft eine Stunde bis zum Hals in der mit Schaum und Duftöl angereicherten Wanne. Baden war für sie eine Prozedur mit dem Ziel, der leidenden Seele entspannenden Balsam zuzuführen. Für ihn war Duschen ein hygienischer Prozess, allein zum Entfernen des Schmutzes. Peck fuhr damals nicht zum Wellnessen, sondern trat in einen massiven Streik. Sophia hatte schließlich ein Einsehen, und sie beschlossen, stattdessen nach Venedig zu fahren. Dort war Hochwasser gewesen.

Plötzlich klingelte das Telefon.

»Hier ist Gerlinde«, sagte eine Stimme, die ihm sehr bekannt war: Gerlinde, seine Exfrau, die in Graz lebte. Er zuckte innerlich zusammen. Jedes Mal, wenn sie anrief, ging es um Geld. Außerdem, so glaubte er sich zu erinnern, hatte er ihren Geburtstag vergessen.

»Wie geht es dir?« Er bemühte sich, einen neutralen Einstieg in das Gespräch zu finden. Er hätte ebenso sofort fragen können:

»Wie viel Geld willst du?«

»Du musst in die Steiermark kommen«, sagte sie. Bezogen auf seine Befürchtungen, ein vielversprechender Start des Gesprächs.

»Mama feiert im nächsten Monat ihren Achtziger. Und sie möchte, dass du zur Feier kommst.« Peck überlegte. Ihm fiel keine vernünftige Antwort ein.

»Bist du noch da? Wir feiern am dreißigsten März in einem Landgasthof in Stainz. Ich weiß zwar nicht, warum, aber Mama möchte dich dabeihaben.«

Sie findet mich eben sympathisch, dachte Peck. Langsam begann ihn der Anruf zu ärgern. Warum rief ihn seine Exschwiegermutter nicht selbst an?

»Ich muss in meinem Kalender nachsehen«, sagte er und stand auf, so als ob er dadurch das Gespräch schneller beenden könnte.

»Schau nach«, sagte Gerlinde, »aber denke daran: Mama will dich sehen! Außerdem muss ich mit dir über die Thematik Geld reden! So geht es nicht mehr weiter!«

Da war das Thema endlich! So geht es nicht mehr weiter, dachte er für sich. Dann versprach er, noch heute im Kalender nachzusehen und ihr spätestens morgen ein Mail zu geben.

Eigentlich wollte Peck vor dem Schlafengehen noch über einige Fakten seines Falles nachdenken und keinen Whisky mehr trinken, aber auf diesen Anruf hin …

Mittwoch, 26. Februar

Peck hatte schlecht geschlafen. Im Traum hatte er Thomas Cantor gesehen, tot in einem Hotelfoyer liegend und von einer Wolke Aftershave umgeben. Später war ihm noch seine Exschwiegermutter im Traum erschienen, scharf und resolut wie immer: »Hier also treibst du dich rum, bei fremden Leichen! Aber zu meinem achtzigsten Geburtstag kommst du nicht!«

Nach einem gesunden Frühstück setzte sich Peck in seinen Lehnstuhl beim Fenster und trank langsam seinen ersten Großen Braunen. Dann rief er Georg Colerus an, den Sohn des Alten, und kündigte seinen Besuch für den frühen Nachmittag an. Colerus stimmte dem Treffen sofort zu.

Peck bereitete sich auf das Gespräch vor, nahm seine Notizen zur Hand und überlegte sich während des zweiten Großen Braunen einige Fragen, die er Colerus stellen wollte.

Als Peck seine Wohnung verließ, sah er im trüben Licht der Deckenlampe Abdrücke nasser Schuhe, die den ganzen Flur entlang bis zu seiner Türe liefen. Zuerst hin, dann zurück, und direkt vor seiner Wohnung eine kleine nasse Stelle. Hier muss die Person kurze Zeit gestanden haben. Er stieg auf einen der Fußabdrücke. Die Person lebt auf großem Fuß. Und ist mit großen Schritten unterwegs, dachte Peck.

*

Georg Colerus wohnte in einem Wohnblock der Salzachsiedlung in Liefering. Das Wetter war genauso trübe wie das, was Peck hier zu sehen bekam.

Es war zwar viel renoviert worden während der letzten Jahre, aber die Straße, in der Colerus jun. lebte, und die Wohnblocks machten immer noch einen tristen, heruntergekommenen Eindruck. L-Town hatte Peck vor einigen Tagen in der Zeitung als Insider-Kürzel für Liefering gelesen.

Der gewaltige Häuserblock, in dem Georg Colerus wohnte, war ein vierstöckiges, monströses Ungetüm mit unansehnlicher, schmutzig brauner Fassade und vielen Fenstern, einige davon mit schief hängenden Jalousien oder ganz ohne Vorhänge. Peck parkte nicht vor dem Haus, sondern einige Nebenstraßen entfernt, und ging zu Georgs Wohnblock. Er fand den Hauseingang Nr. 19 am Ende der Straße. Einige bärtige Männer standen trotz des kalten Wetters vor dem Haus, rauchten und redeten in irgendeiner Sprache, die Peck nicht verstand.

Das Treppenhaus war schmutzig. Leere Weinflaschen standen auf der Stiege, es roch nach Sauerkraut und gebratenen Zwiebeln.

Georg Colerus öffnete sofort die Türe, als Peck anklopfte. Er verbeugte sich übertrieben tief vor Peck, die linke Hand an seine Brust gepresst, und wie ein Lakai Ludwigs des Vierzehnten machte er mit dem rechten Arm eine weit ausholende Geste, die Peck zum Eintreten einladen sollte. Das Vorzimmer führte in den einzigen Raum, aus dem die Wohnung bestand, ausgenommen einer kleinen Kochnische, die hinter einem zerknitterten und früher einmal hellblauen Vorhang zu sehen war. Peck sah Schimmel an den Wänden. Das Zimmer war überhitzt, und es roch modrig.

Colerus sprach kein Wort. Er streckte ihm beide Arme entgegen, was Peck als Aufforderung nahm, seinen Mantel auszuziehen. Peck sah ihm nach, als Colerus seinen Mantel nach draußen trug, eine lang aufgeschossene, magere Gestalt mit gestelzten Schritten. Über einer grauen Hose trug er einen überlangen, ausgefransten Pullover, der um seinen dünnen Oberkörper schlotterte.

Peck setzte sich auf die Couch vor dem Fenster, die Colerus wohl auch zum Schlafen diente.

Peck sah in ein zerfurchtes graues Gesicht, das die Spuren des langjährigen Alkoholkonsums trug. Er suchte nach einer Ähnlichkeit mit Georgs Vater, entdeckte aber keine. Das fettige dünne Haar war glatt zurückgekämmt, nur einige Strähnen standen störrisch seitlich vom Kopf weg und unterstrichen den ungepflegten

Eindruck. Aber es waren hellwache Augen, die Peck ansahen. Colerus sprach mit lauter Stimme, klar und in wohlformulierten, salbungsvollen Sätzen. Ein heruntergekommener Intellektueller, dachte Peck und sah auf die Zahnlücke, die ihm Colerus präsentierte, sobald er den Mund aufmachte. Colerus saß mit weit übereinandergeschlagenen Beinen auf einem Stuhl neben dem Esstisch, der mitten im Zimmer stand. Er wippte unaufhörlich mit dem Fuß.

»Ich habe nicht viel Zeit«, sagte Colerus. Wieder einer ohne Zeit, wunderte sich Peck. Woher die Eile?

»Ich bin heute Abend zu einer Trauer-Soirée in Mattsee eingeladen.«

Jetzt erinnerte Peck sich. Rosi hatte ihm von dem Familientreffen erzählt.

»Und darauf muss ich mich noch vorbereiten«, sagte Colerus und zeigte lächelnd seine Zahnlücke. »Ich werde sehr nüchtern sein heute am Abend, und ich werde eine sehr nüchterne Rede halten. Möglicherweise wird sie nicht allen gefallen.« Sein Lächeln verstärkte sich. »Warum sind Sie gekommen?«, fragte er übergangslos.

»Sie gehören zu einer außergewöhnlichen Familie, Herr Colerus«, sagte Peck, »über die ich aber sehr wenig weiß. Und ich suche nach einem Mörder. Ich bitte Sie, mir dabei zu helfen.«

Colerus strich mit seiner Hand über seine Haare.

»Das ist großer Quatsch«, sagte er dann langsam und jedes Wort betonend. »Den Mörder brauchen Sie nicht mehr zu suchen! Der Mörder heißt Thomas! Thomas, das kleine parfümierte Schwein!«

»Woher nehmen Sie die Sicherheit, dass er es war?«

»Ich denke es, ich fühle es, ich weiß es! Drei gute Gründe also.«

»Sie sind um einige Jahre jünger als Ihre Schwester Evelyn?«

»Uns trennen nur drei Jahre an Zeit. Aber sonst ganze Welten! Und das war schon immer so. Meine Schwester Evelyn war immer die Fleißige, sie war immer die Streberin in der Familie. Und ich war immer stinkfaul und genau das Gegenteil von Political Correctness. Aber auf meiner Seite lagen die Talente, die ich ganz systematisch in Feuerwasser ertränkt habe. Jetzt lebe ich mit meinen übrig gebliebenen Talenten hier in diesem Raum.« Mit seinem rechten Arm machte er eine Kreisbewegung, als müsse er Peck sein Zimmer nochmals vorstellen. »Ich habe eine Zeit lang in Wien Betriebswirtschaft studiert. Und für meinen Vater wäre es das Höchste gewesen, den Sohn als Akademiker in seinen Armen und in seinem Unternehmen zu sehen.« Er lachte scheppernd. »Aber ich bin derjenige in der Familie, der den totalen Durchblick hat. Ich durchschaue sie alle, die Philister wie die Banausen.« Er grinste Peck an, als wollte er ihm damit die Vorfreude auf den kommenden Abend zeigen.

Peck stellte keine Frage. Er ließ Georg Colerus reden, und es machte Spaß, ihm zuzuhören. Der Mann hatte höchst sympathische und treffsichere Ansichten.

»Meine Schwester Evelyn hat mich nie verstanden! Aber sie hat mir wenigstens das Geld gegeben, das mir zustand und das ich dringend brauchte. Ich habe Evelyn einige Male im Märchenschloss am See besucht. Aber immer so, dass ich meinen Vater nicht getroffen habe.«

»Hat Ihr Vater Sie nicht unterstützt?«

»Er hat mich unterstützt! Zuerst mit gönnerhaften Ratschlägen, dann mit felsenharten Vorwürfen, und schließlich hat er mich von seiner Liste gestrichen. Er hat mich vollständig getilgt, aus Enttäuschung und Unverständnis. Aber heute am Abend sehe ich ihn, und ich werde eine gute Figur abgeben.« Er deutete auf einen schwarzen Anzug, der auf einem Kleiderhaken am Schrank hing. »Habe ich mir besorgt.«

Peck sah auf seine Notizen. »Ich möchte gerne wissen, wo Sie am Montag, den siebzehnten Februar, waren. An diesem Tag wurde Ihre Schwester zum letzten Mal gesehen.«

Colerus schüttelte langsam den Kopf. »Sie haben nichts verstanden. Außerdem hat mich die Polizei das alles schon gefragt. Wahrscheinlich war ich hier. Bei mir sind die Tage nicht sehr unterschiedlich. Früher war das anders.« Er hob beide Hände. »Aber heute fehlt mir das Geld für die großen und kleinen Abwechslungen.«

»Und von Ihrer Schwester keine Erbschaft. Macht Sie das betroffen?« Peck sah sein Gegenüber genau an.

»Die Welt bricht aus ihren Fugen. Und unsere Familie bricht aus ihren Fugen. Evelyn muss verrückt geworden sein, als sie dieses Testament geschrieben hat.«

»Ihre Schwester war früher schon mal verheiratet.«

»Ist das eine Frage oder eine Feststellung? Menschen machen eben Fehler«, sagte er. »Manche jedes Mal neue so wie meine Schwester, oder es läuft wie bei mir - immer wieder den gleichen Fehler, so lange wiederholt, bis man so wird wie ich jetzt bin. Und daran habe ich jahrelang hart gearbeitet.«

Peck hatte Durst bekommen. Außerdem fühlte er sich nicht wohl in dieser stickigen Luft und der Hitze, die im Zimmer herrschte. Colerus brachte ihm ein Glas Wasser, das er wortlos vor Peck auf den Tisch stellte.

»Alexander, der Große«, sagte Colerus, »Alex Dorner. Er ist genauso unbedeutend wie cholerisch! Aber der wahre Chef im Haus ist seine jetzige Frau.«

»Was ist Alex für ein Mensch?«

»Evelyn war viel zu jung, als sie ihn kennenlernte und viel zu jung zum Heiraten. Ich habe nie durchschaut, was sie an diesem Kleinbürger angesprochen hat. Wahrscheinlich waren es die romantischen Gefühle eines jungen Fräuleins und die Sehnsucht nach jener Geborgenheit, die uns die Eltern nie vermitteln konnten. Und kurz darauf war sie schwanger. Mein Neffe Toni ist heute zwanzig und etwas und lebt bei seinem Vater.«

»Haben Sie die Telefonnummer von Alex?« Colerus holte einen Taschenkalender.

»Nur täuschen Sie sich nicht!« Colerus stand vor Peck und bedrohte ihn mit dem kleinen Buch. »Alex wirkt äußerlich harmlos, inwendig ist er rachsüchtig und gefährlich.« Er grinste. »Möglicherweise verbindet uns sogar einiges, inklusive seinem Sohn

Toni: unser Hass gegen Thomas!«

Peck zeigte Colerus das Bild des Unbekannten, den Sophia beschattet hatte.

»Kennen Sie den?«

Georg zögerte lange mit der Antwort. »Das könnte Alexander Dorner sein«, sagte er. »Nur die Haare sind anders. Aber ich habe den Typ schon Jahre nicht mehr gesehen. Heute Abend vielleicht.«

»Wann hat sich Ihre Schwester von Alex scheiden lassen?«

»Zu spät! Oder zu früh! Wie der Regen, so die Traufe. Von Dummheit und Langeweile zu einem Gnom, der sein Kleiner-Mann-Syndrom mit Brutalität und Machtwillen zu kompensieren versucht. Mit kleinen Männern ist es wie mit Wurmfortsätzen. Man würde sie gar nicht wahrnehmen, wenn sie sich nicht in den Vordergrund drängen. Thomas, der etwas zu kurz geratene Superstar und Exportkönig!«

Georgs Stimme wurde laut und fast kreischend, sein Gesicht rötete sich. Er saß leicht nach vorne gebeugt auf dem Stuhl, und sein Hass ging mit ihm durch. »Thomas konnte mich von Anfang an nicht leiden, und manchmal denke ich, er kann niemanden leiden. Und er hat Evelyn vom ersten Tag seiner Ehe an betrogen, mit Nutten und allen Weibern, die er auf seinen Reisen oder in Bars aufgetrieben hat. Und er hat mit allen Streit. Thomas hat keine Freunde! Vergessen Sie das nie.«

Peck ertappte sich, wie er verständnisvoll mit dem Kopf nickte.

»Thomas hat die Firma in eine gefährliche Schieflage gebracht«, sagte Colerus, »und jetzt will er an die Macht. Und deshalb hat er Evelyn umgebracht!«

So einfach ist die Sache leider nicht, dachte Peck. Georg erhob sich. War für ihn das Gespräch abgeschlossen?

»Heute am Abend werde ich eine Grundsatzrede halten zur Lage der Familie.« Colerus lächelte wie in Vorfreude auf ein großes Geschenk, das er erwartete. »Pure Political Incorrectness! Meine Rede wird ein Knaller.« Er grinste und reichte Peck die Hand.

*

Peck war froh, der Hitze und dem Modergeruch in der Wohnung entkommen zu sein. Er atmete tief durch, als er vor dem Haus stand. Es musste wieder geregnet haben, während er bei Colerus war. Die Wolken hatten sich aber verzogen, der nasse Asphalt glänzte in der Sonne, und von den kahlen Ästen fielen schwere Tropfen. Die vorbeifahrenden Autos zogen Wasserfontänen hinter sich her. In diesem Moment klingelte Pecks Handy.

»Sind Sie Paul Peck?«

Peck wunderte sich und knurrte am Telefon zustimmend zurück. »Wer ist da?«

»Ich weiß, wer Evelyn ermordet hat!«

Peck stockte der Atem. Die Stimme kam ihm nicht bekannt vor. Sie war etwas heiser und in einem leicht ausländischen Dialekt, den er nicht einordnen konnte. Peck hörte gespannt zu. »Wie praktisch«, sagte er, »wer denn?«

»Aber, Herr Peck! Sie sind doch ein Profi. Nie am Telefon und so.«

»Dann treffen wir uns und Sie sagen's mir ins Ohr. Live, meine ich.«

»Live ist immer gut«, sagte die Stimme, »Live ist meine Stärke.«

»Hören Sie«, sagte Peck und sah auf das Display seines Mobiltelefons. Eine Salzburger Festnetznummer. »Wie heißen Sie eigentlich?«

»Christine.«

»Und wie noch?«

»Wullwa.« Und dann buchstabierte sie umständlich ihren Namen. Natürlich hatte Peck ihn falsch geschrieben.

»Okay«, sagte er, »gehen wir zu Ihnen oder zu mir?«

»Die Frage kenne ich«, sagte sie. »Kommen Sie her. Bei uns ist immer was los.«

»Wo genau?«

»*Club Pandora*. In der Münzgasse.«

»Ich bin schon unterwegs.«

Zwanzig Minuten später parkte Peck seinen Wagen in der Mönchsberggarage und war kurze Zeit später in der Münzgasse. Er war noch nie in dem Lokal gewesen, ihm war auch noch nie zuvor das kleine, unauffällige Schild mit der in Stein gehauenen Schrift *Club Pandora* aufgefallen, vor der er jetzt stand.

Nachdem er die niedrige Türe passiert hatte, steckte Peck mitten in einer Menschenmasse, die sich langsam an einem langhaarigen und muskulösen Türsteher vorbeizwängte, der Peck mit kritischem Blick von Kopf bis Fuß einem Ganzkörper-Screening unterwarf. Er erhielt großzügig die Freigabe zum Eintritt, was ihm durch ein leichtes Kopfnicken des Muskelpaketes signalisiert wurde. Peck betrat den Raum, der so groß wie ein mittlerer Sportplatz war, mit lauter Musik, wummernden Bässen und einer Handvoll unterschiedlicher Bereiche mit mehreren Theken, Bars und kaum beleuchteten Nischen an den Wänden. Peck sah hunderte junge Leute, die scheinbar chaotisch durcheinanderliefen. Er schätzte, dass er rein statistisch seit Betreten des Raumes das Durchschnittsalter im Lokal um mindestens fünfzehn Prozent angehoben hatte. Am Ende des großen Raumes konnte er für einen Moment eine kupferfarbene Theke erkennen, die sich von links nach rechts quer durch den ganzen Raum zog. Diese Theke musste er erreichen. Er kämpfte sich durch die Menschenmenge, und nach einigen Minuten gelang es ihm, beide Hände auf die rettende Theke zu legen wie ein erschöpfter Wettschwimmer, der im Finish am Ziel anschlägt.

Eine Bedienung kam auf Peck zu. Sie trug ein dunkles T-Shirt und schwarze, glänzende Shorts.

»Herzlich willkommen im Club Pandora.«

Peck bestellte ein kleines Bier, drehte sich mit dem Glas in der Hand um und betrachtete vom ruhigen Fahrwasser der Theke aus den vorher von ihm mühsam durchpflügten Ozean. Wie sollte Peck Christine hier im Heuhaufen finden? Er beschloss, sie zu suchen. Doch es kam anders: Sie fand ihn zuerst. Lächelnd stöckelte sie auf ihn zu, mühsam mit den messerlangen Absätzen das

Gleichgewicht suchend. Peck sah ein hautenges Minikleid aus irgendeiner glänzenden Mikrofaser und einen strohblonden, nach oben toupierten Haarturm.

Sie hatte langsam den Mund seinem Ohr genähert und ihre Hand auf seinen Arm gelegt. Peck verlor fast den Atem innerhalb der Parfumwolke, in der er augenblicklich steckte.

»Ich bin Christine«, sagte sie. Peck zog seinen Kopf aus der Wolke und sah, dass sie ihn anlächelte.

»Was jetzt?«, fragte sie.

»Können wir hier irgendwo miteinander reden?«

»Man beobachtet uns«, sagte sie, »stecken Sie mir einen Geldschein in meinen Ausschnitt.«

Peck fand einen Zehn-Euro-Schein, den er ihr mit einer ausholenden Geste in die Hand drückte. Er konnte gerade noch sein Bierglas von der Theke retten, als Christine ihn bei der Hand nahm und ihn zu einer seitlichen Tür zog. Dort schob sie einen dunkelroten Samtvorhang zur Seite, und Peck stand in der Dämmerung eines tunnelartigen Raumes, von dem links und rechts je drei Türen abgingen. Christine öffnete die erste Türe links, steckte ihren Kopf in das Zimmer, entschuldigte sich stotternd, worauf sie, Peck an der Hand nachziehend, den nächsten Raum betrat. Christine versperrte die Türe und setzte sich auf eine an der Wand entlanglaufende, rot gepolsterte Bank. Sie klopfte mit der flachen Hand neben sich auf die Sitzfläche. Peck folgte der Aufforderung und platzierte sich in Erinnerung an die tödliche Wolke in ausreichendem Abstand neben Christine.

»Sie wissen, wer Evelyn ermordet hat.« Peck wollte keine Zeit verlieren. »Also, wer war es?«

»Sie gehen aber ganz schön schnell zur Sache.« Sie verzog beleidigt den Mund. »Thomas«, sagte sie, »Thomas Cantor.« Sie kreuzte die Beine übereinander, soweit es die Stoffmenge des Minikleides zuließ. Peck dachte über ihre Anschuldigung nach, und seine Gedanken starteten eine logische Rundreise, beginnend mit der Variante, dass Christines Aussage richtig war. Möglichkeit A, dachte er, sie hat recht. In diesem Fall will sie ihrem momentanen oder gewesenen Liebhaber Thomas einen drastischen Denkzettel verpassen. Möglichkeit B: Christine lügt bewusst oder hat keine Ahnung, wer den Mord begangen hat. Auch Möglichkeit B bedeutet, dass sie Thomas eins auswischen und ihm schaden will. Aber warum? Egal, ob Möglichkeit A oder B zutrifft, angetrieben wird Christine in jedem Fall durch ihren Hass aufThomas Cantor. Oder Rachegelüste. Hatte er ihr den Geldhahn zugedreht? Der Charakter eines Menschen zeigt sich, wenn die Liebe aufhört, dachte er.

»Sind Sie noch da?«, fragte Christine. »Wenn Sie möchten, können wir uns die Zeit auch anders vertreiben, als über Thomas zu reden und so.« Sie rutschte Stück für Stück auf der Bank näher und legte die Hand auf seinen Oberschenkel.

»Sie gefallen mir. Zwar keine grauen Schläfen mehr …« Sie lächelte ihn an. »Eher Häuptling Silberlocke. Aber charmanter Typ und so.«

»Lieber nicht.« Er rückte einen halben Meter von ihr ab.

Ältere Männer, so erinnerte sich Peck an einen Satz Hemingways, werden nicht klüger, sondern nur vorsichtiger.

»Frau Wullwa, verraten Sie mir doch bitte, was Sie so sicher macht, dass Thomas seine Frau umgebracht haben soll.«

»Er hat sie getötet und so. Ich weiß es.«

»Woher?«

»Was, woher?«

»Wie kann er sie getötet haben, wenn er in Prag war?«

Sie sah ihn irritiert an und zuckte mit den Schultern.

»Hat Thomas Ihnen erzählt, dass er seine Frau ermordet hat?«

Ihre Gesichtszüge entspannten sich plötzlich. »Ja«, sagte sie, »genauso war es.«

Eher Möglichkeit B, dachte Peck. »Haben Sie nicht Angst vor Thomas Cantor, wenn er erfährt, dass Sie mich angerufen und mir diese ganze Story über ihn erzählt haben?«

»Ich habe keine Angst vor ihm. Dazu weiß ich zu viel über ihn und so.«

»Was wissen Sie über ihn?«

»Zum Beispiel seine Ecstasy-Geschichten.«

»Woher kennen Sie meinen Namen und meine Telefonnummer?«

Sie schüttelte den Kopf, sagte aber nichts. Peck trank sein warm gewordenes Bier aus und stellte das Glas neben sich auf die Bank.

»Nicht sehr ergiebig, die Unterhaltung mit Ihnen.«

Ihr Gesicht leuchtete auf, und sie kam noch ein Stück näher.

Peck schüttelte leicht den Kopf.

»Aber Sie wissen jetzt, wer Evelyns Mörder ist und so.«

»Ich wünsche Ihnen noch einen erholsamen Abend und gute Geschäfte.«

Peck arbeitete sich mit kräftigen Armbewegungen durch die Menschenmenge zurück zum Ausgang. Vor der Tür atmete er tief durch. Was sollte er jetzt mit dieser Geschichte anfangen?

Frau Wullwa und die Büchse der Pandora, dachte er, während er sich an der frischen Luft des Abends erfreute. Wenige Minuten später saß er im Auto und fuhr in Richtung Aigen.

*

Das schmiedeeiserne Tor öffnete sich selbsttätig, und Elvira Hütterer fuhr auf dem Weg durch den Wald hinunter zum Haus Colerus. Elvira Hütterer war schon seit vielen Jahren Haushälterin bei Colerus, sie war aber immer wieder erstaunt, wie weitläufig das Gelände war, auf dem eindrucksvoll und dominierend das große, zweistöckige Haus direkt am See lag.

Sie hatte in all den Jahren den Aufstieg von der kleinen Firma bis zum weltweit tätigen Unternehmen mitverfolgt. In dieser Zeit war sie anfangs zur engen Vertrauten der Ehefrau geworden und hatte dieser beigestanden, als Carla Colerus an Krebs erkrankte und kurz darauf gestorben war. Seitdem der Senior das Tagesgeschäft an seine Tochter Evelyn übergeben und sich immer mehr aus dem Unternehmen zurückgezogen hatte, führte sie ihm den Haushalt und war während der letzten Jahre zum festen Bestandteil der Familie geworden.

Sie parkte auf der dem See abgewandten Seite des Gebäudes und wurde von einem der Mädchen begrüßt, die sie für heute Abend engagiert hatte.

»Wir haben nicht mehr viel zu tun«, sagte das Mädchen, »die Cateringfirma hat das Essen schon bereitgestellt. Wir brauchen uns nur noch um die Getränke zu kümmern.«

Der große Salon, den Elvira Hütterer vom Flur her betrat, öffnete sich in einer raumhohen Glasfront zum See hin. Die übrigen Wände waren holzgetäfelt und in einem dunklen Braun gehalten, das mit dem warmen Rot der Vorhänge kontrastierte. Dominiert wurde der Raum von dem großen Esstisch, der genau in der Mitte stand und für vierzehn Personen gedeckt war. Schwere, lederbezogene Stühle mit hoher Lehne und dekorativem Schnitzwerk warteten auf die Gäste. An den Wänden standen eine Unmenge an Sideboards, Tischen, Stehlampen und großen, antik aussehenden Vasen mit Blumen.

Als Frau Hütterer und eines der Serviermädchen begannen, Saft-, Wasser- und Weinflaschen zu öffnen, betrat Georg Wilhelm Colerus, langsam am Stock gehend, den Raum. Aufrecht blieb er vor den beiden Frauen stehen.

»Ich möchte mich bedanken, dass Sie mithelfen, meinen heutigen Trauergästen etwas zu Diensten zu sein. Ich weiß das sehr zu schätzen!« Er verneigte sich übertrieben tief vor Frau Hütterer und lächelte ihr zu. Ein trauriges Lächeln, dachte sie. Ein alter, trauriger Mann. Er war weiß im Gesicht, mit tiefen schwarzen Schatten unter den Augen.

Als sie die Türglocke hörten, hob Colerus seinen Stock etwas in die Höhe und murmelte: »Ich gehe!« Und kehrte nach wenigen Augenblicken mit seinem Sohn Georg zurück.

Frau Hütterer beobachtete die beiden Männer aus dem Augenwinkel. Wann hatte sie Georg Colerus zuletzt gesehen? Es muss auf der Hochzeitsfeier von Thomas und Evelyn gewesen sein, dachte sie, und sie erinnerte sich an den Skandal, den Georg am Hochzeitsabend provoziert hatte. Georg war damals noch keine dreißig gewesen, und er war völlig betrunken, als er, schwankend wie ein Schilfrohr im Wind, plötzlich in der Mitte des Raumes stand und zu Ehren seiner Schwester eine Rede hielt, gespickt mit Anzüglichkeiten und Bosheiten, insbesondere gegen den Bräutigam Thomas gerichtet. Er und Georg hatten sich von Anfang an gehasst. Was wird Georg heute tun? Er ist nicht betrunken, dachte Elvira Hütterer, und er ist elegant angezogen, so wie sie ihn noch nie gesehen hatte. Schwarzer, allerdings schlecht sitzender Anzug, weißes Hemd und eine blau gestreifte Krawatte. Sie war erstaunt. Elvira sah Vater und Sohn in einem ruhigen Gespräch in der Mitte des Raumes zusammenstehen. Fast vertraulich.

Plötzlich flog die Tür auf, und Thomas Cantor kam schnellen Schrittes auf der anderen Seite des Raumes herein. Er sah Georg, blieb abrupt stehen, drehte sich um seine eigene Achse und verließ wortlos den Raum durch die gleiche Tür, durch die er Sekunden vorher eingetreten war. Elvira hielt die Luft an. Jeder hatte den Vorfall gesehen, doch keiner sagte ein Wort. Leichter Aftershavegeruch verbreitete sich im Raum.

Dann waren draußen Autos zu hören. Die Gäste kommen, dachte Elvira Hütterer und ging langsam in die Küche.

Ein halbe Stunde später saßen alle um den Tisch, und Georg Wilhelm Colerus hielt als Gastgeber eine kurze Rede. Er hatte den Ehrenplatz an einer der Schmalseiten des Tisches, genau gegenüber von Gudrun Cantor. Colerus begrüßte seine Gäste, sprach dann von dem traurigen Anlass, der sie hier zusammengeführt hatte, und erwähnte, dass Evelyns Begräbnis morgen um neun in Mattsee stattfinden würde.

Elvira stand in der Türe zur Küche und betrachtete die um den Tisch Sitzenden, die leise miteinander redeten, manche im Flüsterton, so als wollten sie Einblicke in ihre Gedanken und Gefühle verwehren.

Frau Hütterer beobachtete die Sitzordnung am Tisch. Sie hatten keine Tischkarten vorgesehen, und Elvira beschlich das Gefühl, dass jeder das Ziel verfolgt hatte, nicht neben Thomas Cantor sitzen zu müssen.

Nachdem sich jeder am Buffet, das im Nebenraum aufgebaut war, bedient hatte, wurde es noch stiller im Raum. Eine gespenstische Szenerie, beleuchtet von einigen im Raum verteilten Stehlampen und zahlreichen Kerzen auf der Festtafel.

Vierzehn Menschen an einem Tisch, dachte Elvira, die sich nichts zu sagen haben. Sitzt hier Evelyns Mörder mit am Tisch?, fragte sie sich.

Georg Wilhelm Colerus saß aufrecht wie ein Soldat vor seinem Teller. Er war einer der wenigen, die den Kopf hoch erhoben hatten, den Blick den anderen zugewandt. Machte auch er sich Gedanken über jeden Einzelnen seiner Gäste?

Neben Colerus saß blass, schmal und mit hängenden Schultern sein Enkel Michael. Hatte er Tränen in den Augen?

Alex Dorner machte auf Elvira weniger einen leidenden als einen trotzigen und verbissenen Eindruck. War er immer noch der Weichling, den sie von früher her kannte? Sie sah Wut in seinem Gesicht. War er fähig, einen Mord zu begehen?

Sie sah auf die Nächste in der Runde: Rosi Kämmerer, die stolz und mit hoch erhobenem Kopf in die Runde blickte.

Nur eine einfache Sekretärin, dachte Elvira. Sie sah, wie sich Rosi Kämmerer zu Toni Dorner hinüberbeugte und ihm etwas ins Ohr flüsterte. Dann legte Rosi unter dem Tisch ihre linke Hand auf Tonis Oberschenkel. Eine gute Sekretärin hat alles im Griff.

Toni Dorner, der links von Rosi saß, hatte seine Stirn in Falten gelegt und aß hektisch sein Essen. Er sieht verbittert aus, dachte Elvira Hütterer, und wütend. Und es gab keine Anzeichen, dass Toni um seine Mutter trauerte.

Ihr Blick wanderte weiter zu Thomas Cantor. Hatte er seine Frau ermordet? Und warum? Wegen des Testaments? Thomas zeigte ein verschlossenes Gesicht. Er malmte zuckend mit dem Kiefer und blickte weder links noch rechts, und sein Kopf hob sich nur dann, wenn er einen Schluck aus seinem Weinglas machte.

Elvira wusste, dass Zora Halm, die links von Thomas saß, fünfundzwanzig Jahre alt war und in Wien Jus studierte. Die Halms gehörten nicht zur Trauerfamilie, aber sie waren seit vielen Jahren in die Familie integriert, zumal Manfred Halm das technische Gewissen war, wie der alte Colerus ihn manchmal nannte.

Gaby Halm ist bereits angetrunken, dachte Elvira Hütterer, sie trinkt mit beängstigender Geschwindigkeit Sekt und Wein durcheinander. Ansonsten gab Gaby sich unbeteiligt. Bis ihr die Gabel aus der Hand rutschte und mit lautem Knall auf den Parkettboden fiel, worauf alle am Tisch in ihre Richtung sahen. Frau Hütterer hatte das Missgeschick lächelnd beobachtet und legte Gaby diskret eine neue Gabel auf den Tisch. Wäre Gaby zu einem Mord fähig? Immerhin war sie über die amourösen Wechselbeziehungen ihres Mannes zu Evelyn Cantor bestens informiert.

Elvira kannte Gudrun, Thomas Cantors Mutter, kaum. Sie war ihr nur auf einigen Weihnachtsfeiern der letzten Jahre begegnet. Gudrun Cantor trug ihr weißes, leicht bläulich schimmerndes Haar hochgesteckt, ihr Gesicht war stark geschminkt. Von Zeit zu Zeit wandte sie Gaby Halm, die rechts von ihr saß, einen empörten Blick zu. Offensichtlich, dachte Elvira, war sie mit Gabys Alkoholkonsum nicht einverstanden.

Irgendjemand hatte Elvira erzählt, dass Frank Hammerschmidt, der zwischen Gudrun Cantor und seiner Frau Helga saß, Universitätsprofessor in Innsbruck war. Irgendwas mit Naturwissenschaften. Sie betrachtete kurz den Herrn Professor, der kein Wort sprach und nur von Zeit zu Zeit nach rechts zu seiner Frau hinüber lächelte. Ich bin euch allen überlegen sprach aus seinem Gehabe, dachte Elvira, und er spielt die Rolle sogar glaubhaft, ähnlich wie seine Frau Helga, die links von ihm und genau gegenüber von ihrem Bruder Thomas saß.

Die Nächsten in der Runde waren Anja Halm mit ihrem Vater Manfred. Anja wirkte etwas amüsiert, und ein leichtes Lächeln umspielte ihre Lippen, das nur verschwand, wenn der Blick sich auf ihre Mutter richtete, die auf der anderen Tischseite saß. Worüber lächelt sie?, fragte sich Elvira. Weiß sie mehr als die anderen?

Dann betrachtete sie konzentriert Manfred Halm. Er saß genau mit dem Rücken zum offenen Kamin, und offensichtlich war ihm heiß geworden. Er hatte sein Jackett ausgezogen und schief über die Stuhllehne gehängt, sein kahler Kopf glänzte, und von Zeit zu Zeit wischte er sich mit seiner Serviette darüber. Keiner spricht mit ihm, dachte Elvira. War Evelyns Testament der Grund dafür? Halm hatte mit Evelyn seit vielen Jahren ein immer wieder aufflackerndes Verhältnis gehabt, was alle in der Firma wussten. Auch Gaby weiß es, dachte Elvira. Hat sie eingegriffen? Mehr Fragen als Antworten, dachte sie.

Sie war mit ihrer Runde durch, bis auf Georg Colerus, der neben Halm saß. Und plötzlich hörte sie, wie Georg mit dem Löffel tönend gegen sein Weinglas schlug. Elvira sah, wie er sich von seinem Platz erhob und mit lautem Geräusch seinen Stuhl weit zurückschob. Sie sah zum alten Colerus, der aber seinen Blick nicht auf Georg richtete, sondern nach links sah. Auf Thomas. Plötzlich kam ihr die Idee, dass Georg seinem Vater die Rede angekündigt haben könnte. Oder sogar abgesprochen? Jedenfalls sah Georg Wilhelm nicht so überrascht aus wie Thomas, dessen Gesicht Wut und Entsetzen zeigte.

»Liebe Trauerfamilie, liebe Freunde«, begann Georg und blickte im Eiltempo einmal um den ganzen Tisch. Man sah seine Aufregung, aber die Stimme war laut und fest.

»Jeder hier im Raum hat erwartet, dass ich entweder besoffen komme oder mich hier volllaufen lassen würde. Aber beides trifft nicht zu. Im Gegenteil: Ich bin hellwach – und ich habe das, was ich immer schon hatte: den Durchblick. Ich kann in eure Gehirne sehen, und ich kann eure Gedanken lesen! Und ich spüre, dass viele von euch dachten, dass Evelyns Testament ihre Sorgen und Probleme tilgen würde. Aber ihr habt euch auch hier getäuscht. Evelyn hat euch alle enterbt!«

Elvira war aufs Äußerste gespannt. Ein leichter Schwindel erfasste sie.

»Ich will über zwei Themen reden: Über meine Schwester Evelyn, die wir morgen beerdigen wollen, und ich werde über angewandte Betriebswirtschaftslehre sprechen, deren Anfangsgründe ich vor vielen Jahren studiert habe.« Er lächelte. »Leider nicht bis zum Ende.« Georg hob sein Weinglas einige Sekunden, ohne weiterzusprechen und ohne zu trinken. Er stellte das Glas zurück auf den Tisch. »Ich trinke auf Evelyn, die es immer gut gemeint hat mit ihren Kindern, ihrem Vater und meist auch mit mir. Auf jeden Fall aber mit dem Unternehmen, das sie professionell und mit Weitsicht geführt hat. Und es ist nicht ihre Schuld, dass es mit dem Geschäft bergab geht.«

Georg hatte jetzt die ungeteilte Aufmerksamkeit aller. Thomas Cantor sah konzentriert auf den Tisch vor ihm und zeichnete mit seinem Messer geometrische Figuren auf das Tischtuch.

»Das Unheil begann, als unser Alleskönner eingestiegen ist, der Evelyn und den Aufsichtsrat zu dieser globalen Expansion beschwatzt hat. Und jetzt ist aus dem asiatischen Traum ein chinesischer Drache geworden, der Mord und Pleite speit.«

Georg atmete tief durch und trank einen Schluck aus seinem Wasserglas. Dann sah er auf Thomas, dessen Kopf rot angelaufen war, und ihre Blicke trafen sich kurz.

»Evelyn hätte dich nie heiraten sollen«, sagte Georg, jetzt direkt zu Thomas gewandt, »und ich habe das immer schon gewusst. Das unkalkulierbare Risiko deiner Auslandsspekulationen ist größer als der daraus erzielte Umsatz. Das bringt die Firma in den Ruin. Und das Ganze hat auch noch einen ganz persönlichen Aspekt: Du hattest immer schon mehr Kurtisanen und Nutten als Kunden! Du hast das Geschäft kaputtgemacht, das vorher hundert Jahre lang stabil war, und du hast meine Schwester kaputtgemacht!«

Warum griff der alte Colerus nicht ein? Es gab einen lauten Knall im Raum. Elvira sah erregt auf die Szenerie, die wie in einem Theaterstück vor ihr ablief. Thomas Cantor war aufgesprungen und hatte den schweren Stuhl mit großer Wucht umgestoßen.

»Das muss ich mir nicht gefallen lassen«, stieß er heiser hervor, »nicht von diesem Saufkopf.« Er ließ den Sessel auf dem Boden liegen und eilte in großen Schritten, ohne nach links und rechts zu schauen, aus dem Raum.

»Der Bonsai verlässt das sinkende Schiff«, sagte Georg, setzte sich auf seinen Platz und genehmigte sich lächelnd einen großen Schluck Wein. Den Ersten an diesem Tag.

Donnerstag, 27. Februar

Sophia weckte Peck um sieben Uhr. Als er zögernd die Augen öffnete, sah er, dass sie bereits vollständig angezogen war und, mit fliegendem Rock und wehenden Haaren irgendetwas suchend, durch das Schlafzimmer eilte. Er schloss die Augen. Scotty, beam mich weg, dachte er. Aus der Ferne hörte er Sophias Stimme sagen, dass sie weg müsse und sie ihm beim Frühstück nicht Gesellschaft leisten könne. Und auch für ein gemeinsames Mittagessen sei heute keine Zeit.

»Und bevor du fragst«, hörte er ihre Stimme, »ich habe schon zweimal meinen Cousin in Prag angerufen und ihm wegen des Hotels Dampf gemacht. Er hat es nicht vergessen. Sagt er.«

Sie küsste ihn auf den Mund und war verschwunden.

Er erinnerte sich, dass er um neun auf dem Friedhof in Mattsee sein wollte und arbeitete sich stöhnend im Bett hoch. Seine Rückenschmerzen machten sich wieder bemerkbar.

Nachdem Peck geduscht hatte, machte er sich in Sophias Küche auf die Suche nach Schinken und Eiern. Aber der Kühlschrank war leer. Fast leer. Peck hatte noch nie einen Kühlschrank mit einem so großen Depot an Ingwerwurzeln gesehen. Nach einem sehr gesunden Frühstück auf geschmacksneutraler Topfenbasis und einem Großen Braunen aus der hauseigenen Espressomaschine setzte Peck sich in seinen VW und fuhr nach Mattsee.

Peck parkte direkt im Zentrum, nahm seinen Schirm und ging im Regen zur Kirche. Als er durch einen kleinen Seiteneingang den Friedhof betrat, kam bereits der Zug der Trauergäste aus der Kapelle, angeführt von einem Ministranten, der ein großes Holzkreuz trug. Große Stille herrschte. Ohne Musikbegleitung schlängelte sich der Trauerzug wie ein großer schwarzer Tausendfüßler zwischen den Gräbern des Friedhofs hindurch. Peck sah den schwankenden Sarg, auf dem die Blumengestecke im Takt der schrittweisen Fortbewegung hin und her wogten. Er erkannte im Vorbeigehen Thomas Cantor und den alten Colerus, der, an einem Stock gehend, genauso schwankte wie der Sarg. Peck hielt sich im Hintergrund, als der Kondukt ins Stocken kam und die Leute begannen, sich um das offene Grab herum aufzustellen, sodass die aufgespannten Schirme ein fast geschlossenes Dach bildeten, das sich langsam zur Seite neigte, wenn der Regen seine Richtung änderte.

Der Priester sprach einige Worte, die Peck aus der Entfernung nicht verstehen konnte. Er sah den siebzehnjährigen Sohn Michael direkt vor dem offenen Grab seiner Mutter stehen, Hand in Hand mit seinem Großvater, der militärisch aufrecht und geradeaus blickend um seine Tochter trauerte. Auf der anderen Seite des Grabes stand ein junger Mann mit trotzigem Gesicht, dessen blonder Haarschopf vom Wind und Regen zerzaust war. War das der ältere Sohn Evelyns? Wie wohl das Verhältnis der beiden Brüder war? Der Priester besprengte den Sarg mit Weihwasser und sprach noch ein Gebet, bevor der Sarg in die Tiefe abgesenkt wurde. Dann war die Zeremonie zu Ende.

Peck sah sich mit großer Aufmerksamkeit sämtliche Trauergäste an, von der ersten Reihe bis zu jenen, die sich im Hintergrund hielten. Aber keine Figur und kein Gesicht ähnelten dem Unbekannten, den Sophia fotografiert hatte. Plötzlich sah Peck im Hintergrund einen Mann in einem grauen Mantel, der, halb von einer großen Steinfigur verdeckt, das Begräbnis beobachtete. Mit langsamen Schritten ging Peck im Zickzack um die Gräber herum auf den Mann zu. Als dieser ihn sah, drehte er sich um und lief, von Zeit zu Zeit zurückblickend, dem Ausgang zu. Als Peck nach schmerzhaftem Laufschritt die Pforte erreichte, war der Mann verschwunden. Wer war das gewesen? Peck konnte nur erkennen, dass der Mann schwarzes Haar hatte und von kleinem Wuchs war. Könnte ein Asiate gewesen sein.

*

Peck kehrte zu Evelyns Grab zurück, wo sich die Trauerfeier dem Ende zuneigte. Er war seitlich zwischen die benachbarten Gräber getreten und ließ die Trauergäste passieren. Als die meisten Leute bereits durch das Friedhofstor verschwunden waren, stand Peck plötzlich Rosi Kämmerer gegenüber.

»Die gestrige Familienfeier hätte Ihnen sehr gefallen«, sagte sie zur Begrüßung, »es war höchst bemerkenswert, insbesondere die Rede, die Georg zum Abschluss gehalten hat.«

Die Grundsatzrede zur Lage der Familie, dachte Peck. Rosi Kämmerer sah ihn mit ihren dunkelbraunen Augen und ihren Grübchen an.

»Und Sie waren als Gast und Angestellte der Firma eingeladen? Oder mussten Sie Bier und Wein servieren?«

Rosi schüttelte den Kopf. »Frau Hütterer, die Haushälterin, hatte professionelle Unterstützung. Gala Catering macht's möglich.«

Peck sah auf die langsam vorbeiziehenden Leute. Wieder fiel ihm der trotzige blonde Jüngling auf, der jetzt missgelaunt zu Peck herüberschielte.

»Wer ist das?«

»Toni«, sagte Rosi, »Evelyns Sohn aus erster Ehe. Der Mann hinter ihm ist Alex Dorner, sein Vater. Evelyns erster Ehemann.«

Peck wandte den Blick wieder Rosi zu.

»Ich muss gehen«, sagte sie. »Man wartet auf mich.«

»Sie haben mir bei unserem ersten Treffen von Cantors Geliebten erzählt. Christine, das blonde Flittchen. Besteht das Verhältnis noch?«

»Nicht Cantors Geliebte. Nicht im Singular! Christine ist nur eine im weiträumigen Streichelzoo. Und die Firmenauguren sprechen aktuell von einer klimatischen Abkühlung zwischen beiden.«

»Eine erotische Schlechtwetterfront?«

Rosi nickte. »Und Cantor wechselt zwischen Hyperaktivität, Gefühlskälte und Trancezustand.«

»Wie geht's in der Firma weiter?«, fragte Peck. »Wer führt jetzt das Unternehmen?«

»Thomas, der Allgegenwärtige. Er arbeitet wie ein Berserker und ist nicht zu stoppen. Auch nicht durch den Tod seiner Frau.« Sie lächelte ihn an. »Ich muss los.«

»Eine Minute noch«, sagte Peck. »Ich habe eine große Bitte an Sie.« Rosi kam noch einen Schritt näher.

»Ihr Chef Halm ist ein sehr hartnäckiger Mensch. Er hat mir zwar vorgestern einige Informationen gegeben, trotzdem ist für mich noch ein wichtiger Punkt offen.«

»Er erzählte mir, dass er beim Arzt war. Der hat ihm Antidepressiva verschrieben«, sagte Rosi und zeigte einige Sorgenfalten. »Stress, Alkohol, zu wenig Schlaf, dazu noch seine Frau und Gott weiß, was noch alles aus der Vergangenheit dazu beigetragen hat. Das hält kein Mensch aus.«

»Halm weiß, mit wem Evelyn sich an dem bewussten Montag vor dem Abend in Leopoldskron getroffen hat. Und was sie damals erfahren hat. Ich muss das wissen. Aber Halm schweigt beharrlich.«

»Ja«, sagte Rosi, »ich glaube, dass Evelyn ihm davon einiges erzählt hat.«

»Sprechen Sie mit Halm.« Peck sah in ihre dunklen Augen.

»Ich weiß, Sie schaffen es, dass er sich Ihnen gegenüber öffnet. Er ist nicht nur ein Verdächtiger, er ist auch selbst in Gefahr!«

»Ich habe mir gemerkt, dass Sie ein Wassermann sind. Kennen Sie auch Ihren Aszendenten?«

Ich habe noch nie auf einem Friedhof über Astrologie gesprochen, dachte Peck, schon gar nicht unmittelbar nach einer Beerdigung. »Löwe«, sagte er. Er hatte sich erkundigt.

»Wann sehen wir uns wieder?«

»Ich weiß es nicht«, murmelte Peck und trat einen Schritt zurück. Sie legte ihre Hand auf seine, deutlich länger als zum Verabschieden notwendig. Und auch als sie schon lange gegangen war, spürte er immer noch ihre Wärme auf seiner Haut.

*

Peck hatte Hunger bekommen, kaufte auf dem Weg zum Auto zwei Leberkässemmeln und fuhr zurück in seine Wohnung. Dort ging er nochmals die Aufzeichnungen über seine Gespräche mit Manfred Halm und Thomas Cantor durch. Und plötzlich hatte er das Gefühl, der Lösung etwas nähergekommen zu sein. Manches fügt sich zusammen, dachte er und sah auf das vor ihm liegende Blatt. Die zahlreichen Puzzleteile ergaben zum ersten Mal so etwas wie ein sinnvolles Ganzes. Aber trotzdem wollte keine rechte Euphorie aufkommen.

Lustlos kaute er an einer Leberkässemmel und versuchte, sich auf seine Unterlagen zu konzentrieren, so lange, bis er fest eingeschlafen war.

Als er aufwachte, war sein Mund ausgetrocknet. Wie lange hatte er geschlafen? Er stöhnte, während er sich mühsam aufrichtete. Als er in seine Hosentasche griff, spürte er ein zerknülltes Papier. Er zog einen zerknitterten Zettel heraus, auf dem eine Telefonnummer stand, eine Salzburger Nummer, mit zittriger Kugelschreiberhand geschrieben. Wessen Nummer war das? Und dann erinnerte er sich wieder an den kleinen Zettel, als er im Schnee gekniet hatte und im Schein der Taschenlampe die Leiche im Wald untersucht hatte. Der kleine Zettel aus Armin Kuttners Geldtasche. Er hatte ihn achtlos eingesteckt und dann vergessen.

Wo war sein Mobiltelefon? Peck wählte die Nummer, doch niemand hob ab. Und dann meldete sich die Mobilbox und Peck hörte die bekannte Stimme Thomas Cantors.

Freitag, 28. Februar

Das Wetter hatte umgeschlagen. Peck erwachte spät. Es war neun Uhr, und er hörte, dass der Regen gegen das Fenster schlug. Frühlingsbeginn in Salzburg.

Nach dem Frühstück rief er Sophia an. Hebt nicht ab. Dann eben nicht! Als er sein Handy auf den Tisch legte, sah er auf dem Display, dass er ein SMS bekommen hatte. Um acht Uhr früh. Absender Rosi Kämmerer. »Es gibt wichtige News. Rosi K.« Sein Herzschlag beschleunigte sich. Er rief sie sofort zurück.

»Ich bin zwar nur noch eine Minute im Büro«, sagte Rosi, »aber ich wollte es Ihnen sofort mitteilen. Thomas Cantor ist erpresst worden. Ich habe die Kopie eines Erpresserbriefes in den Händen.«

»Können wir uns irgendwo treffen?«

»Jetzt sofort?«

»Jetzt sofort. Das ist eine heiße Spur.«

»Sorry, heute nicht. Ich bin den ganzen Tag auf einer Fortbildungsveranstaltung in Wien. Draußen wartet schon das Auto auf mich. Die halbe Firma fährt da hin. Ich bin erst morgen Vormittag zurück.«

»Ich reserviere für morgen um zwölf einen Tisch beim Iglhauser in Mattsee. Okay?«

»Ich freue mich.« Rosi legte auf.

Von wem wird Cantor erpresst? Und wie wird Sophia reagieren, wenn er sich morgen, am Samstag, mit Rosi traf?

Neben seinem Telefon lag der Zettel aus Armin Kuttners Geldtasche, und Pecks Gedanken wanderten zu Elsa. Sie sieht zwei Autos, dachte er. Dann hört sie die Schüsse. Und dann die Leiche im Wald. Im ersten Moment kein Zusammenhang mit Evelyn und Thomas Cantor erkennbar. Aber dann hat die Leiche den Zettel mit der Telefonnummer in der Geldtasche. Thomas Cantors Nummer! Jedes Problem ist wie eine Wurst, dachte Peck, sie hat zwei Enden. Das eine Ende trägt den Namen Armin Kuttner. Der ist tot. Also muss Peck nochmals zur trauernden Witwe. Morgen. Das andere Ende heißt Thomas. Er wählte nochmals Cantors Nummer. Mailbox. Aber da war noch Alex Dorner, Evelyns Ehegatte römisch eins.

»Hier Dorner.« Am Telefon meldete sich eine ruhige, feste Stimme.

»Guten Tag, Herr Dorner, hier ist Paul Peck. Ich untersuche den Mord an Ihrer ersten Frau Evelyn. Dazu würde ich Sie gerne sprechen.«

»Ich weiß, wer Sie sind. Aber muss das unbedingt heute sein?«

Jetzt hart bleiben. »Es geht um Mord. Also ist es dringend.«

»Kommen Sie vorbei. Wir sind zu Hause.«

Täuschte er sich, oder klang jetzt die Stimme nicht mehr ganz so gefestigt? Peck trank seinen zweiten Großen Braunen und machte sich einige Notizen zum Gespräch mit Dorner.

Zuerst fuhr Peck zum Bahnhof und parkte in der Tiefgarage. Er erinnerte sich, dass der Kellner im Café Fabiani auch heute Dienst haben müsste. Als er das Café betrat, grinste ihm der Kellner gut gelaunt entgegen. Unverschämt gute Figur, dachte Peck, sicherlich das Produkt jahrelangen Bodybuildings. Unten schlank, flacher Bauch und nach oben breiter werdender Oberkörper. Eine Figur wie ein V, dachte Peck. Er selbst fühlte sich demgegenüber meist wie ein schlappes A. Als Peck das Foto von Jeansjacke mit der rötlich blonden Frisur auf die Theke legte, nickte der Barkeeper. »Ich glaube, das ist der Mann. Es besteht auf alle Fälle eine große Ähnlichkeit. Er war mit einem Koffer gekommen und gemeinsam mit der Frau gegangen.«

Vom Bahnhof fuhr Peck durch die Ignaz-Harrer-Straße. Er bemerkte, dass in der Straße wieder einige Geschäfte zugemacht hatten. Eine Folge der Shopping-Center am Stadtrand, der unattraktiver gewordenen Gegend oder der fehlenden Parkplätze?, dachte er im Vorbeifahren, überquerte die Glan, fuhr links auf der Guggenmoosstraße unter der Bahn durch und bog scharf rechts in die Kleßheimer Allee. Wenig später ließ er sein Auto in der

Wilhelm-Kreß-Straße stehen und ging zu Fuß zur Siezenheimer Straße Nr. 157, wo er nach einigem Suchen das Türschild fand: *A. Dorner*.

Peck war einen Moment lang überrascht, als eine Frau ihm die Türe öffnete und ihn hereinbat. »Ich bin Eva Dorner«, sagte sie. »Kommen Sie herein. Der große Meister wartet schon.« Sie trug enge Jeans, einen schwarzen Pullover und hielt eine Zigarette in der linken Hand, während sie ihm mit der rechten den Mantel abnahm. Peck sah ihr beeindruckt zu, wie sie sich rhythmisch vor ihm ins Wohnzimmer schwang. Peck blieb einen Moment in der Türe stehen und sah konzentriert auf den Mann, der von der breiten Couch an der Wand aufgestanden war und ihm die Hand entgegenstreckte. War das der Unbekannte? Er sah dem Mann auf den Fotos ähnlich, war groß gewachsen, hatte aber dunkelbraunes und ziemlich langes Haar.

»Dürfen wir Ihnen etwas zum Trinken anbieten?«, fragte der Mann.

»Überlass das mir«, sagte sie. Peck bat um ein Glas Wasser. Peck nahm auf dem rechten Ende der Couch Platz, gegenüber von Dorner. Auf dem Couchtisch lagen eine Zeitung der Gewerkschaft des Öffentlichen Dienstes sowie ein Kriminalroman. Frau Dorner stellte das Wasserglas neben Peck auf einen kleinen Tisch.

»Was verschafft uns die Ehre zum Wochenausklang?« Sie vermittelte in keiner Weise den Eindruck, als schenkte sie ihrem Mann auch nur die geringste Aufmerksamkeit. Peck schätzte die Frau auf fünfundvierzig. Sie hatte ein schmales Gesicht, eine etwas platt gedrückte Nase und trug die Haare sehr kurz. Fast ein Männer-Haarschnitt.

»Ich habe genau zwei Fragen an Sie«, sagte Peck und wandte sich Dorner zu, um ihm zu signalisieren, dass die Fragen vorwiegend ihm galten. Dorner saß tief in die Couch versunken, mit verdrehtem Oberkörper gegen einige rote Polster gelehnt, die dort aufgeschichtet waren. Er sah Peck erwartungsvoll an.

Nur zu, deutete Dorner nonverbal mit beiden Händen an.

»Wo waren Sie am Montag, den siebzehnten, spät am Abend und

am Dienstag, den fünfundzwanzigsten Februar, am Nachmittag?«

Dorner sah Peck mit großen Augen an. Dann lachte er unerwartet. Eva Dorner stand am Fenster und sah in Richtung Autobahn. »Er möchte wissen, wo du warst«, sagte sie, ohne sich umzudrehen. »Lach nicht, sondern antworte Herrn Peck.«

»Das kann man doch alles in den Protokollen Ihrer Kollegen nachlesen.« Er lachte nochmals. »Also, zuerst Montag, der Siebzehnte.« Alex stand auf und holte aus dem Nebenzimmer ein in glänzendes Schwarz gebundenes Buch und blieb vor Peck stehen. »Mein Schulkalender.«

Seine Frau sah ihn verächtlich an und grinste Peck zu. »Der Herr Generaldirektor mit seinem großen Terminkalender.«

Dorner warf ihr einen wütenden Blick zu und blätterte einige Seiten um. Dann begann er, vorzulesen, den Wahrheitsgehalt zusätzlich betonend, indem er mit seinem ausgestreckten Zeigefinger die Zeilen im Buch entlangfuhr. »Montag, der siebzehnte Februar: Deutsch bei den Installateuren I, dann dasselbe bei den Kaufleuten II. Hinterher Dienstbesprechung bis spät in die Nacht. Wir bereiten die bevorstehenden Personalvertretungswahlen vor«, sagte Dorner erläuternd und setzte sich wieder auf die Couch.

»Dein Kalender stimmt nicht. Am Siebzehnten hattest du keine Schule. Ich weiß das bestimmt, denn da hattest du Bauchweh und Durchfall und warst beim Arzt. Und am Abend habe ich dich mit Kamillentee ins Bett gebracht.«

Dorner sah verwirrt aus und legte das Buch langsam zur Seite.

»Und am fünfundzwanzigsten Februar?«

Peck war gespannt. Das war der Tag, als Sophia den Unbekannten in der Altstadt fotografierte.

»Gewerkschaft«, sagte Dorner und blickte von seiner Frau zu Peck, »da war ich auf der Gewerkschaftstagung in Zell am See.«

»Das behauptest du jedenfalls«, sagte sie.

»Gibt es Zeugen?«, fragte Peck und sah ihn an.

»Da können sich sicher einige an mich erinnern.«

»Bist du sicher?«, sagte Eva Dorner lächelnd und blickte auf Peck. »Manchmal geht er wohin, steht mitten zwischen den Leuten, redet sogar irgendwelches dummes Zeug, aber hinterher kann sich keiner an ihn erinnern.«

Peck notierte sich einige Namen, die angeblich Dorners Angaben bestätigen könnten.

Alex war erregt aufgesprungen, hochrot im Gesicht. Wie hatte Georg Colerus gesagt? Alex, der unbedeutende Choleriker, äußerlich harmlos, aber innerlich rachsüchtig und gefährlich.

»Welches Verhältnis hatten Sie zu Ihrer geschiedenen Frau Evelyn?«, fragte Peck.

»Ich hasse Thomas«, sagte Dorner, der langsam wieder Platz genommen hatte. »Ich bin nach der Trennung von Evelyn um viel Geld betrogen worden, und Thomas hat mich wie einen Leibeigenen behandelt, den man über Nacht vor die Tür setzen kann. Und ich empfinde Evelyn gegenüber keine Trauer. Es gab einige Jahre der Harmonie, doch dann hat sie mich gnadenlos aus dem Haus gejagt.«

»Wie einen Hund«, ergänzte Eva Dorner.

Er ging in die Küche und kam mit einem Bier zurück, das er aus der Flasche trank.

»Hol dir ein Glas«, forderte sie ihn auf. Peck hatte immer noch Durst und hätte viel dafür gegeben, jetzt auch ein kühles Bier zu trinken. Am liebsten aus der Flasche.

»Ich war damals noch sehr jung, als ich in diese Familie nach Mattsee kam, und ein völlig anderer Mensch als heute. Ich habe lange gebraucht, um in den späteren Jahren die Balance im Leben zu finden.«

»Er hat die Balance nur gefunden, weil ich sie für ihn gesucht habe.« Eva Dorner grinste wieder.

»Durchsetzungsvermögen, Tatkraft und Aggressivität. Meine Frau hier glaubt, dass dies die wichtigsten männlichen Eigenschaften im Berufsleben sind. Aber es gibt noch andere Werte!«

»In deinem Fall Wertlosigkeit«, ergänzte sie.

»Was studiert Ihr Sohn?«

Eva Dorner machte eine abfällige Handbewegung. »Angeblich Architektur. Aber Toni ist ganz der Vater. Antriebslos und faul.

Darwin hat recht: Alles vererbt sich!«

»Toni soll es mal besser haben«, sagte Alex, »Toni wird einmal ein guter Architekt.«

»Ein Architekt ist schließlich auch nur ein Maurer, der Latein gelernt hat …«, zischte Eva Dorner und starrte auf ihren Mann.

»Wo studiert er?«, fragte Peck.

»An der Technischen Uni in Graz.«

»Und wie kann ich ihn erreichen?«

»Wozu das?«, fragte Eva Dorner.

»Nur eine oder zwei Routinefragen.«

»Er ist wieder bei seinem Studium«, sagte Alex Dorner, blätterte in einem schmalen Buch und diktierte Peck eine Handynummer.

»Wann ist Ihr Sohn nach dem Begräbnis seiner Mutter wieder nach Graz gefahren?«

»Am selben Tag noch. Er hatte eine Mitfahrgelegenheit und war abends bereits in seinem Studentenheim in Graz. Wir haben kurz telefoniert.«

»Er fuhr nicht mit dem Auto?«

»Wie sollte er sich ein Auto leisten können? Bei dem Vater!«

Peck zeigte Alex Dorner das Bild des unbekannten Mannes, den Sophia fotografiert hatte.

»Wer ist das?«, fragte Dorner. Er betrachtete das Foto lange und wurde blass. Wieder Schulterzucken. »Sieht mir ähnlich, nur etwas jünger.« Er lächelte schwach.

Als Peck vor der Wohnungstüre stand, hörte er von drinnen lautes Schreien. Es war Dorners Stimme. Peck hielt seinen Kopf zur Türe, konnte aber nichts verstehen. Dann hörte er Eva Dorner laut und andauernd lachen. Dann war es ruhig.

*

Alex Dorner hat kein Alibi, dachte er, als er im Auto saß. Aber besser kein Alibi haben als so eine Frau. Dann rief er Sophia an. »Lädst du mich zum Abendessen ein?«, fragte er.

»Es ist noch nicht mal drei!«, sagte Sophia.

»Mein Magen ist ein komplexes Gebilde und nicht ein primitives einzelliges Lebewesen, das sich nur nach der Uhrzeit richtet.«

»Dann fahre mit deinem komplexen Einzeller in die Altstadtgarage. Ich habe gerade in der Zeitung über die Impressionisten-Ausstellung im Museum der Moderne gelesen. Da möchte ich jetzt mit dir hin. Und hinterher kannst du deinen Magen im Restaurant neben dem Museum füttern.«

In zwanzig Minuten war Peck ins Stadtzentrum gefahren und parkte in der Garage im Berg. Er dachte nochmals an das Gespräch mit Alex Dorner. Und Sohn Toni. Er würde mit ihm telefonieren und dann nach Graz fahren müssen.

Als Peck die Neutorstraße in Richtung Parkhaus fuhr, sprang die Ampel auf Rot. Ohne besondere Aufmerksamkeit ließ er die Fußgänger den Zebrastreifen überqueren, als sein Blick an einem Pärchen hängen blieb, das eng umschlungen an seinem Auto vorbeiging. Er erstarrte. Es war Rosi Kämmerer, lachend und eifrig mit einem jungen Mann im Gespräch, der seinen Arm um sie gelegt hatte und sie fest an sich drückte. Und dann erkannte Peck den Blondschopf Tonis. Toni Dorner, der angeblich eifrig in Graz seinen Architekturstudien nachging. Und Rosi, die behauptet hatte, sich gerade in Wien fortzubilden. Schöne Weiterbildung! Die Autos hinter ihm hupten, weil die Ampel Grün zeigte. Er fuhr an, versuchte über die Schulter nochmals einen Blick auf die beiden zu werfen, doch Rosi und Toni waren verschwunden.

*

Wenig später fuhr Peck mit dem Lift auf den Mönchsberg. Er war verwirrt. Eine leise Stimme in seinem Kopf meldete sich: Peck, du hast dich geirrt! Doch er hatte die beiden deutlich gesehen. Als er aus dem Aufzug stieg, wartete Sophia bereits auf ihn.

»Was ist los? Du wirkst so aufgeregt. Nur, weil du dich mit mir triffst?«

»Etwas ganz Eigenartiges«, presste Peck hervor. »Ich habe Toni und Rosi auf der Straße gesehen.«

»Wie schön für dich.«

»Aber Toni sollte in Graz sein.«

»Graz ist reizend. Wie Rosi. Und wer ist Toni? Dein Konkurrent bei Rosi?«

»Rosi sollte eigentlich gerade in Wien sein.«

»Geht's dir gut, mein Schatz?«

»Ich muss nächste Woche nach Graz.«

»Mit Rosi?«

»Mit dem Auto«, sagte Peck ärgerlich und betrat den ersten Raum mit Bildern an den Wänden. Die Ausstellung bot einen sehenswerten Rundblick durch das impressionistische Europa.

»Sind das alles Originale?«, fragte Sophia.

»Das einzige Original bin ich«, erwiderte Peck und ging weiter zum nächsten Gemälde. Peck ließ die Bilder auf sich wirken und stellte fest, dass er wie die meisten Museumsbesucher vor den altbekannten Gemälden lange stehen blieb, während er unbekannte Bilder links liegen ließ. Die Macht des kulturarchaischen Herdentriebes, dachte er.

Sie bekamen einen Tisch direkt an der raumhohen Glasfront mit einem beeindruckenden Blick über Salzburg. Sophia bestellte Ingwer-Paprika-Schaum mit Jakobsmuscheln als Vorspeise, Peck entschied sich für eine Kaspressknödelsuppe. Hinterher nahmen sie beide die Rosa Nuss vom Tauernlamm mit Rosmarinpolenta.

»Ich bin froh, dass wir nach langer Zeit wieder in einer Ausstellung waren«, sagte Sophia, »auch wenn ich nicht alle Bilder verstanden habe.«

»Kunstwerke werden von uns umso weniger genossen, je mehr wir davon verstehen«, sagte Peck.

»Ist das eine Erkenntnis von dir?«

»Adorno«, erwiderte Peck und lächelte.

Sie blieben lange im Restaurant und genossen den gemeinsamen Abend. Sophia stellte keine Fragen zu seinem Fall, und Peck beschloss, erst morgen wieder Detektiv zu sein. Morgen, dachte er, morgen habe ich viel vor. Vielleicht kommt morgen die große Eingebung.

Samstag, 1. März

Früh am Morgen rief Peck Sophia an, die bereits seit einer Stunde in ihrer Buchhandlung war.

»Heute schon Umsätze gemacht?«

»Schön, dass du anrufst.«

»Ich habe eine Frage an dich.«

»Was du frühstücken sollst? Das ist doch ganz einfach. Im Kühlschrank links ...«

»Nein. Hast du schon was von deinem Verwandten aus Prag gehört? Wegen Cantors Hotel.«

»Ich habe wieder gemahnt, und er hat mir für spätestens heute eine Rückmeldung zugesagt. Was machst du heute?«

»Heute großes Programm«, sagte er.

»Meine Tochter hat aus Linz angerufen. Du wirst heute auf mich verzichten müssen. Sie braucht mich, und es wird spät werden.«

»Deine Tochter verlangt oft nach dir.«

»Einmal Mutter – immer Mutter!«

»Ich treffe mich heute mit Frau Kämmerer. Aber anders als bei dir wird es nicht spät werden.«

Schweigen.

»Es geht um neue Fakten. Und es geht um das Licht vor dem Ende des Tunnels.«

»Kurz vor dem Wochenende? Warum machst du den Tunnel nicht am Montag hell?«

»Weil du heute ohnehin in Linz bist.«

»Grüß Rosi von mir.« Dann war das Telefon tot.

Peck lehnte sich zurück und atmete tief aus. Freute er sich, Rosi wiederzusehen?

Rosi Kämmerer stand auf dem Parkplatz beim Iglhauser und wartete bereits auf ihn. Unter ihrem geöffneten Mantel trug Rosi ein eng anliegendes, tief ausgeschnittenes kleines Schwarzes. Ausgezeichnetes Design, dachte Peck, auch das Kleid ist gut geschnitten.

Peck fühlte sich sofort wohl in der ländlich geprägten Eleganz der Gaststube, in der fast alle Tische besetzt waren. Was ein traditionell-konservativer Salzburger ist, der sitzt Punkt zwölf beim Mittagessen, dachte er.

Rosi nahm ein Glas Prosecco als Aperitif, Peck hatte Durst und bestellte ein kleines Pils vom Fass.

Im Restaurant war leise Hintergrundmusik zu hören, was Peck normalerweise als akustische Umweltverschmutzung abtat, hier war es jedoch unaufdringlich und stimmig. Aber vielleicht war er durch sein Gegenüber auch nur in romantischer Stimmung und eingeschränkt aufnahmefähig. Rosi sah Peck lächelnd an, und ihre Augen verdunkelten sich. Er sah, dass Rosi Sommersprossen auf ihrem Busen hatte, zumindest soweit er sehen konnte. Wenn sie einatmete, kamen noch mehr Sommersprossen aus der Tiefe zum Vorschein. Pecks Fantasie lief auf vollen Touren. Sie ist nicht überwältigend schön, dachte er, aber sie ist attraktiv und versteht, sich in Szene zu setzen.

Der Kellner gesellte sich zu ihnen. Rosi bestellte Zander auf Selleriepüree, Peck Kalbsfilet im Strudelbett auf Eierschwammerl mit Safrannudeln.

Im Hintergrund hörte man jetzt leise Eleanor Rigby. Peck mochte das Lied. »Die Beatles.« Er deutete mit dem Zeigefinger zum Lautsprecher an der Decke.

»Die Beatles?« Rosi lächelte ihn an. »Nichts sagt mehr über das Alter eines Mannes als die Musikgruppen, die er kennt.«

Rosi griff in ihre Tasche und gab Peck ein zusammengefaltetes Blatt Papier.

»Das fand Ingrid Schellhorn gestern früh in Cantors Schreibtisch. Ich konnte eine Kopie davon machen.«

Peck entfaltete das Papier.

Du Mörder! Ich kenne dich und ich
weiß, wo ich dich finde! Ich melde
mich wieder. A.

Kein belletristisches Meisterwerk, dachte er, aber eine kurze, präzise Botschaft. Er sah Rosi an. »Wer ist A Punkt?« Sie hob ihre Schultern und Augenbrauen langsam nach oben. Er hätte Rosi die Fotos des Unbekannten, die Sophia geschossen hatte, zeigen sollen. Doch die lagen bei ihm zu Hause. A Punkt! War das der gleiche Typ, den Evelyn in der Cafeteria Fabiani traf? Oder einer der chinesischen Geschäftsleute? Thomas Cantor und Manfred Halm, dachte Peck, sind jene beiden Personen, denen Evelyn wahrscheinlich vor ihrem Tod noch erzählen konnte, wer dieser Mann war und was er von ihr gewollt hatte. Eine der beiden Personen war tot. Wenn Evelyn die Gelegenheit gehabt hatte, sich vor ihrer Ermordung noch jemandem anzuvertrauen, dann war das Halm gewesen! Peck sah Rosi ernst an.

»Ich weiß, was Sie mich fragen wollen. Ich hatte gestern keine Gelegenheit, mit Manfred zu sprechen. Sie können sich nicht vorstellen, welches Chaos derzeit in unserer Firma herrscht.«

Peck nickte. »Es drängt. Anfang nächster Woche?«

»Versprochen«, sagte sie leise.

Pecks Gedanken waren bei A Punkt hängen geblieben. Und plötzlich erinnerte er sich an die Wohnungstür und das Namensschild, vor dem er gestern in der Siezenheimer Straße stand: *A. Dorner*. Peck sagte es leise und mehr zu sich.

»Alexander Dorner, A Punkt«, wiederholte sie.

»Ich habe ihn gestern getroffen«, sagte Peck. »Ein semi-intellektueller Pädagoge, aber interessant verheiratet.«

Rosi zeigte mit ihrem Grinsen, dass sie seiner Meinung war. »Ich kenne die Dame.«

»Ich bin aus Dorner nicht schlau geworden. Was wissen Sie über ihn?«

»Er war an dem Abend im Haus Colerus sehr zurückhaltend. Äußerlich jedenfalls. Aber er sah wütend aus und hasserfüllt. Ich hatte ihn vorher lange nicht mehr gesehen, erinnere mich aber noch gut an die brutale Art, mit der Evelyn ihn und später auch Toni vor die Tür gesetzt hat. Nicht unser Niveau, hieß es im Hause Colerus, und er passt nicht zu unserem Business. Toni wohnte nach Evelyns Scheidung von Alex noch einige Jahre lang bei seiner Mutter in Mattsee. Ich glaube, der Bub war zwölf oder dreizehn, als er zu seinem Vater zog. Und der hatte in der Zwischenzeit wieder geheiratet.«

Eva statt Evelyn, dachte Peck. Lieber ein ordentlicher Regen als eine beschissene Traufe.

»Alex und Toni wurden von der Familie hereingelegt. Jeder weiß, dass die beiden um Millionen betrogen worden sind.«

Und jetzt noch dieses Testament, dachte Peck. Das Recht des Stärkeren ist oft das stärkste Unrecht. »Angenommen, Dorner ist unser A Punkt. Womit könnte er Thomas Cantor erpressen?«

Sie dachte kurz nach und hob dann die Schultern.

»Ich habe noch eine Frage zu Cantors blonder Gespielin.«

»Christine?«

»Wer im Unternehmen weiß von ihr?«

»Dass Thomas einen ganzen Harem unterhält, weiß in der Firma jeder. Dass er einer besonders Begabten eine Wohnung in der Altstadt finanziert, wissen einige wenige. Dass sie Christine heißt, weiß nur ich.«

Und dass ihr ganzer Name Christine Wullwa ist, weiß nur Paul, dachte er.

»Einen persönlichen Kontakt Christines zu einem anderen aus der Firma halten Sie nicht für möglich?«

»Glaube ich nicht.«

Das Essen kam, und sie prosteten sich mit dem dunkelroten Cabernet Sauvignon zu. Er lehnte sich zurück und sah Rosi an.

»Sie kennen Toni gut?«

Sie erstarrte. Wurde sie blass? Peck konnte es in dem gedämpften Licht nicht genau sehen. Sie antwortete nicht.

»Ich vermute, Sie wissen, wo Toni sich seit dem Begräbnis seiner Mutter aufhält.«

»Wahrscheinlich in Graz. Da, wo er studiert. Ich verstehe Ihre Frage nicht.«

»Es sollte auch keine Frage sein. Ich habe den Herrn Studenten zufällig gestern in Salzburg gesehen. Lachend und scherzend mit einer charmanten dunkelhaarigen Dame, die in diesem Moment eindeutig nicht an Fortbildung interessiert war.«

Rosi wurde blass. Dann seufzte sie tief und ließ sich im Sessel zurückfallen.

»Na und? Sparen Sie sich die Ironie!« Sie sah ihn herausfordernd an. Jetzt konnte Peck erkennen, dass sich ihre Wangen langsam rot färbten.

»Ich habe mir einen Tag Urlaub genommen und mich um den Jungen gekümmert. Er tat mir leid. Und erzählen Sie mir nicht, wie viel jünger er ist als ich.«

»Wie intensiv kümmern Sie sich um ihn?«

»Das geht Sie nichts an!«

»Übernachtet er bei Ihnen? Seine Eltern glauben ihn in Graz, lerneifrig in Vorlesungen gehend.«

»Er hat keine Eltern. Alex hatte nie eine besondere Beziehung zu seinem Sohn. Und Eva Dorner ist eine dumme Nuss.«

»Und …?«

»Und deshalb habe ich weitreichende mütterliche Gefühle für ihn entwickelt.«

Eher weitreichend als mütterlich, dachte Peck.

»Bleiben wir bei unserer Annahme, Alex Dorner ist A Punkt. Und weiter angenommen, Vater Alex und Sohn Toni haben sich gegen Cantor zu einer konzertierten Erpresser-Aktion zusammengefunden …«

»Nie und nimmer! Toni und Alex reden kaum miteinander.«

»Habgier verbindet.«

Sie schüttelte energisch den Kopf.

»Wie geht es eigentlich der Firma?«

»Unser Senior war gestern den ganzen Tag im Büro. Ich habe an zwei Meetings teilgenommen, die er geleitet hat, gemeinsam mit Manfred Halm. Der Alte schafft das nicht mehr! Der große menschliche Verlust ist zu viel für ihn. Und das Unternehmen gerät immer mehr in eine Schieflage. Colerus hat gezittert und wäre fast vom Stuhl gefallen, als er die Geschäftszahlen vom Februar sah. Am Montag wird der Aufsichtsrat zusammenkommen und wahrscheinlich Halm in die Geschäftsleitung berufen.«

Hoffentlich macht man damit nicht den Bock zum Gärtner, dachte Peck. Der Gärtner ist oft der Mörder.

»Und Thomas Cantor?«

»Business as usual«, sagte sie. »Er arbeitet, als sei nichts Ungewöhnliches geschehen. Im Moment haben wir eine Delegation Amerikaner in der Firma. Mit Frauen. Die sind alle verrückt nach der Story der Trapp-Familie und haben sich für heute Nachmittag eine Sound-of-Music-Tour gewünscht.«

Mit dem Bus durch Stadt und Land, dachte Peck.

»Thomas Cantor macht's möglich. Und er wird persönlich dabei sein. Heute um halb drei startet die Bustour am Mirabellplatz. Echte Trauer. Vorgestern hat er seine Frau begraben. Und heute Sound of Music.«

Rosi nahm nach dem Essen einen Cappuccino, Peck bestellte einen zehnjährigen Calvados.

Genau in diesem Moment fiel Peck wieder ein, was ihm schon seit zwei Tagen durch den Kopf ging. Und er erinnerte sich wieder, was Rosi ihm auf dem Friedhof in Mattsee erzählt hatte.

»Gala Catering«, sagte er. »Sie haben den Namen erwähnt und sagten, dass Sie oft mit dieser Firma zusammenarbeiten.«

Sie nickte. »Unser Vertrieb macht zahlreiche Kundenveranstaltungen und Präsentationen. Und Gala sorgt für Speis und Trank.«

»Wie viele Cateringfirmen gibt es in Salzburg?«

Sie zuckte mit den Schultern und begann dann, zu lächeln. »Einige. Aber Gala Catering ist sicher der Platzhirsch. Mit Full Service. Wollen Sie sich dort bewerben?«

»Full Service?«

»Catering inklusive Bedienungs- und Servierpersonal.«

»Wo ist die Firma?«

»Im Ava-Gebäude am Hanuschplatz. Ich war mal dort. Gehen Sie hin. Die arbeiten übrigens auch am Samstag.«

*

Peck fand einen Parkplatz am Franz-Josef-Kai direkt an der Salzach und ging einige Schritte zurück zum Ava-Haus. Früher war dies ein imposantes Gebäude gewesen, dachte er, mit einer attraktiven Fassadenarchitektur, hinter der einige Schulen beheimatet waren. Jetzt war es ein seelenloser Klotz, den er durch den Haupteingang am Hanuschplatz betrat. Er fand im Eingangsbereich ein glänzendes Messingschild: »Gala Catering & More. Schmecken, Entspannen, Genießen. 2. Stock links.«

Catering & More, dachte er. Und Full Service. Klingt vielversprechend. Als er durch die weiße Glastüre trat, versperrte ihm eine brusthohe, aluminiumfarbene Theke den Weg. Dahinter saßen zwei mittelalterliche, stark geschminkte Frauen, die wie Zwillinge aussahen und wild auf die Tastatur vor ihnen schlugen, wobei sie in synchronem Rhythmus ständig mit ihrem Blick zwischen dem Bildschirm und der Tastatur hin und her wechselten. Gedankenverloren verweilte sein Blick einige Sekunden bei den wie aufgezogene Automaten nickenden Frauen, die so taten, als gäbe es ihn nicht. Die gesamte Wand, die den beiden Fenstern gegenüber lag, zierte ein in wertvoll aussehendem Goldton gehaltener Behang, auf dem einige großformatige Fotos abgebildet waren. Dick mit Mayonnaise verzierte und sehr kalorienheftig aussehende kalte Platten, Silbertabletts mit perlenden Sektgläsern und dahinter dümmlich grinsende Mädchen mit tiefen Ausschnitten, die sich und die Tabletts nach vorne streckten. Schmecken – Entspannen - Genießen schwebte in fetten Goldbuchstaben über allem. Peck bekam spontan eine Gänsehaut.

»Das ist unsere Firmenphilosophie«, hörte er plötzlich eine sonore Altstimme hinter sich. Als er sich langsam umdrehte, stand eine rosarote Kugel vor ihm, klein, dick, auftoupierte violettfarbene Locken, die ein rundes rosiges Gesicht einrahmten. Die Altstimme steckte in einem sehr kurzen Rüschenkleid, das sich mit rosafarbenem Tüll wie ein Ballettröckchen keck zur Seite streckte. Unten runde Beine und vorne ein nach Freiheit ringender üppiger Busen, von den Rüschen in massive Enge getrieben.

»Das ist Gala Catering«, sagte die rosa Kugel und deutete lächelnd auf das Goldplakat an der Wand. »Wie können wir Ihnen helfen?«

Peck bemerkte, dass die beiden Damen rechts von ihm nicht mehr auf ihre Tastatur schlugen, sondern ihn jetzt mit nach vorn gestreckten Köpfen anstarrten.

Peck wandte der rosafarbenen Altstimme den Blick zu und konzentrierte sich darauf, ihr nur ins Gesicht zu sehen. Er wusste nicht, was er sagen sollte.

»Ich möchte mich über Ihre Leistungen informieren.« Etwas stotternd.

»Er möchte sich über unsere Leistungen informieren«, skandierte die rosa Kugel lächelnd und nickte den beiden Frauen zu, wie um sich mit ihnen abzustimmen.

»Dem Manne kann geholfen werden«, sagte die linke der beiden Tastatur-Damen. Und beide nickten im Takt.

Schiller, dachte Peck. Sie hat Schiller zitiert.

»Persönliche Beratungen erledigen wir in persönlicher Umgebung.« Die Rosarote schwebte davon, drehte sich mit einem Lächeln nochmals nach ihm um wie zur Kontrolle, dass er ihr auch folgte, und verschwand dann durch eine offen stehende Tür. Als Peck den Raum betrat, saß die Kugel bereits hinter einem gläsernen Schreibtisch, sodass er ihre festen Beine und die nach beiden Seiten wegstehenden Rüschen ihres Kleides sehen konnte. Ihre gut gepolsterten Arme lagen vor ihr auf der Glasplatte.

»Gala Catering setzt alle Ihre Ideen mit Kreativität um«, hörte er die Altstimme. »Gala Catering inszeniert und organisiert mit höchster Perfektion. Wir sind der Full-Service-Erfolgsgarant zur Realisierung Ihrer Ansprüche.«

»Wie schön«, sagte Peck. Neben ihm hing ein wandhohes Mosaik, das sich aus etwa vierzig Porträtfotos zusammensetzte. Überwiegend die Gesichter junger Damen. »Ihre Mitarbeiter?«

»Unser hochmotiviertes Team in Küche, Ausschank und Service.« Stolz ließ sie ihren Blick über die zahlreichen Gesichter gleiten. »Warum sind Sie gekommen?«

»Es geht um die Ausrichtung eines Firmenjubiläums«, sagte Peck und sah auf die Fotografien neben ihm an der Wand. Sie schlug patschend mit ihren dicken Fingern auf die Glasplatte. »Unsere Stärke!«, rief sie. »Wir haben den Blick fürs Wesentliche, von der kleinen privaten Party bis zum Mega-Event, inklusive Buffet und Fingerfood.«

Bei dem Wort Fingerfood meldete sich Pecks Gänsehaut wieder zurück. Und dann sah er plötzlich das Foto in der dritten Reihe, direkt vor sich. Blond, müde Augen, breite Lippen und eine gepiercte Nase.

»Diese Frau kenne ich«, sagte er und deutete mit dem Zeigefinger auf das Bild. »Wie heißt sie noch mal?«

»Das ist Monika.« Ihr Strahlen war etwas verflogen. Mit ernstem Blick sah sie zuerst auf die Fotografie, dann auf Peck. Auf ihrer Stirn zeigten sich einige wulstige rosarote Falten.

»Ich war vor eineinhalb Wochen bei einer Firmenfeier in Leopoldskron«, sagte Peck, der das Gefühl hatte, seine Reaktion erklären zu müssen. »Ich wusste nicht, dass diese Veranstaltung von Ihnen gestaltet worden ist.«

Sie nickte und sah ihn ernst an.

»Wir waren übrigens alle sehr zufrieden mit Ihrem Service«, schob er nach, worauf die wulstigen Falten verschwanden.

»Monika Kuttner«, sagte sie nach kurzem Zögern, »eine unserer erfahrensten Kräfte im Servicebereich. Diese Veranstaltung in Leopoldskron …« Sie unterbrach sich, wie in Gedanken versunken.

»Zwei Tage danach ist Monikas Mann gestorben. Sie war deshalb bis heute beurlaubt.«

Ihre rosaroten Arme fuhren plötzlich wie zwei große Scheibenwischer über die Glasplatte. Lächelnd sah sie ihn erwartungsvoll an. »Was ist nun mit Ihrem Firmenjubiläum?«

*

Peck ging vom Hanuschplatz durch eines der Durchhäuser und stand eine Minute später zwischen Würstelstand, Käsegeschäft und der Buchhandlung Höllrigl am Grünmarkt. Er suchte sein

Mobiltelefon und wählte Monika Kuttners Nummer. Er hörte langes Läuten, wollte schon auflegen, als sie sich mit einer verschlafenen Stimme doch noch meldete.

»Hier ist Paul Peck. Ich muss Sie dringend sprechen.« Pause.

»Ich habe die ganze Nacht gearbeitet …«

»Es dauert nicht lange. Und bis zum Nachmittag können Sie noch schlafen. So um drei Uhr, okay?«

Es wird ein langer Tag, dachte er und verschlang die Burenwurst mit süßem Senf. Dann schob er sich durch das geschäftige Markttreiben, beschloss, seinen an der Salzach geparkten Wagen stehen zu lassen und ging zu Fuß den Fluss entlang und über den Müllner Hügel zu seinem Büro. Peck war unruhig, und instinktiv begann er, schneller zu marschieren. Müde ließ er sich in seinen Bürosessel fallen. Er war nass geschwitzt, stand wieder auf, zog sein Sakko aus, krempelte die Ärmel hoch und lehnte sich langsam zurück. In diesem Moment läutete sein Handy.

»Hier ist Julia! Hallo Papa!«

»Wie geht es dir?«, fragte Peck seine Tochter.

»Hattest du Streit mit Mama?« Peck überlegte kurz. Wann hatte er einmal keinen Streit mit Gerlinde gehabt? Er hörte, dass Julia im Auto unterwegs war. »Wohin fährst du?«

»Meine Mutter möchte mir heute noch persönlich zu meiner Beförderung gratulieren. Ich bin ab nächster Woche stellvertretende Marketingleiterin in unserer Firma.«

»Super! Da freue ich mich mit dir.«, sagte Peck. »Wann feiern wir?«

»Ich bin die ganze nächste Woche auf einer Logistikmesse in St. Gallen.«

»Komm nach Salzburg. Dann stoßen wir auf deine Karriere an.«

»Und bei dir? Alles unter Kontrolle? Du klingst so eigenartig. Hast du Stress oder Kummer?«

Peck schnaufte. »Im Moment ist dicke Luft bei mir.«

»Soll ich später anrufen?«

»Nein, alles okay.«

»Wie geht's dieser Buchhändlerin?«

»Diese Buchhändlerin? Du meinst wahrscheinlich Sophia.«

»Ich schicke dir ein Mail, wann ich in den nächsten Wochen Zeit habe«, sagte sie etwas kühler. »Noch eine Frage: Kommst du zu Omas Achtziger nach Stainz?« Peck wurde heiß. Er hatte versprochen, Gerlinde eine Rückmeldung zu geben. Wahrscheinlich war sie deshalb sauer. »Ich werde kommen«, sagte er. »Dann musst du mir von deinem neuen Marketingjob erzählen.«

»Übrigens, ich habe gestern in Zürich eine alte Freundin getroffen. Iris Koller. Kannst du dich erinnern? Sie ging in meine Klasse und war oft bei uns zu Hause.«

Peck fand in seinem Kopf nur eine äußerst nebelhafte Erinnerung an ein Mädchen mit kurzen strohblonden Haaren.

»So ein blasses, dünnes Mädchen?«

»Das blasse, dünne Mädchen ist vor Kurzem Mutter eines über vier Kilogramm schweren Buben geworden. Anton heißt er, aber sie nennen ihn Toni nach dem Großvater, ein bezaubernder Bub. Gott sei Dank sieht das Kind nicht seiner Mutter ähnlich.«

Sie beendeten das Telefonat. Stellvertretende Marketingleiterin … Julia hatte Betriebswirtschaftslehre an der Fachhochschule Rosenheim studiert und war dann in der Schweiz gelandet.

Als er vom Tisch aufstand, durchfuhr ihn der Gedanke wie ein Kugelblitz. Langsam setzte er sich wieder. Was hatte Julia über den kleinen Sohn ihrer Freundin gesagt? »Anton heißt er, aber sie nennt ihn Toni …« Toni, dachte er, Anton, A Punkt. Noch ein Grund mehr, den Herrn cand. Arch. in Graz aufzusuchen.

Mühsam zwang er seine Gedanken wieder in Richtung Cantor, öffnete die Schreibtischschublade und suchte die Notizen, die er sich während seines ersten Gesprächs mit Halm und Ingrid Schellhorn gemacht hatte. Cantor brachte auf dem Weg nach Leopoldskron seinen Audi in die Vogelweiderstraße. Kein Auto mehr, dachte Peck, also Taxi nach Leopoldskron und später zum Flughafen. Und er hatte sich das Kennzeichen von Cantors Wagen notiert. Und plötzlich sah Peck alles klar vor sich, und er wusste, wie alles abgelaufen war.

Er nahm das Telefonbuch aus der Schublade und rief den Audi-Kundendienst in der Vogelweiderstraße an.

»Firma Colerus GmbH, Abteilung Buchhaltung, Müller«, meldete er sich, »ich rufe wegen des Wagens unseres Prokuristen Thomas Cantor an. Er hatte seinen Audi am Montag, den siebzehnten Februar, zur Reparatur bei Ihnen. Es geht um den A8 mit dem Kennzeichen SL-TC001. Können Sie mir bitte den Rechnungsbetrag sagen? Ich möchte unseren Monatsabschluss vorbereiten und mir liegt leider Ihre Rechnung noch nicht vor.«

»Ich wollte gerade nach Hause gehen«, sagte die freundliche Dame mit einer Sing-Sang-Glockenstimme, »immerhin ist Samstag. Sie sind genauso pflichtbewusst, Herr Buchhalter, wie ich. Einen Moment, bitte. Ich sehe mir die offenen Rechnungen Ihrer Firma an.«

Peck wartete geduldig und hörte gerade das Hauptmotiv der Kleinen Nachtmusik zum dritten Mal, als sich Glöckchen wieder meldete. »Ich habe alle Rechnungen kontrolliert. Herrn Cantors Wagen war diesen Monat weder zum Kundendienst noch zur Reparatur bei uns. Zuletzt hatten wir den Wagen SL-TC001 vor einem Jahr in unserer Werkstatt.«

*

Peck legte das Handy neben die zweite Leberkässemmel. Er richtete sich langsam auf und sah aus dem Fenster. Und er spürte, wie sein Herz schneller schlug. Jetzt hatte er ihn! Aber was war mit seinem Alibi? Das Hotel in Prag? Der gelbe Kranich muss helfen, dachte Peck und rief die Servicenummer der Lufthansa an. Es dauerte einige Zeit, bis er den richtigen Mitarbeiter am Apparat hatte.

Peck gab sich wieder als Mitarbeiter der Firma Colerus aus, beauftragt, den aktuellen Stand der Bonusmeilen auf Thomas Cantors Konto abzufragen. »Mich interessieren insbesondere die Bonusmeilen, die für den Flug am Montag, den siebzehnten Februar, gutgeschrieben wurden.«

»Die Kosten für das Ticket am siebzehnten Zwoten müssen wir Ihrer Firma belasten«, sagte der Mann von der Lufthansa, »auch wenn der Flug, wie hier, nicht wahrgenommen wurde. Die Buchung hätte rechtzeitig storniert werden müssen, was nicht geschehen ist. Eine Meilengutschrift erfolgt aber nur dann, wenn ein Flug auch wahrgenommen wurde.«

Peck pfiff leise durch die Zähne.

»Sorry, kein Flug, keine Meilen! So sind nun mal unsere einfachen Vorschriften bei der Lufthansa.«

*

Peck bedankte sich und legte auf. Nun besteht Klarheit, dachte er. Thomas Cantor ist an dem Montagabend, als er aus Leopoldskron wegging, nicht nach Prag geflogen!

Und jetzt zum Thema Hotel! »Die Hotelrechnung des Melnik Garden liegt auf meinem Tisch«, hatte die Schellhorn gesagt. Und sowohl Halm wie auch der alte Colerus hatten mit Cantor in Prag telefoniert. Also war er dort.

Er rief Sophia an. »Ich weiß genau, was du willst«, sagte sie. »Und ich habe eine äußerst bemerkenswerte Nachricht. Mein Cousin aus Prag hat mich gerade zurückgerufen. Er ist heute früh persönlich zum Melnik Garden gefahren. Übrigens verlangt er ein Honorar von zwanzig Mozartkugeln. Und jetzt rate mal, was er erfahren hat?«

Peck sagte nichts, bis sie weitersprach. »Er hat den Hotelangestellten ein fantasievolles Märchen erzählt und schließlich jenen Portier getroffen, der damals Nachtdienst hatte, als Thomas Cantor im Hotel ankam.«

Peck fühlte, wie das Gehirn auf Erregung schaltete.

»Und jetzt kommt der Knaller«, sagte Sophia, »Cantor ist nicht Montagabend angekommen, sondern erst am Dienstag in der Früh zwischen fünf und sechs Uhr.«

*

Peck hielt den Atem an. Das war der Durchbruch! Er überhörte, dass Sophia weiter mit ihm sprach.

»Was?«, fragte er.

»Der Portier erinnert sich genau an die Uhrzeit und daran, dass Cantor völlig verschmutzt war, als er im Hotel eintraf. Dreck auf den Schuhen, Dreck auf der Hose. Er habe eine Autopanne gehabt. Dann ging er auf sein Zimmer und kam zwei oder drei Stunden später schick angezogen zum Frühstück. Und da ist noch ein interessanter Punkt: Da die Hotelgarage separat zu bezahlen ist, musste Cantor auch sein Kennzeichen angeben: SL-TC001. Der Hotelangestellte erinnerte sich noch, dass Cantor die Hotelrechnung mit seiner Kreditkarte, die Garage aber bar bezahlte. Außerdem legte er Wert darauf, dass der Betrag für das Parken nicht auf die Rechnung kam.«

Peck dachte einige Sekunden nach, bis er merkte, dass die Handyverbindung mit Sophia noch aufrecht war.

»Ich kann schlüssig beweisen, dass Thomas Cantor seine Frau ermordet hat«, sagte er, »wahrscheinlich noch auf dem Parkplatz in Leopoldskron. Er fuhr seinen Wagen nicht zum Kundendienst, sondern mit der toten Evelyn im Kofferraum bis Freistadt, wo er die Leiche verscharrte.«

»Und einige Stunden später kommt er verdreckt in Prag an«, ergänzte Sophia.

Peck erinnerte sich an sein erstes Gespräch mit dem alten Colerus im Bazar, der ihn informiert hatte, dass Cantor nach Prag gereist war. Angeblich mit dem Flugzeug, dachte Peck, und direkt nach dem Kundenempfang im Schloss. Spätestens in dem kleinen Dorf bei Freistadt und nach Sophias Hinweis ›Prag 209 km‹ hätte er es wissen müssen.

»Ich habe die Bestätigung der Lufthansa, dass er nicht geflogen ist. Und ich weiß, dass sein Auto nicht beim Kundendienst war. Ich habe mich von den Vermutungen zu handfesten Beweisen hochgearbeitet.«

»Ein kleiner Schritt für Paul, aber ein großer Schritt für die Menschheit. Und ich habe den entscheidenden Beitrag geliefert, dass du den Fall lösen konntest. Das bedeutet Honorar-Sharing«, hörte er Sophia sagen, »rufe die Polizei an. Sag ihnen, wir wissen alles.«

Peck schüttelte den Kopf. »Wenn du schon alles weißt, sag mir auch, wer Armin Kuttner umgebracht hat.«

»Keine Ahnung.«

»Und wer hat Cantor erpresst?«

»A Punkt«, sagte Sophia, »wer verbirgt sich dahinter?«

»Ich kann dir drei A Punkte anbieten: Dorner Vater und Sohn sowie A Punkt Kuttner.«

»Ich tippe auf das Vater-Sohn-Duo.«

»Wahrscheinlich ein Tipp daneben«, sagte Peck. »Aber in zwei Stunden werde ich mehr wissen. Ich fahre gleich zu Kuttners Witwe. Und heute wird sie reden!«

*

»Wir haben eine Menge zu besprechen«, sagte Peck und zog einen der Holzstühle vom Esstisch vor die Couch, auf der Monika Kuttner zusammengesunken auf ihren eigenen abgewinkelten Beinen saß. Sie trug schwarze Leggings und einen ausgewaschenen dunkelgrauen Pullover, der so lange Ärmel hatte, dass nur ihre Fingerspitzen zu sehen waren.

Eine andere Monika Kuttner als beim letzten Gespräch, dachte Peck. Sie sah ihn wortlos an und kaute nervös auf ihrer Unterlippe.

»Sie arbeiten wieder?«, fragte Peck.

Plötzlich fiel ein Sonnenstrahl ins Zimmer und beleuchtete ihr Gesicht. Wie geblendet schloss sie die Augen. Weiße Haut, dachte er, so als ob sie dauernd in einer Tiefgarage leben würde. Der kleine Stein an ihrem Nasenflügel funkelte im Licht der Sonne.

»Das ist alles so seltsam«, sagte sie flüsternd, »ich lebe mit Armin seit fünfzehn Jahren zusammen. Ich weiß alles über ihn, sein Leben, seine Gefühle für mich, und plötzlich ist alles aus. Er ist weg, so als hätte es ihn nie gegeben.«

»In Ihrer Erinnerung lebt er weiter.«

Sie sagte nichts, schüttelte nur den Kopf, so als glaubte sie ihm nicht. Peck sah an der Wand neben der Couch das Bild der lachenden Schauspielgruppe. Monika Kuttner als Ophelia.

»Was wollen Sie schon wieder von mir?« Ihre Stimme war monoton und so leise, dass er sie fast nicht verstehen konnte.

»Frau Kuttner«, sagte Peck und näherte sich der zusammengekauerten Frau auf der Couch. Als er ihren schlechten Atem roch, zog er sich wieder etwas zurück. Sie schwieg.

»Haben Sie auch die Polizei angelogen?« Keine Reaktion.

»Ich habe nicht gelogen«, flüsterte sie dann.

»Aber Sie haben wichtige Dinge verschwiegen. Ich bin hier, um Sie zu warnen. Da draußen läuft ein Mörder frei herum, und er wird nicht zögern, auch Sie zu töten. Genau wie Ihren Mann.«

»Armin wurde gestern begraben«, flüsterte sie. »Und es waren kaum Leute da. Dabei war er doch ein angesehener Vertreter und hat so viele Kunden persönlich gekannt.«

Tod eines Handlungsreisenden, dachte Peck.

»Ihr Mann hat Thomas Cantor erpresst. Ich habe den Text gelesen. Du Mörder! Ich kenne dich und ich weiß, wo ich dich finde! Ich melde mich wieder! Unterschrieben mit A Punkt.«

»Es war seine Idee«, sagte sie leise.

»Montag, siebzehnter Februar, spät in der Nacht am Parkplatz von Leopoldskron. Was haben Sie da beobachtet?«

»Mein Dienst war zu Ende, und ich ging zu meinem Auto. Es war kalt in der Nacht und kaum Lichter im Park. Und da habe ich ihn gesehen. Er hat auf sie gewartet, und dann hat er sie direkt neben ihrem Auto niedergeschlagen. Ich konnte den Schlag hören.«

»Wer war es?«

»Ich wusste damals noch nicht, wie er hieß, aber es war der Chef der Firma, ein kleiner dunkelhaariger Typ. Er ist von der Gesellschaft schon früh weggegangen, aber ich habe ihm in der kurzen Zeit viele Drinks serviert. Und er muss später in der Dunkelheit auf seine Frau gewartet haben.«

»Gab es keine Lampen auf dem Parkplatz?«

»Schwarze Nacht. Nur etwas Licht aus einem Fenster im Erdgeschoss des Gebäudes.« Sie schloss die Augen und biss auf ihre Lippen. »Es war furchtbar. Ich stand hinter einem der Bäume, und er hat auf sie eingeschlagen, dann zog er sie zu seinem Wagen und stopfte sie in den Kofferraum.«

»Welches Auto fuhr er?«

»Audi. Einen dunklen, riesengroßen Audi.«

»Und Sie haben versucht, Ihre Beobachtung zu Geld zu machen.«

»Nein!«, rief sie. »Es war seine Idee. ›Der hat genug Geld‹, sagte Armin, ›etwas davon holen wir uns.‹«

»Und weiter?«

»Es war nicht schwer, den Namen Cantors herauszufinden. Und am nächsten Tag ging alles ganz schnell. Zuerst der kurze Brief, den Armin direkt in den Postkasten der Firma in Neumarkt geworfen hat, an Herrn Cantor persönlich! Die Geldübergabe hat er dann telefonisch vereinbart.«

»Wie viel?«

»Zweihunderttausend.«

»Warum Moosdorf?«

Jetzt rannen Tränen über ihre Wangen. »Armin ist in Moosdorf aufgewachsen. Er kennt dort jeden Baum im Wald. Und der Mann war einverstanden. Er wollte zahlen.«

»Und dann?«

»Armin fuhr hin, aber er kam nicht wieder. Es war furchtbar. Zuerst wollte ich hinfahren, aber ich wusste nicht genau, wo die Stelle im Wald war. Diese zwei Tage waren ein Horror für mich. Dann kam die Polizei und hat mir erzählt, dass Armin im Wald erschossen wurde. Und dann noch Sie …«

»Frau Kuttner, Sie sind in Gefahr. Dieser Mann hat schon zwei Menschen getötet. Und wenn er dahinterkommt, dass nicht Ihr Mann, sondern Sie den Mord in Leopoldskron beobachtet haben, dann kommt er hierher. Verstehen Sie?«

»Dann tun Sie was dagegen!« Plötzlich fuhr sie mit der Hand wie mit einem Kamm durch ihre blonden Locken und sprang auf, so als ob sie das Sitzen nicht mehr ertragen konnte. »Ich übernachte bei einer Freundin«, sagte sie.

Peck blieb vor dem Haus noch etwas stehen und sah die dunkle, menschenleere Straße entlang. Doppelmord, dachte er, zuerst seine Frau und dann A Punkt Kuttner, den Erpresser, der wie Evelyn sein Leben und seine Existenz bedroht hatte. Alles chronologisch, dachte er, alles logisch. Und Monika Kuttner wird vor Gericht eine verlässliche Zeugin abgeben. Es roch nach verbrannter Kohle. Plötzlich fror er. Ein kalter Wind trieb Nebelfetzen in die Dunkelheit, und nur um die Straßenlampen war der Nebel hell wie eine große gelbe Weihnachtskugel. Er wählte Funkes Nummer, doch dieser hob nicht ab.

*

Es war schon spät am Abend, als er in Salzburg ankam. Wie erwartet, war alles ohne Schwierigkeiten abgelaufen. Keiner hatte ihn beobachtet. Und doch fühlte er eine wachsende Unruhe in sich. War es Angst? Ich werde das durchstehen, sagte er sich. Er wohnte bereits seit einigen Tagen in dem Stadtviertel, und er wusste, dass dies die Itzlinger Hauptstraße war, die er gerade entlangging. Die Straßenlampen waren bereits eingeschaltet, und der Verkehr war stärker geworden. Er hatte Hunger und würde in dem kleinen Gasthaus etwas essen, in dem er schon einige Male gewesen war. Und dann würde er zurück zu der Pension gehen, die in der Nähe des Viadukts direkt neben den Bahngleisen lag. Zum wiederholten Mal kamen ihm die Worte in den Sinn, die vor vielen Jahren seine Schwester in ihr Tagebuch geschrieben hatte, kurz bevor der Mann sie getötet hatte. Er konnte die Sätze schon auswendig. Er lächelte und malte sich aus, wie er vor aller Welt als Held dastehen würde, der seine Schwester gerächt hatte. Anita würde stolz auf ihn sein. Vor allem aber seine Mutter. Dafür hatte er über zwanzig Jahre gekämpft und viele Entbehrungen auf sich genommen. Und Anita hätte fast den Glauben an ihn verloren. Dreiundzwanzig Jahre lang hatte ihn der Zwang zur Rache angetrieben. Er hatte all dies seiner Mutter zuliebe getan, die am meisten unter dem Tod ihrer Tochter gelitten hatte, und für seinen Vater, den die Trauer um seine Tochter in den Tod getrieben hatte. Als er die Straße überquerte und in die dunkle Nebenstraße zu dem Gasthaus ging, spürte er, wie seine Kopfhaut wieder höllisch zu jucken begann. Für das mit der anderen Frau konnte er nichts. Vielleicht hätte er sich gleich mit dem Mann treffen sollen. So war auch sein Plan gewesen. Dann hätte er die Sache direkt und schnell zum Abschluss gebracht, und die Frau würde noch leben. Er ballte beim Gehen seine Faust so fest, dass er fast vor Schmerz aufschrie, als sich die Fingernägel bis ins Fleisch gruben. Ihm war schwindlig. Da vorne war schon das Gasthaus. Und als er am Tisch in der Ecke der kleinen Gaststube saß, konnte er trotz seines Hungers fast nichts essen. Sein Magen fühlte sich wie zusammengepresst an und schmerzte. Er trank einige Halbe Bier, die ihn endlich ruhiger machten. Dann ging er in Richtung Viaduktstraße. Er hatte die kleine Pension zufällig entdeckt, als er sich in der Nähe des Bahnhofs herumgetrieben hatte. In seinem Zimmer zog er die Schuhe aus und legte sich angezogen aufs Bett. Nein, sagte er sich, keine Angst mehr! Die Polizei wusste nicht, wer er war. Auch sein Aufenthalt in Salzburg war ihnen unbekannt. Und dieser weißhaarige Detektiv. Was wusste der? Er dachte angestrengt nach und fasste dann einen Beschluss. Er würde dafür sorgen, dass der Mann sein Wissen niemandem mehr erzählen konnte.

*

Peck saß müde in seiner Küche, vor sich seine gesammelten Aufzeichnungen. Die Beweiskette ist geschlossen, dachte er. Teuflisch schnell reagiert und intelligent durchdacht von Cantor – bis zum Inhalt der Hotelrechnung. Das Mordmotiv bei Kuttner ist offensichtlich, aber warum hatte Thomas seine Frau umgebracht? Eifersucht? Macht? Einfluss in der Firma? Peck war überzeugt, dass eine wichtige Information noch im Dunkeln lag und dass der Unbekannte aus dem Hotel Europa dabei die Hauptrolle spielen würde. Warum hatte Evelyn sich noch vor Leopoldskron zuerst mit dem Unbekannten und dann mit Thomas getroffen?

Halm, dachte Peck. Evelyn hat es ihm in Leopoldskron erzählt, kurz vor ihrem Tod. Ob Rosi endlich die Gelegenheit gehabt hatte, mit ihm zu sprechen?

Aber immerhin konnte er schlüssig beweisen, dass Thomas Cantor der Mörder Evelyns war. Und er hatte den Mord an Armin Kuttner aufgeklärt. Der alte Colerus hatte ihn beauftragt, den Mörder seiner Tochter zu finden. Diesen Auftrag hatte er ausgeführt. Er würde Colerus informieren. Das Telefon läutete lange, doch es meldete sich niemand.

Es war kurz nach sieben. Ob bei der Kripo noch jemand arbeitet, dachte Peck und griff nochmals zum Telefon. Er würde der Polizei Thomas Cantor als Doppelmörder präsentieren.

»Funke, Kriminalpolizei.«

»Guten Abend, Herr Funke, ich habe interessante Neuigkeiten für Sie.«

»Lassen Sie mich raten«, sagte der Polizist, »Sie haben herausgefunden, wer der Mörder Evelyns ist.«

»Ja«, sagte Peck. »Und ich habe auch alle Beweise.«

»Sie können stolz sein«, sagte Funke.

Peck wurde wütend. »Und ich weiß, wer Armin Kuttner erschossen hat.«

»Hören Sie«, unterbrach Funke ihn ungeduldig, »ich habe jetzt wirklich keine Zeit. Und ich dürfte Ihnen das gar nicht sagen: Wir haben vor wenigen Minuten Thomas Cantors Leiche aus dem Mondsee gezogen. Erstochen und mausetot.«

Sonntag, 2. März

Die Idee kam von Sophia, als Peck nach dem Frühstück mit ihr telefonierte. »Auf einer Sound-of-Music-Bustour werden ganz sicher Fotos gemacht«, sagte sie, »ich habe einige dieser Bilder bei dem Kiosk am Mirabellgarten gesehen, da, wo die Touristen ihre Sightseeing-Fahrten buchen.«

Peck führte noch ein kurzes Gespräch mit dem alten Colerus, der wie ein gebrochener Mann wirkte und ihm einige Details berichtete, wo Thomas Cantors Leiche in der Nähe des Busparkplatzes in Mondsee gefunden wurde.

Peck wusste wenig über die Trapp-Familie und über das Hollywood-Musical Sound of Music. Die Hauptzielgruppen für die Bustouren, so hatte er in Wikipedia gelesen, kamen aus den USA, weshalb die Veranstaltungen samt touristischer Erläuterungen auch nur englischsprachig abliefen.

Kurz vor elf stand Peck neben dem Reisebus mit einer aufgemalten Julie Andrews, die hüpfend mit der rechten Hand eine Reisetasche, in der linken einen Gitarrenkoffer durch die Luft schwang. Neben der geöffneten Bustüre stand eine hagere Engländerin mit gekraustem Haar und spitzer Nase, auf die Peck zusteuerte und ihr seine Legitimation vor die Brille hielt.

»Von der gestrigen Nachmittagstour werde ich noch meinen Enkelkindern erzählen«, sagte sie in undeutlichem Deutsch. »Drei unserer Mitreisenden waren nach der Pause in Mondsee nicht zum Bus zurückgekommen. Es gab unendliche Diskussionen und Telefonate und bei einem achtzigjährigen Amerikaner fiel vor Aufregung der Herzschrittmacher außer Tritt. Wir mussten in Mondsee warten, bis die Polizei kam, und waren hinterher erst um neun in Salzburg.«

»Gibt es Fotos von der gestrigen Tour?«

Sie nickte und zeigte auf die Kamera, die sie aus der Manteltasche zog. »Es kommt manchmal vor, dass Teilnehmer ihren Fotoapparat vergessen haben. Dann können sie sich die Bilder nach der Bustour bei mir holen.« Sie sah auf die Uhr.

»Ich muss jetzt losfahren«, sagte sie und zeigte auf den voll besetzten Bus. Peck hatte das Gefühl, dass alle aus dem Bus mit feindseligen Blicken durch die Scheiben auf ihn heruntersahen und ihn für die Verzögerung schuldig sprachen.

»Steigen Sie ein und kommen Sie mit«, sagte Mrs. Kraushaar, »die Bilder gebe ich Ihnen hinterher.«

Peck fand einen freien Platz genau hinter dem Busfahrer und neben einer wohlbeleibten Amerikanerin, die ihn sofort fragte, wie oft er den Film schon gesehen habe. Peck hatte den Film Sound of Music überhaupt noch nie gesehen und bekam spontan Angst vor kollektivem Bus-Mobbing oder Lynch-Attacken, wenn dies bekannt würde.

Die Wohlbeleibte blickte mit selig glänzenden Augen auf die Nonnberger Stiftskirche, weil dort sowohl die echte Maria Trapp ihren Commander geheiratet hatte, als auch vierzig Jahre später im Film Julie Andrews als Klosterschwester ihre ersten Identitätskrisen durchlitt. Die Bustour machte auch Halt beim Schloss Leopoldskron, das als Filmkulisse für das bescheidene Wohnhaus der Trapps gedient hatte. Ob es dereinst in die Annalen der berühmtesten Kriminalfälle eingehen wird, überlegte Peck, dass Evelyn Cantor genau in dem Park umgebracht wurde, wo Julie Andrews-Trapp ihre Filmkinder vom Boot in den Leopoldskroner Weiher fallen ließ?

Nach einer halben Stunde hatte der Bus den Parkplatz in Mondsee erreicht, wo die Teilnehmer eine Stunde Freizeit bekamen mit der Empfehlung der Reiseleitung zu einem Besuch von Mrs. Brown's Café to taste the best Apple Strudel in Mondsee.

Peck sah sich um. Der Parkplatz lag nur einen Steinwurf vom See entfernt. Cantor und seine Freunde hatten gestern die Nachmittagstour gebucht, und es musste bereits dunkel gewesen sein, als sie hier am Parkplatz ankamen. Während die gesamte Busbesatzung und seine Geschäftsfreunde auf dem Fünf-Minuten-Weg ins Ortszentrum zur Kirche oder zum Apple Strudel gingen, war Thomas Cantor mit irgendeiner Ausrede freiwillig oder mit gezücktem Messer gezwungen worden, in Richtung See zu gehen, wo er in der Dunkelheit ermordet worden war.

Peck überquerte die Straße neben dem Parkplatz und ging einen schmalen, von Weiden und kahlen Haselnusssträuchern gesäumten Weg entlang, der ihn nach wenigen Schritten zu einem Ausflugsgasthof direkt am See führte. Einige Meter rechts neben dem Gebäude, geschützt durch Bäume und Buschwerk, fand Peck am Strand eine große Anzahl unterschiedlicher Fußabdrücke. Vermutlich war hier Cantor gestern gefunden worden. War da nicht auch noch ein Rest seines Aftershaves in der Luft? Natürlich nicht.

In Romanen stolpern Privatdetektive auf den verschlungenen Pfaden ihrer Mordfälle reihenweise über die zugehörigen Leichen. Peck war diesmal zu spät gekommen. Er sah sich einige Minuten um und ging wieder zum Parkplatz zurück, wo bereits der Großteil der Sound-of-Music-Fans im Bus saß. Mrs. Kraushaar und er wechselten einen wissenden Blick. Sie hatte wohl erraten, warum er nicht in Maria's Wedding Church im Ortszentrum gewesen war.

Die beleibte Amerikanerin saß zufrieden und glücklich lächelnd auf ihrem Platz. Waren da nicht noch Brösel von Mrs. Brown's Apple Strudel auf ihrem Busen?

*

Kurz nach halb drei saß Peck mit der Reiseleiterin im Büro der Salzburger Tourismuszentrale in der Auerspergstraße.

»Dies sind die Bilder, die ich gestern aufgenommen habe.« Sie zeigte auf den Bildschirm, der auf dem Schreibtisch stand. Peck ging näher ran. Die Fotos zeigten eine Gruppe vor dem Sound-of-Music-Pavillon in Hellbrunn. Einige Paare hatten sich küssend oder in innigem Blickkontakt versunken vor dem Pavillon fotografieren lassen. Peck sah Thomas Cantor ziemlich unbeeindruckt am Rande eines der Bilder stehen. Pecks Interesse galt jedoch dem Unbekannten mit dem rötlich blonden Bürstenschnitt, der auf zwei Bildern seitlich stehend zu sehen war. War das der Mann, den Sophia auf dem Platz vor dem Wilden Mann fotografiert hatte? Zumindest sah er ihm ähnlich.

Die Reiseleiterin konnte sich an den Mann nicht erinnern, da er sich wohl immer im Hintergrund aufgehalten habe. War das Thomas Cantors Mörder?, dachte Peck.

Und plötzlich entdeckte er auf dem Foto noch einen Mann, der sich im Hintergrund hielt und dessen Gesicht eindeutig asiatische Züge hatte. Peck hielt sein Gesicht nahe an den Bildschirm. Ein Chinese, eindeutig.

Peck zeigte mit seinem Finger auf das Foto. »Können Sie sich an diesen Mann erinnern?«

Mrs. Kraushaar nickte. »Ein Chinese oder Koreaner, dachte ich mir, als er gestern in den Bus einstieg. Er war, glaube ich, ohne Begleitung gekommen und sprach während der Fahrt kein Wort. Ein sehr unauffälliger Sound-of-Music-Fan.«

»Fuhr er nach dem Stopp in Mondsee wieder im Bus zurück nach Salzburg?«

»Das kann ich nicht mit Bestimmtheit sagen. Ich hatte die Anzahl der im Bus Sitzenden abgezählt und festgestellt, dass drei fehlten. Aber ich glaube eher, dass der Asiate nicht mit zurückfuhr.«

»Behalten Sie das mit den Fotografien für sich.« Peck dachte an den kaltblütigen Mord und das Messer …

»Reden Sie mit niemandem darüber«, wiederholte er und sah sie eindringlich an.

*

Peck sandte die beiden Fotos an seine eigene Mailadresse, bedankte sich bei Mrs. Kraushaar und ging zu Fuß nach Aigen.

Bei der Evangelischen Kirche las er das Gedicht von Georg Trakl, das, in Stein gehauen, außen an der Kirchenmauer angebracht war. *Vielen ist der Tisch bereitet, und das Haus ist wohl bestellt.*

Schlagartig wurde ihm bewusst, dass er seit dem Frühstück nichts mehr gegessen hatte. Es war fast vier!

Vor seinem Haus traf er Fritz Pochalek, den Hausmeister, der vornübergebeugt mit dem Oberkörper im Motorraum eines Autos hing und aufsah, als Peck näher kam. Pochalek hatte sich schon einige Male als Käfer-Retter in der Not erwiesen und Pecks alten VW wieder in Gang gebracht. Pochalek ist ein wesentlich besserer Autoreparierer als Hausmeister, dachte Peck.

»Da war ein Mann, der mich gefragt hat, wo Sie wohnen«, sagte Pochalek und hielt ihm seine ölverschmierte Rechte zur Begrüßung hin.

»Wie sah der Mann aus?«

»Ich glaube, es war ein Paketzusteller.«

»Und wo ist er jetzt?«

Pochalek zuckte mit den Achseln. »Wahrscheinlich wieder gegangen.« Peck überlegte einen Moment, bückte sich und nahm den größten Schraubenschlüssel aus Pochaleks Werkzeugtasche.

»Darf ich mir den ausborgen?«

»Ist in Ihrer Wohnung eine Schraube locker?«, fragte der Hausmeister und steckte den Kopf wieder in den Motorraum des Wagens.

Ein mutiger Detektiv liebt Probleme mehr als Lösungen, dachte Peck, ging in Richtung Haustüre, die, wie meist, tagsüber unversperrt war, und fuhr mit dem Lift in den fünften Stock. Als er aus der Aufzugkabine trat, lag der enge Flur wie ein schwarzes Loch vor ihm. Er drückte den Lichtschalter. Es blieb dunkel. Soweit er sehen konnte, war der Gang leer. Aber weiter vorne auf der rechten Seite, so wusste Peck, befand sich eine Mauernische mit dem Zählerkasten. Genug Platz, um als Versteck zu dienen. Er blieb stehen. Am Boden lag eine mehrfach zusammengefaltete Zeitung, die jemand verloren haben musste. Peck hob die Zeitung auf. Leise schlich er in Richtung seiner Wohnung.

*

Einige Schritte weiter warf Peck die Zeitung in die Dunkelheit, ungefähr dorthin, wo er die Nische mit dem Zählerkasten vermutete. Kaum war die Zeitung am Boden aufgeklatscht, geschah es: Von rechts aus der Nische kam ein großer Schatten mit hoch erhobenem Arm auf ihn zugestürmt. Peck war vorbereitet und wich nach links aus. Doch dann fühlte er einen starken Schlag ins Gesicht und den Schmerz, der wie ein Blitz durch seinen Körper fuhr. Der Schatten wirbelte herum, Peck konnte aber sein Gesicht nicht erkennen. Er war größer als er und stark. Wieder schlug der Mann zu und traf Peck an der linken Schulter, sodass er den Arm kaum noch bewegen konnte. Peck keuchte vor Anstrengung und konnte gerade noch dem nächsten Hieb ausweichen und spürte den Luftzug wenige Zentimeter neben seinem Kopf. Dieser Schwung zog den Angreifer etwas nach unten, und für eine Sekunde war er ohne Deckung. Und dann holte Peck weit zum Schlag aus und traf seinen Gegner mit dem Schraubenschlüssel auf den Hinterkopf. Der Mann schrie auf, taumelte einen Schritt zur Seite und hielt sich mit beiden Händen an der Wand fest. Peck sah noch kurz das Aufblitzen des Messers, das der Mann in der rechten Hand hatte, bereit zum Zustechen. In diesem Moment ging eine Wohnungstüre auf, und ein heller Streifen Licht fiel in den Flur.

»Was ist hier los?«, rief die laute und resolute Stimme seiner Nachbarin. Peck war noch nie so froh gewesen, diese Stimme zu hören wie jetzt.

Peck ließ seinen Arm sinken. Der Angreifer lief, immer noch schwankend, zum Treppenhaus und dann die Stiegen hinunter. Peck rannte hinterher und öffnete im Stiegenhaus eines der Fenster.

»Pochalek«, rief er hinunter. Der Hausmeister ging zwei Schritte zurück und sah zu ihm hoch. »Aufpassen und Vorsicht. Da läuft einer zu Ihnen hinunter!«

Peck hörte noch die eiligen Schritte im Stiegenhaus, als er ebenfalls nach unten rannte. Im Erdgeschoss angekommen, sah er den Hausmeister neben dem Hauseingang stehen, beide Hände vor das Gesicht geschlagen.

»Was ist los?«, rief Peck.

»Er hat mich niedergeschlagen«, sagte Pochalek stöhnend.

»Offensichtlich doch kein Paketzusteller.«

Peck sah sich um und lief bis zum Ende des Wohnblocks. Der Angreifer war endgültig verschwunden. Erst jetzt spürte Peck wieder den Schmerz im Gesicht, als er mit der Hand seine rechte Wange abtastete. Sein linker Arm schmerzte.

»Kommen Sie«, sagte der Hausmeister, und hintereinander gingen sie in Pochaleks Wohnung im Erdgeschoss. Peck sah in den Spiegel. Sein rechter Wangenknochen und die Stirn waren blutig, aber offensichtlich nichts gebrochen.

»Sie haben eigentümliche Freunde«, sagte Pochalek, der sich jetzt ebenfalls im Spiegel musterte, »sollen wir die Polizei rufen?«

»Der Mann ist weg«, sagte Peck.

»Auf mich wirkte er wie ein Verrückter. Aber ich konnte sein Gesicht nicht erkennen. Er trug eine große Schirmmütze, die er tief ins Gesicht gezogen hatte. Er schrie mich an, ich glaube, in einer ausländischen Sprache und mit einer hohen Stimme, die sich mehrfach überschlug. Offenbar wollte er bei Ihnen einbrechen. Zurzeit ist eine Ausländerbande hier im Viertel unterwegs, die reihenweise in Wohnungen einbricht.«

»Wahrscheinlich ein Einbrecher«, sagte Peck bestätigend. Er bedankte sich bei Pochalek und versprach, morgen nochmals vorbeizusehen. Er würde Pochalek einige Flaschen Rotwein spendieren, nahm er sich vor.

Peck fuhr mit dem Lift nach oben. Im Badezimmer sah er nochmals in den Spiegel. Seine Wange und ein Teil der rechten Schläfe waren aufgeschürft und begannen, sich dunkel zu verfärben. Peck tastete vorsichtig mit seinen Fingern die Stelle ab. Dann holte er Jodtinktur für die aufgeschürfte Wange und eine Flasche Hermitage für sich. Er sah auf das Etikett der Flasche. Ein hervorragender Syrah aus dem Rhônetal, der ihn einige seiner Schmerzen vergessen lassen würde.

Wer war der Mann gewesen? Peck hatte sein Gesicht nur undeutlich gesehen. Der Unbekannte auf dem Foto? Ein Asiate? Gibt es auch großgewachsene Chinesen? Der Fall wird immer verworrener, dachte er. Er rief Sophia an, doch sie hob nicht ab.

Peck setzte sich in seinen Sessel und lehnte sich zurück. Sein ganzer Schädel summte wie ein Wespennest. Und er hatte Schmerzen.

Zwei Stunden später hatte sich Pecks Gefühlszustand etwas gebessert. Morgen würde er nach Graz fahren, dachte er und ging ins Schlafzimmer.

Auch nach einer Stunde tat Peck der ganze Kopf noch immer höllisch weh. Warum wirkten die Pillen nicht? Lag es daran, dass das Haltbarkeitsdatum der Schmerztabletten schon vor drei Jahren abgelaufen war? Aber es waren nicht nur die Schmerzen, die Peck nicht einschlafen ließen. Alle möglichen Details aus seinem Fall schwirrten ihm hartnäckig im Kopf herum. Er lag lange wach und hörte aus der Ferne, wie die Kirchenglocke die Zeit in Viertelstundenscheiben schnitt.

Montag, 3. März

Peck war mit dem Auto zu Sophia gefahren und hatte unterwegs bei seinem Supermarkt einiges für ihr gemeinsames Frühstück eingekauft, insbesondere, weil er große Hochachtung vor dem respektablen Ingwervorrat in Sophias Kühlschrank hatte.

Mit der vollen Einkaufstasche, den Salzburger Nachrichten, der Süddeutschen Zeitung sowie leichten Rückenschmerzen tauchte er früh am Morgen bei Sophia in der Josefiau auf.

»Du bist gestern spät nach Hause gekommen«, sagte Peck schon im Vorhaus.

»Wir hatten Verbandstreffen«, rief sie aus der Küche.

»Ich hatte auch eine Verbandstätigkeit«, sagte Peck und zeigte seine zerschürfte Wange, die über Nacht sehr blau geworden war. Erschrocken sah sie ihn an.

»Was ist passiert? Wie geht es dir?«

»Welche Frage soll ich zuerst beantworten?«

»Hast du Schmerzen?«

»Irgendjemand mag mich nicht. Und er weiß, wo ich wohne. Aber ich glaube, es geht ihm heute etwas schlechter als mir. Der Schraubenschlüssel war so lang …«

Und wie ein Fischer, der mit beiden Händen die Größe seines imaginären Fanges zeigt, demonstrierte Peck, wie mutig er gestern war.

»Du Armer!« Sophia schmiegte sich an ihn, und heldenhaft akzeptierte er ihr Mitgefühl.

»Um halb acht Uhr bei dir zu erscheinen, ist Ausdruck meiner wahren Liebe«, sagte Peck. »Ich will mit dir frühstücken, bevor du zu deinen Büchern gehst und ich auf die Autobahn.«

»Deine Einkäufe sind sehr einseitig auf deinen Frühstücksgeschmack abgestimmt.« Sophia leerte den Inhalt seiner Einkaufstasche auf den Küchentisch: Leberkäse, Emmentaler, Vinschgerl,

Eier, Milch.

In den Salzburger Nachrichten fand er einen unaufgeregten Bericht über Cantors Tod.

Bekannter Salzburger Industrieller tot im Mondsee.

Peck erzählte Sophia ausführlich von seinen Sound-of-Music-Erlebnissen und zeigte ihr die Bilder des Unbekannten, den sie sofort wiedererkannte.

»Der Typ hat Cantor verfolgt. Woher kommt dieser Mann?«, fragte sie.

»Entweder aus der Firma oder aus der Verwandtschaft.«

»Hat er Cantor erstochen?«

»Wahrscheinlich.«

Er dachte an Rosi. Ob sie heute endlich mit Halm sprechen würde?

»Halm weiß mehr, als er zugibt«, sagte er mehr zu sich selbst.

»Ist vielleicht er der Mörder Cantors?«

»Entweder er oder unser gemeinsamer Unbekannter.« Sie sah ihn ungläubig an. »Oder ganz ein anderer«, fügte er hinzu.

»Warum glaubst du überhaupt, dass der Mann, den ich in der Stadt fotografiert habe, der Mörder sein könnte?«

»Altersweitsichtigkeit«, sagte Peck und sah sie über seinen Brillenrand an. »Der Fall ist komplex.«

»Die Arbeit früher in deiner Firma war noch komplizierter«, sagte Sophia, »hast du verlernt, wie man strukturiert arbeitet?«

»Kompliziert ist nicht komplex.«

»Hast du dir das Detektivsein leichter vorgestellt?«

»Nein«, sagte er.

»Übrigens: Dein Gesicht wird noch einige Tage sehr eigenartig aussehen. Grüß mir Graz. Ich kannte da mal einen interessanten Mann …«

Er sah sie entgeistert an.

»Don't worry!«, sagte sie. »Lange her.«

*

Erst auf der Autobahn merkte Peck, dass es ein schöner Tag zu werden begann. Der Himmel war durchsichtig wie Kristallglas, einige nebelartige Wolkenfetzen lösten sich langsam im Himmelsblau auf. Links und rechts der Autobahn hatten die Wiesen ein intensiveres Grün angenommen. Peck öffnete das Fenster. Man konnte den Frühling bereits riechen.

Es war genau zwei Uhr, als er im Hotel eincheckte und sich unmittelbar darauf zur Davidgasse aufmachte, wo Toni Dorner seine Wohnung hatte.

Abseits der Einkaufsstraßen und der touristischen Pfade war es still hier. Nur Straßenarbeiter beugten sich tief über ihre Maschinen und machten manchmal einen knatternden Lärm. Maurer turnten am hohen Gerüst an einem großen Wohnblock in der schmalen Gasse, die fast menschenleer war. Nach einigen Metern in der Davidgasse sah er einen Golf auf sich zufahren, der kurz vor ihm am Straßenrand stoppte. Als der Fahrer ausstieg, pfiff Peck überrascht durch die Zähne. Anton Dorner! Toni. Der junge Mann zog eine große Pappendeckelschachtel aus dem Auto und schleppte sie zum Haus. Peck trat hin, öffnete die Haustüre und hielt sie Dorner wie ein hilfsbereiter Butler auf.

»Danke«, sagte Toni überrascht.

Seine schwarze Jeans war von edler Marke und hatte am rechten Knie ein Loch. Neue Hose, dachte Peck, und für das Loch teuer bezahlt. In seiner Jugend war jedes Loch in der Hose ein Unglück und das Zeichen dafür, dass man entweder gestürzt oder wo hängen geblieben war. Aber kein Designmerkmal teurer Markenjeans. Als er in die Dämmerung des Hausflures trat, stützte Toni Dorner die Schachtel an einem Mauersims ab und schob seine blau getönte Pilotenbrille nach oben, wo sie im Gewirr seiner blonden Haare verschwand. Die ganze Kleidung schwarz, dachte Peck. Unter der schwarzen Lederjacke trug Dorner ein schwarzes Hemd. Schwarz als Branchenfarbe des Architekten. Gilt also auch schon für cand. Archs.

»Guten Tag, Herr Dorner!«, sagte Peck dann.

Der Student stutzte kurz und begann dann, zu grinsen. »Ich weiß genau, wer Sie sind. Rosi hat mir Ihren Besuch angedroht. Sie haben dumme Fragen an mich?«

»Es gibt keine dummen Fragen«, sagte Peck, »es gibt nur Dumme, die nicht fragen.«

»Wenn es denn der Wahrheitsfindung dient. Kommen Sie rauf.«

Dorner schleppte das Paket mühsam die Stiege nach oben.

»Eingekauft?«

»Nein. Ich ziehe um. Neue Bude. Aber keine WG mehr.«

Die Wohnung war so, wie Peck sich eine Studentenwohnung vorstellte. Oder wie er seine eigene in Erinnerung hatte, auch wenn es schon lange her war.

Toni schenkte Peck einen unbekümmerten Blick. »Mir ist egal, ob es Ihnen egal ist, wie es hier in der Wohnung ausschaut. Ich hoffe, es stört Sie nicht, dass es mir egal ist, wie es hier aussieht.« Er setzte sich auf die Couch, einen Arm entspannt auf dem Wäscheberg.

»Was möchten Sie wissen?«

»Wo waren Sie am Samstag, den ersten März?«

»Ich rechne nicht in Kalendertagen.« Er grinste Peck an.

»Ich denke in Semestern.« Er sah Peck aus den Augenwinkeln an und neigte dann den Kopf zur Seite.

»Ihre Wange hat ein interessantes Farb-Design. Hat mein Vater Sie verprügelt?«

»Wo waren Sie am Samstag, den ersten März?«

»Keine Ahnung. Schreiben Sie in Ihren Notizblock: Herr Anton Dorner hat kein Alibi!«

»War das Ihr Auto, mit dem Sie gerade angekommen sind?«

»Eigenes Auto? Ich dachte, Sie haben meinen Vater kennengelernt. Wie kann man da ein Auto haben. Der Wagen gehört einem Freund.«

»Sie sind jetzt ein reicher junger Mann.«

»Reich frisst Hirn. Jetzt kommt die Kohle! Deshalb ziehe ich auch um. Und wenn meine Mutter kein so dämliches Testament hinterlassen hätte, könnte ich jetzt mein Studium an sämtliche Nägel hängen.«

Peck wiederholte seine Frage. »Wo waren Sie am Samstag, den ersten März? Herr Dorner, Sie unterschätzen die Brisanz dieser Frage.«

»Hat's Ihnen Rosi nicht erzählt?«

Peck antwortete nicht.

»Ich habe auf alle Fragen eine Antwort.« Er griff nach seinem Mobiltelefon und hielt es vor Peck in die Höhe. »Mein Terminkalender.« Er tippte auf einige Tasten und sah Peck an. »Ich bin am Samstag nach dem Frühstück bei Rosi von Salzburg weggefahren.«

»Mit dem Auto?«

»Mit den österreichischen Bundesbahnen. Abfahrt Salzburg neun Uhr zehn, Ankunft Graz dreizehn Uhr zwanzig, nachmittags gelernt, heute Prüfung, Kulturgeschichte der Architektur. Prüfung wahrscheinlich bestanden. Sonntag ganzer Tag mit zwei Semesterkollegen zusammen. Viel Bier, perfektes Alibi. Fragen? Oder möchten Sie die Namen der beiden Kollegen wissen?«

Peck überlegte. Thomas Cantor war um fünf Uhr nachmittags am Mondsee ermordet worden. Wenn es Toni war, hätte er noch vor zehn Uhr am Abend in Graz sein können.

»Alibi nichts wert«, sagte Peck, »war ganz anders. Alles Lüge. Von Ihnen oder von Rosi.«

Toni grinste wieder. »Ich brauche kein Alibi. Ich habe Thomas nicht abgestochen.«

»Hat Sie am Samstagnachmittag keiner gesehen, der Ihre Anwesenheit in Graz bestätigen kann?«

»Ich habe mich auf die heutige Prüfung vorbereitet. So was geht nur alleine. Biertrinken im Team, beim Lernen solo.«

»Sie haben ein sehr enges Verhältnis mit Frau Kämmerer.«

»Kein Verhältnis mit Frau Kämmerer«, sagte Toni, »ein Verhältnis zu Frau Kämmerer. Nur als mütterliche Freundin.«

»Mehr Freundin oder mehr mütterlich?«

»Sie kümmert sich um mein seelisches und physisches Wohlbefinden. Physiologisch und emotional betrachtet, sind alle Genüsse gleichwertig.«

»Wie haben Sie vom Tod Cantors erfahren?«

»Gestern. Rosi hat mich angerufen.«

»Thomas Cantor hat Ihre Mutter erschlagen. Sie hätten Gründe, sich an ihm zu rächen.«

»Es gibt Menschen, die haben eben Pech mit ihren Eltern. Ich hatte nie den Eindruck, dass mein Vater auf meiner Seite war. Und Frau Evelyn Colerus-Cantor, meine verehrte Mutter war hinter dem Geld her. Und hinter Männern. Sie war zwangsläufig, wenn Sie wissen, was ich meine, Herr Peck. Nymphoman. In der letzten Zeit soll sie sogar wieder mit meinem Vater geschlafen haben. Und dann dieses beschissene Testament. Die Hälfte an Halm …«

»Und?«

»Mein Halbbruder und ich werden das Testament anfechten. Wir suchen nur noch einen knackigen Rechtsanwalt.«

Dienstag, 4. März

In der Nacht träumte Peck in seinem Hotelbett von einer bevorstehenden Sintflut und dass er und Sophia ein Schiff bauten, mit dem sie überleben wollten. Peck hatte lange an den Bauplänen gearbeitet, und jetzt hämmerten und zimmerten sie das Schiff zusammen. Dann gab es Streit. Peck wollte mit Sophia alleine an Bord, sie bestand jedoch darauf, einige Tiere mit ins Boot zu holen. Und die Bibel hat doch recht, sagte sie. Nicht nur du, sondern auch die Fauna ist es wert, zu überleben. Als die Tiere Schlange standen, zeigte sich, dass das Schiff viel zu klein für alle war. Sophia entschied spontan, dass Peck nicht an Bord dürfe, worauf er am Ufer zurückblieb. Er sah, wie Sophia ihm mit weiten, sich überkreuzenden Bewegungen beider Arme zuwinkte. Peck schaute verzweifelt an der Bordwand des Schiffes zu ihr hoch.

»Und wie geht's jetzt weiter?«

»Hinter mir die Sintflut!« Sie lachte scheppernd. Dann konnte er gerade noch sehen, wie Sophia an der Reling des davonschwimmenden Schiffes stand und ein stattlicher Gorilla neben sie trat und seinen Arm um ihre Schultern legte. Wahrscheinlich ein Silberrücken, dachte Peck.

Vieles war in den letzten drei Tagen klarer geworden, überlegte Peck, als er nach dem Aufstehen aus dem Hotelfenster sah, nur das Wetter nicht. Es regnete. Schnürlregen in Graz. Als er beim Frühstück saß, klingelte sein Handy. Fluchtartig verließ er den Frühstücksraum und telefonierte in einer stillen Ecke des Hotelfoyers.

»Funke. Guten Morgen, Herr Detektiv.«

Peck mochte diese Anrede nicht. Also antwortete er nicht.

»Wo sind Sie?«

»In Graz.«

»Was machen Sie dort?«

»Ich frühstücke.«

»Ich ziehe meinen Hut vor Ihnen.«

»Ich bin immer auf der Hut, wenn die Kriminalpolizei mich lobt.«

»Bei Armin Kuttner waren Sie schneller als meine Leute.«

»Nicht nur dort.«

»Ich habe meinen Ermittlern gesagt, dass ich es beschämend finde, wenn ein dahergelaufener Detektiv einen Fall schneller aufklärt als die Polizei. Sie haben vor uns gecheckt, dass die beiden Morde an Evelyn und Kuttner zusammenhängen und dass Cantor beide auf dem Gewissen hat.«

»Und wer steckt hinter dem Mord an Cantor?«, fragte Peck.

»Wir haben Vater und Sohn Colerus unter der Lupe. Beide haben mehr als ein Motiv, aber kein Alibi.«

»Der Vater Evelyns ist fünfundsiebzig!«

»Herr Peck, in unseren Gefängnissen sitzen Neunzigjährige. Was für uns zählt: Der Alte war am Samstagnachmittag mit seinem Wagen unterwegs. Er könnte in Mondsee gewesen sein.

Und vielleicht haben sich sogar Vater und Sohn zusammengetan.«

Peck konnte sich den alten Colerus nicht als Mörder seines Schwiegersohns vorstellen. Und Georg? Schon eher, dachte er. Der Polizist hat Halm nicht erwähnt. Und die Chinesen? Hatten der große Polizeiapparat und die teuren Analysemethoden Funke keinen Wissensvorsprung verschafft?

*

Um halb drei saß Peck wieder in seinem Büro und blätterte nicht sehr konzentriert in zwei Zeitungen, die er unterwegs gekauft hatte. Nur noch einige wenige Zeilen über den Mord im Mondsee, dafür ganzseitige Beiträge über die fragwürdigen Ansichten einer der kleineren Oppositionsparteien zur Europapolitik. Dann las er in den Salzburger Nachrichten, dass in *Das Kino* der Film

Citizen Kane gespielt wurde. Er rief Sophia an und schlug ihr einen Kinobesuch für den Abend vor.

»Ein Schwarz-Weiß-Film?«, fragte Sophia.

Er antwortete nicht. Natürlich war der Film schwarz-weiß.

Peck hatte kaum aufgelegt, als Rosi ihn anrief.

»Wie geht es Ihnen?«

»Guten Tag. Konnten Sie mit Halm sprechen?«

»Manfred ist nebenan in seinem Büro und starrt vor sich hin. Ich habe lange gebraucht, bis er mich wahrgenommen hat, und noch länger, bis er bereit war, mit mir zu reden.«

»Und das Ergebnis?«

»Ich habe ihn in seinem Büro eingesperrt und seine Frau angerufen, die ihn abholen soll.«

»Und weiter?«

»Manfred war sehr zerstreut. Aber schließlich begann er, zu erzählen, unzusammenhängend, aber ich glaube, wichtige Dinge. Ich habe mir einige Notizen gemacht.«

Peck richtete sich in seinem Sessel auf.

»Evelyn hat Halm in Leopoldskron erzählt, dass sie sich mit einem Mann getroffen hat, der mit dem Zug aus Wien angereist kam. Evelyn nannte nur seinen Vornamen: Adrian.«

Noch ein A Punkt, dachte Peck.

»Dieser Adrian soll Evelyn Beweise gezeigt haben, dass Thomas vor dreiundzwanzig Jahren in Wien Adrians Schwester erschlagen hat. Das Mädchen war damals achtzehn. Und der Mann gab Evelyn einige Seiten aus einem Tagebuch seiner Schwester und einen Brief, den Thomas dem Mädchen geschrieben hatte. Evelyn sagte Manfred, sie hätte die Handschrift ihres Mannes wiedererkannt, obwohl so viele Jahre vergangen waren. Und Thomas hat damals sozusagen einen Doppelmord begangen! Man hat bei der Obduktion der Leiche festgestellt, dass das Mädchen im dritten Monat schwanger war. Nach den Tagebucheintragungen war Adrians Schwester sicher, dass Thomas der Vater war. Und dann hat Thomas ihr den Schädel eingeschlagen.«

»Der Mord ist niemals aufgeklärt worden?«, fragte Peck.

»Die Polizei hat nie eine Spur entdeckt. Adrian erzählte Evelyn, dass er die ganzen Jahre über wie ein Besessener den Mörder seiner Schwester gesucht hat. Bis er vor einigen Tagen auf dem Dachboden des Elternhauses das Tagebuch seiner Schwester fand und den Abschiedsbrief, mit dem Thomas ihr den Laufpass gegeben hatte.«

»Was passierte zwischen Evelyn und ihrem Mann?«

»Halm sagte mir, dass das Gespräch in Leopoldskron zu kurz war, um alles zu erklären. Evelyn war völlig außer sich. Ihr Mann ein Mörder und das Mädchen schwanger …«

»Und dann?«, fragte Peck ungeduldig.

»Und dann hat Evelyn Thomas angerufen, der gerade im *Hangar Sieben* am Flughafen mit Kunden beim Essen saß. Evelyn hat ihn regelrecht abberufen. Thomas ließ seine Kunden alleine sitzen und fuhr nach Mattsee. Evelyn muss getobt haben. Und sie hat ihm alle Konsequenzen aufgezählt, mit denen er jetzt rechnen müsse. Evelyn sagte ihm, dass sie die Polizei informieren und ihn aus der Firma und aus ihrem Leben verschwinden lassen wird. Sie würde ihn mit allen Mitteln vernichten.«

»Und was noch?«, fragte Peck.

»Nichts noch.«

»Irgendwelche Namen? Wie hieß das Mädchen?«

»Halm wusste es nicht mehr.«

Oder er will nicht mehr sagen … Peck legte seine Füllfeder weg und schnaufte ins Telefon.

»Nach meinem Gespräch war Manfred fast bis zur Bewusstlosigkeit erschöpft. Er legte sich auf das Sofa in seinem Büro und war sofort eingeschlafen.«

»Wer kümmert sich eigentlich um Cantors Begräbnis?«, fragte Peck.

»Keine Ahnung. Wahrscheinlich seine Mutter. Ziemlich viele Tote in ganz kurzer Zeit in dieser Familie.«

»Verbrechen aus der Vergangenheit rächen sich in der Gegenwart«, sagte Peck. Er bedankte sich bei Rosi und legte auf.

Peck verließ sein Büro und kaufte sich im nahen Supermarkt eine

Leberkässemmel. Dann ging er langsam an der Salzach entlang in Richtung Waagplatz.

*

Im Buchladen am Waagplatz standen einige Leute, und Peck hörte, wie Sophia, ständig von Deutsch auf Englisch wechselnd, die Kunden über irgendeine Neuerscheinung informierte. Er setzte sich an Sophias Kassentisch und suchte im Internet die Telefonnummer seines Cousins Gerold, der in Wien lebte.

Peck hatte seinen Cousin Gerold während der letzten Jahre einige Male bei Familienfeiern, meist bei Beerdigungen, getroffen. Gerold war sein Leben lang bei der Kripo Wien angestellt und dort ins mittlere Management aufgestiegen und seit Kurzem in Pension. Peck betrachtete seine persönliche Beziehung zu Gerold als belastbar genug, um ihn um einen Gefallen zu bitten.

»Schönen guten Nachmittag! Hier ist Paul Peck aus Salzburg.«

»Paul! Schön, deine Stimme zu hören. Wie geht's dir?«

»Danke, gut. Ich brauche deine Unterstützung.«

»Nur zu!«

»Es geht um den Mord an einem jungen Mädchen vor dreiundzwanzig Jahren in Wien. Ich glaube, ich kenne den Mörder.«

»Das heißt, der Mord wurde hier nie aufgeklärt?«

»So sieht es aus. Als dem Mädel damals der Schädel eingeschlagen wurde, war sie achtzehn. Ich muss wissen, wie das Mädchen hieß und ob es Angehörige gibt.«

»Da kann ich dir schnell helfen. Wir haben nicht viele ungeklärte Fälle aus dieser Zeit. Ich besorge mir den Akt und melde mich.«

Hilfsbereit und schnell von Begriff, dachte Peck.

Dann rief Peck den alten Colerus an. Er begann das Gespräch etwas zögerlich, da er nicht genau wusste, welche Informationen die Polizei dem alten Mann gegeben und wie massiv man ihn bisher als möglichen Verdächtigen verfolgt hatte.

Die Stimme am Telefon klang erstaunlich fest. Er muss Außerordentliches durchstehen, dachte Peck. Innerhalb weniger Tage seine Tochter verlieren, ermordet vom eigenen Schwiegersohn, der nun ebenfalls tot ist, und dann noch von der Polizei verdächtigt, Thomas umgebracht zu haben.

»Ich kenne den Chef des Landeskriminalamtes«, sagte Colerus, »und meine Rechtsbeistände sind bereits im Gespräch mit der Staatsanwaltschaft. Dass Georg und ich des Mordes an Thomas verdächtigt werden, ist genauso lächerlich wie skandalös!«

Peck teilte seine Meinung, gab aber Colerus keinen Hinweis, dass er Cantors Mörder auf der Spur war. Dazu hatte er auch von Colerus keinen Auftrag.

»Bitte bringen Sie mir Ihre Honorarnote persönlich vorbei«, sagte Colerus zum Abschluss des kurzen Gesprächs. »Ich habe auch noch einige Fragen an Sie. Freitag, sechzehn Uhr. Bitte seien Sie pünktlich!«

Wie bei Colerus üblich, dachte Peck: keine Widerrede möglich.

*

»Gibt's Neuigkeiten an der Colerus-Front?«, fragte Sophia, während sie durch die Judengasse zur Staatsbrücke gingen.

Peck erzählte Sophia von dem Gespräch mit Rosi.

»Ich bin mir sicher, dass sie gemeinsam mit dir den Fall lösen wird«, sagte Sophia, »was denkt eigentlich die Polizei?«

Er zuckte die Achseln. »Sie verdächtigen den alten Colerus, seinen Schwiegersohn getötet zu haben.«

»Da sind wir weiter«, sagte Sophia. »Übrigens: Muss ich eigentlich Angst um dich haben?« Sie blieb mitten auf der Brücke stehen und sah ihn lange und mit einem besorgten Blick an. Dann strich sie mit ihrer Hand zärtlich über seine noch immer etwas lädierte Wange.

»Hat dir der Film gefallen?«, fragte er Sophia, als sie nach dem Kino im Café Sacher saßen.

»*Citizen Kane* ist ein Film für Männer«, sagte sie. »Deshalb magst du ihn!«

»Nein«, sagte er, »mir gefällt der Film aus einem anderen Grund.«

»Weil er in Schwarz-Weiß ist?« Sophia lächelte.

»Der Blaufränkische ist gut«, sagte Peck und hob das Glas, um mit ihr anzustoßen.

»Rosebud«, sagte Sophia nachdenklich. »Warum erinnert sich ein steinreicher alter Mann auf dem Sterbebett an seinen Kinderschlitten und nicht an einen Menschen, den er geliebt hat oder der eine wichtige Rolle in seinem Leben gespielt hat?«

»Vielleicht hatte er sein ganzes Leben lang nur zum Schlitten aus seiner Kindheit eine echte emotionale Bindung und zu keinem Menschen. Wahrscheinlich war Citizen Kane ein ähnlicher Zeitgenosse wie Thomas Cantor.«

Mittwoch, 5. März

Peck fühlte sich ausgeschlafen, was um diese Uhrzeit ganz selten vorkam. Sophia war bereits seit einer Stunde zu einer Verlagspräsentation nach München unterwegs. Wieder mit dem schönen Rudi aus Freilassing? Er stieg aus dem Bett und beschloss, im Bazar zu frühstücken. Nach dem Duschen ging er zum Kleiderschrank und nahm eine der zahlreichen schwarzen Hosen, eines der vielen schwarzen Hemden und Sakkos sowie eines der fünfzig Paar roten Socken aus dem Schrank. Passt immer!

Er genoss den Fußweg am Kai entlang. Dann marschierte er über die Karolinenbrücke, wo er am Rudolfsplatz rechts abbog und über die Schanzlgasse die Kaigasse erreichte, die ihn auf etwas verschlungenen Pfaden zum Mozartplatz führte. Mit schnellem Schritt eilte Peck durch die fast menschenleere Judengasse. Als er bei der schmalen Döllerergasse um die Ecke bog, blieb er wie erstarrt stehen. Unmittelbar vor ihm war ein Paar aus einem der Altstadthotels auf die Straße getreten, eng umschlungen und wie er in Richtung Alter Markt unterwegs. Peck hatte deutlich ihre Gesichter gesehen: Manfred Halm und Christine Wullwa. Die beiden hatten ihn nicht bemerkt.

Halm und Christine. Ist das ein neues Ende der Wurst? Eine neue Richtung zum Mörder Cantors? Sowohl Manfred Halm als auch Christine haben Cantor gehasst. Haben sie ihre Motive gebündelt? Synergie der Hassgefühle?

*

Peck holte seine gesamten Aufzeichnungen aus dem Schrank, setzte sich an seinen Computer und schrieb die Honorarnote sowie seinen Abschlussbericht, den er verabredungsgemäß dem alten Colerus am Freitag bringen würde.

Während er das Dokument schrieb, musste Peck lächeln. Er erinnerte sich an die Zeit vor ungefähr zwanzig Jahren, als in seiner Firma die ersten Computer installiert wurden. Statt IT hieß es damals noch EDV, und sie hatten im gesamten Unternehmen das ambitionierte Projekt »Das papierlose Büro« gestartet. Gemeinsam mit den selbst ernannten Fachleuten, die aus der Zentrale angereist waren, schulten sie alle Mitarbeiter mit dem Ziel, durch Einsatz von Mails, dem Intranet und einer gewaltigen Datenbank die Papierflut für interne Nachrichten und sogenannte Aktenvermerke rigoros einzudämmen. Ein Jahr später hatte sich der Papierverbrauch im Büro um ein Drittel erhöht. Mails waren für die interne Kommunikation rasch zu einem beliebten Hobby geworden, insbesondere die Funktion »Antwort an alle«. Zusätzlich wurden jedoch sämtliche Mails nochmals ausgedruckt, gelocht und zur Sicherheit in dicken Ordnern abgelegt.

Plötzlich läutete das Telefon.

»Hier ist Gerold. Der Akt liegt vor mir.«

»Ich dachte, du bist in Pension«, sagte Peck.

»Einmal gute Mitarbeiter, immer gute Mitarbeiter.« Peck hörte Gerold durch das Telefon grinsen.

»Mord an Sybille Wolf«, las Gerold vor. »Die Leiche wurde am vierundzwanzigsten März vor dreiundzwanzig Jahren auf einer Baustelle unter der jetzigen U-Bahn am Lerchenfelder Gürtel im fünfzehnten Bezirk gefunden. Tod durch mindestens einen schweren Schlag auf den Kopf. Schädelbruch. War sofort tot.«

Peck machte sich Notizen. »Wo wohnte sie?«

»Da, wo ihre Mutter heute noch lebt. Ich habe das vor meinem Anruf überprüft. Die Mutter heißt Ursula Wolf und wohnt in der Brunnengasse im fünfzehnten Bezirk. Ich dachte, du willst auch die Telefonnummer. Hier ist sie: 018842399. Übrigens ist sie derzeit zu Hause. Ich habe sie unter einem harmlosen Vorwand angerufen.«

»Du bist ein tüchtiger pensionierter Polizist«, sagte Peck, »gibt es noch weitere Verwandte in der Familie Wolf?«

»Sybille hatte noch einen drei Jahre älteren Bruder, und da ist noch ein Vermerk aus letzter Zeit, dass Sybilles Vater vor einiger Zeit gestorben ist.«

»Sonst noch was Wichtiges?«

»Nein, nichts, was mir auf die Schnelle auffallen würde. Hunderte Seiten Verhöre und Protokolle, Unterlagen der Gerichtsmedizin und so weiter.«

Und alles auf Papier, dachte Peck, gelocht und abgeheftet. Er bedankte sich bei seinem Cousin und versprach ihm eine Großpackung Mozartkugeln. Vom Fürst.

»Kommst du nach Wien?«

Peck sagte nichts über seine Pläne. Er sah die Gefahr, dass ihn sein Cousin zu sich nach Hause einlud, und dann würde er Gerolds Frau Maria treffen, was er ohne seelischen Schaden nicht überleben würde. Er faltete seine Notizen zusammen und steckte die Honorarnote sowie den Bericht für Colerus in einen Briefumschlag.

Er hatte zwar das Gefühl, wieder einen Schritt weitergekommen zu sein, aber der Gedanke, eventuell auf der falschen Fährte zu sein, blieb dennoch. Jagte er ein Gespenst? Eventuell eines aus China? Oder Wien? Peck war unruhig. Würde er die Lösung morgen in Wien finden?

Er sah auf die Uhr. Abends würde er schon in Wien sein. Er wählte Ursula Wolfs Nummer. Eine feste Stimme: »Wolf.«

»Ich bitte um Entschuldigung für die Störung«, sagte er höflich. »Ich bin Detektiv und rufe aus Salzburg an. Es geht um den Tod Ihrer Tochter vor dreiundzwanzig Jahren. Es gibt neue Erkenntnisse, und ich würde Sie gerne morgen kurz besuchen.« Lange Sekunden Stille. Dann kam die Zustimmung, und Peck versprach, pünktlich um neun Uhr am nächsten Tag da zu sein.

Bevor Peck mit dem Bus nach Hause fuhr, um seinen Koffer zu packen, buchte er ein Zimmer im Hotel Johann Strauss. Dort, wo Wien am schönsten ist, dachte er, in der Nähe des Naschmarktes im vierten Bezirk.

Eine Stunde später saß er im Auto und jagte seinen VW Käfer mit Vollgas, um auf die 130 Höchstgeschwindigkeit zu kommen.

Das Wetter hatte aufgeklart, und er hatte die Sonne im Rücken. Er schob eine CD ein. Anne-Sophie Mutter spielt Sibelius. Er stellte die Musik lauter und packte eine der beiden Leberkässemmeln aus, die er noch vor der Abfahrt erstanden hatte.

Seine Gedanken pendelten von Adrian zu Sybille und Ursula Wolf.

Kurz vor vier kam Peck in Wien an, und da um diese Zeit alles aus der Stadt hinausfuhr, kam er schnell zu seinem Hotel in der Favoritenstraße.

Peck hielt sich nur kurz in seinem Hotelzimmer auf. Nachdem er geduscht hatte, rief er Sophia an. »Beste Grüße aus Wien.« Schweigen in der Leitung. Dann hörte er ihre Stimme.

»Spät am Tag denkt der Geliebte an mich.«

»Der Geliebte löst morgen das große Rätsel.«

»Pass auf dich auf!«, sagte sie. »Übrigens, was ich heute Abend mache, ist kein Rätsel. Ich treffe mich mit Rudi. Du erinnerst dich vielleicht an ihn. Er hat eine große Buchhandlung in Freilassing.«

Also doch, dachte Peck. Rudi, der Schönling.

»Natürlich alles rein dienstlich«, sagte Sophia, »ich traf ihn heute Vormittag in München, und wir haben uns für heute zum Gedankenaustausch verabredet. Und zum Abendessen.« Peck hasste diese Art von Gedankenaustausch. »Die Gedanken, die du von mir hast, brauchst du nicht auszutauschen. Schon gar nicht mit Rudi. Und warum hast du überhaupt hinter meinem Rücken Kontakt zu dieser Person?«

»Ich habe hinter deinem Rücken Kontakt zu mehreren Personen«, erwiderte sie und legte auf.

*

Peck verließ das Hotel, ging am Hauptgebäude der Technischen Universität vorbei, vor dem die steinernen Köpfe altösterreichischer Professoren würdig und mit langen Bärten an vergangene ingeniöse Großtaten erinnerten. Peck schlenderte durch den Bärenmühl-Durchgang zum Naschmarkt. Er freute sich, wieder einmal hier zu sein, wo er während des Studiums viel Zeit verbracht hatte.

Peck tauchte ein in die um diese Zeit immer noch dicht gedrängten Menschenmassen, die sich schrittweise in beide Richtungen schoben. Auf den Verkaufsständen waren kaum österreichische Namen zu lesen. Der Naschmarkt war voll in osteuropäischer und orientalischer Hand. Peck hatte keinen Überblick über die aktuellen Obst- und Gemüsepreise, aber ihm kam hier alles deutlich billiger vor als auf dem Salzburger Grünmarkt.

Irgendwann, dachte Peck später, war ihm der Überblick über den Abend verloren gegangen. Das Problem begann, kurz nachdem er im Café Sperl zufällig Albert getroffen hatte, einen Studienkollegen aus alten Zeiten. Und später am Abend musste Albert es gelungen sein, ihn nach dem Sperl noch zu einem Abstecher ins Bermuda-Dreieck zu überreden. Und noch später war Peck in einem kleinen Nachtlokal am Ruprechtsplatz von Wein zu Whisky übergegangen, was sich am nächsten Tag im Kopf als schmerzhaft und für das Gleichgewichtsempfinden als irritierend ausgewirkt hatte.

Irgendein Teufel musste Peck geritten haben, dass er nach seiner Rückkehr ins Hotel und bevor er sich ins Bett fallen ließ, noch Sophia anrief. Er wollte ihr nur seine Liebe versichern.

»Du lallst«, sagte Sophie kurz angebunden. »Dich kann man keine Minute alleine lassen.« Peck war überzeugt gewesen, klar artikulierend und in freier Rede zu sprechen. Wenn man keine Probleme hat, dachte er, so macht man sich welche.

Donnerstag, 6. März

Der Wecker läutete um halb acht. Pecks Magen und sein schmerzender Kopf empfahlen ihm dringend, auf das Frühstück zu verzichten. Immer, wenn ich am Vorabend zu viel trinke, ist am nächsten Tag Föhn, dachte er.

Es war ein freundlicher, sonniger Morgen. Peck fuhr über den Gürtel und erreichte die Brunnengasse im fünfzehnten Bezirk um kurz vor neun Uhr. Er hielt vor dem Haus, in dem Ursula Wolf wohnte, stellte den Motor ab und blieb im Auto sitzen. Er ordnete seine Gedanken und überlegte sich einige Fragen, die er stellen sollte. Peck kramte wild in seiner Aktentasche, und als er endlich seine Brille in der Hand hielt, zerbrach diese in zwei Teile. Er überlegte kurz, ob er ins Hotel zurückfahren und sich ins Bett legen sollte.

Es war eines der alten Wiener Bürgerhäuser mit einer breiten, geschwungenen Stiege und einem gusseisernen Geländer. Wie im Film *Der dritte Mann*, dachte Peck, als er in den zweiten Stock stieg. Treppenhaus und Flur waren peinlich sauber. Er läutete an der raumhohen, massiv aussehenden Wohnungstür mit dem Schild U. Wolf.

Peck hatte eine verhärmte, trauernde Frau erwartet und sah sich getäuscht. Ursula Wolf war groß, hatte eine schlanke Figur, dunkles, kurz geschnittenes Haar und ein dezent geschminktes, herzförmiges Gesicht, das ihn freundlich ansah, als sie ihn einließ. Er trat in ein geräumiges Vorzimmer mit vielen blau gestrichenen Türen. Frau Wolf ging mit schwingenden Schritten vor ihm her und stieß die Flügeltür zum Wohnzimmer auf.

Nichts als Weiß, war sein erster Eindruck. Peck sah eine Landschaft aus weißen, filigran wirkenden Stilmöbeln, die stark mit dem braunen Parkettboden kontrastierten. Auf einer wuchtigen Kommode lag aufgeklappt ein großer, halb gepackter Lederkoffer.

Die Frau lächelte. »Ich verreise heute Abend. Nach Italien.«

Sie hatte eine angenehme, melodiöse Stimme. Peck schätzte sie auf siebzig. Eine gut aussehende ältere Dame. Sie trug ein bis zu den Waden reichendes, enges Wollkleid, dessen hellblaue Farbe wie abgestimmt war auf die Tapeten und die Farbe der Vorhänge.

»Danke, dass Sie Zeit für mich haben«, sagte Peck. Sie nickte leicht mit dem Kopf und setzte sich auf einen weißen Holzsessel mit hoher, geschnitzter Lehne, den sie an den Tisch rückte. Sie lächelte wieder und deutete auf ein Sofa, das vor dem Fenster stand. Plötzlich fühlte Peck sich unwohl in dieser sterilen weißen Sauberkeit. War sein Anzug sauber? Vorsichtig sah er nach unten. Gott sei Dank! Keine schmutzigen Schuhe. Er erinnerte sich an eine Couch, die ihn einmal herrisch in Besitz genommen hatte und setzte sich im Zeitlupentempo ganz vorne auf die blaue Sofadecke.

»Sie haben neue Erkenntnisse zum Tod meiner Tochter mitgebracht?«

»Die Polizei wird sich noch bei Ihnen melden«, sagte Peck. Sie war ruhig und gefasst.

»Der Mann, der Ihre Tochter getötet hat, heißt Thomas Cantor. Ein Unternehmer aus Salzburg, der vor dreiundzwanzig Jahren in Wien studiert hat und wohl mit Ihrer Tochter befreundet war.«

»Endlich«, sagte Ursula Wolf, »endlich Gewissheit. Und endlich kann der Mord an Sybille gesühnt werden. Ist der Mann im Gefängnis?«

»Der Mörder Ihrer Tochter wird nie ins Gefängnis kommen. Er wurde vergangene Woche erstochen.«

Frau Wolf war still. Sie sah aus dem Fenster und nickte langsam mit dem Kopf.

»Sybille war ein hübsches und sensibles Mädchen, aber auch sehr verschlossen«, sagte sie dann leise. »Wir wussten nicht, wen sie damals vor über zwanzig Jahren kennengelernt hat. Mein Mann und ich hatten auch keine Hinweise, dass sie ein Kind erwartete. Und eines Nachts kam sie nicht mehr nach Hause. Am achtundzwanzigsten März vor dreiundzwanzig Jahren. Mein Mann und ich waren dabei, nachdem die Bauarbeiter sie in der Früh gefunden hatten. Nicht weit weg von hier.« Sie machte mit dem Arm eine kurze Bewegung in Richtung Fenster.

»Am Lerchenfelder Gürtel«, sagte sie, »damals war das eine riesige Baustelle. Die Polizei hat festgestellt, dass Sybille dort in der Nacht erschlagen worden ist, zwischen Baumaschinen und Zementsäcken. Heute ist dort die U-Bahn-Station.«

Frau Wolf hob den Kopf und sah ihn an. Eine einzige Träne hatte sich gelöst und rann ihr langsam über die Wange.

»Manchmal stelle ich mir vor, dass es klingelt, und sie steht vor der Tür.«

Die Kindertotenlieder. Mahler, dachte Peck. Oft denk ich, sie sind nur ausgegangen und werden jetzt nach Haus gelangen …

»Die Polizei hat sich viel Mühe gegeben«, sagte sie, »aber sie haben nie herausgefunden, wer es war. Mein Mann ist daran zerbrochen.«

Pecks Blick fiel auf eine Kredenz an der Wand mit einigen Büchern und Fotografien. Er erhob sich, murmelte eine Entschuldigung und war wie vom Blitz getroffen, als er das Foto sah: ein ungefähr Vierzigjähriger, schlank und mit rotblondem Bürstenschnitt. Eindeutig der Mann auf den Fotos, die Sophia und Mrs. Kraushaar geschossen hatten. Und plötzlich war ihm alles klar.

»Ihr Sohn?«, fragte er und deutete auf das Bild.

»Adrian.«

»Ich würde gerne mit ihm sprechen.«

Frau Wolf sah ihn betroffen an. Was war mit ihr? Ging ihr das Thema so nahe?

»Auch mein Sohn ist an dem brutalen Tod Sybilles zerbrochen.« Ihre Stimme war leise geworden. »Auch er war zu sensibel, um dieses grausame Erlebnis zu verkraften. Er hat seine Schwester unendlich geliebt.« Sie senkte den Kopf, sodass Peck Schwierigkeiten hatte, ihr Gemurmel zu verstehen.

»Er war ab diesem Zeitpunkt wie versessen darauf, den Mörder seiner Schwester aufzuspüren. Es gab ständig Streit mit den Ermittlern, denen er vorwarf, nicht aktiv genug zu sein. Und die

Polizei wurde zu einem richtigen Feindbild für ihn. Er hasste sie alle. Und er hasst sie heute nur noch mehr.«

»Wo ist ihr Sohn jetzt?«

»Er hat sein ganzes Leben weggeworfen. Adrian war schließlich lange Monate in therapeutischer Behandlung und in einer geschlossenen Anstalt. Er hat später mehrfach den Beruf gewechselt, immer angetrieben von dem Wunsch nach Rache.«

Peck stand immer noch bei der Kredenz und sah auf Adrians Bild.

»Und dann hat er noch diese Anita geheiratet«, sagte Frau Wolf.

»Lebt Adrian in Wien?«

»Puchgasse 148 im zweiundzwanzigsten Bezirk«, sagte sie, »aber ich glaube, er ist beruflich in Oberösterreich unterwegs. Er ist Vertreter für eine Weinfirma. Wenn er den Job noch hat ...«

»Sie haben keinen Kontakt zu ihm?«

»Mein Sohn Adrian lebt seit vielen Jahren in einer anderen Welt. Er hat sich zurückgezogen, gemeinsam mit dieser Frau.«

»Wann haben Sie Adrian zuletzt gesehen?«

»Es muss vor ungefähr vier Wochen gewesen sein, als er plötzlich vor der Türe stand. Adrian saß drei Stunden allein und verstört in Sybilles altem Zimmer ... und hatte abgesperrt. Zuvor hat er lange auf dem Dachboden gestöbert und schleppte einen schweren Koffer mit Sybilles früheren Stofftieren und ihrem Spielzeug an.«

Peck sah sie aufmerksam an.

»Ich weiß nicht, wonach er gesucht hat. Und auch nicht, ob er was gefunden hat. Nach drei Stunden kam er mit glühenden Augen aus dem Zimmer und hat, ohne ein Wort zu sagen, die Wohnung verlassen.«

Peck bedankte sich für das Gespräch und wünschte Ursula Wolf eine gute Reise in den Süden. Er gab ihr noch seine Karte und bat sie, ihn anzurufen, wenn Adrian sich melden sollte. Sie stand an der Türe, als er die Wohnung verließ.

»Nehmen Sie sich in Acht vor Adrian«, sagte sie leise. »Er ist unberechenbar geworden. Und er könnte es nie ertragen, in Polizeigewahrsam zu kommen.«

Peck eilte die Treppe hinunter und die Haustüre hinaus, als hoffte er, seine Gedanken an der frischen Luft ordnen zu können. Ihm war heiß und kalt zugleich. Adrian Wolf. Der Bruder Sybilles und der Mörder Thomas Cantors! Und welches grausame Schicksal in dieser Familie.

Peck ging an seinem Auto vorbei und die Straße weiter in Richtung Gürtel. Er musste nachdenken. Adrian muss erkannt haben, dachte Peck, dass er ihm auf der Spur ist. Und wie sagte Ursula Wolf? Er hasst die Polizei und könnte es nie ertragen, in deren Gewahrsam zu kommen. Also wendet er sich mit der gleichen Versessenheit, mit der er jahrelang den Mörder Sybilles gesucht hat, jetzt gegen ihn. War das logisch? Wahrscheinlich, dachte er, kann Adrian nicht nach logischen Kriterien beurteilt werden. Er war zurzeit der Einzige, der Adrian der Polizei ausliefern könnte. Und Adrian wusste, dass Peck sein Geheimnis kannte. Er musste Adrian finden, bevor er selbst dessen Opfer wurde.

Ohne sich dessen richtig bewusst zu sein, erkannte er jetzt die Zusammenhänge dieser mörderischen Kettenreaktion, die von Adrian Wolf über Evelyn und Armin Kuttner bis zu Thomas Cantor führte. Wenn Evelyn sich nicht mit Adrian getroffen hätte und wenn sie nicht ihren Ehemann zur Rede gestellt hätte, würden sie und Kuttner heute noch leben. Wenn, wenn …, dachte Peck.

*

Pecks Magen knurrte. Er hatte noch nicht gefrühstückt. Nach einer schnellen Burenwurst an einem der Würstelstände fuhr er eine Stunde später über die Donau und fand in Kagran die Puchgasse, eine Mischung aus Baustellen, zweistöckigen, langweiligen Wohnhäusern und noch langweiligeren Gewerbebetrieben und Bürogebäuden. Die Nummer 148 war ein in die Jahre gekommenes, kistenförmiges Mehrfamilienhaus mit einem schmalen Rasenstreifen und noch nie geschnittenen Sträuchern vor der Eingangstüre, die weit offen stand. Peck fand das mit einem Reißnagel an der Wohnungstür befestigte Schild *Wolf*.

Eine dicke Frau, die seinen Ausweis nicht sehen wollte, öffnete. Mit einer trägen Bewegung ihres dicken Armes bat sie ihn wortlos herein. War sie über sein Kommen informiert worden? Von ihrer Schwiegermutter? Peck ging durch das Halbdunkel des fensterlosen Vorzimmers, in dem die Luft muffig roch wie in einem seit Jahren ungeöffneten Kleiderschrank mit verschwitzten Fußballdressen.

»Setzen Sie sich«, sagte sie in einem resignierenden Ton, als sie in der Küche standen. Mit leise gestelltem, kaum hörbarem Ton lief ein Fernsehapparat, der seinen offensichtlichen Ehrenplatz auf dem Kühlschrank hatte.

Warum lässt jemand einen Fernseher laufen, dem er kaum Aufmerksamkeit schenkt und bei dem der Ton abgedreht ist? Einsamkeit, dachte er, für Menschen, die nicht alleine sein können, bietet der Fernseher eine unkomplizierte, virtuelle Partnerschaft mit den am Bildschirm agierenden Personen. Und auch ohne Ansprache braucht man sich auch nicht mehr alleine zu fühlen. Ideal.

»Ich komme aus Salzburg«, stellte Peck sich vor, als er auf einem der Holzstühle Platz genommen hatte, die beim Küchentisch in der Mitte des Raumes standen.

»Das macht nichts«, sagte die Frau. Auf dem Tisch lag aufgeschlagen eine Programmzeitschrift, die Frau Wolf zuklappte und auf den Fernsehapparat legte. Sie trug eine glänzende, seitlich geknöpfte Trainingshose, die über ihren massigen Schenkeln bis zum Zerreißen spannte. Ihr Oberkörper steckte in einer aus der Form geratenen Strickjacke in undefinierbarer Farbe. An den nackten Füßen trug sie graue, zerschlissene Pantoffeln. Peck konnte nicht unterscheiden, ob ihre Haare fett oder feucht waren.

Anita Wolf setzte sich ihm gegenüber, worauf ihr Sessel protestierend ächzte. Sie machte nicht den Eindruck, über seinen Besuch besonders erfreut zu sein. Die Küche war unaufgeräumt. Peck sah vielfarbenes Geschirr übereinandergestapelt in der Abwasch. Nichts passte zusammen. Sie angelte sich eine Packung Zigaretten und zündete sich eine der langen, filterlosen Zigaretten an.

»Warum kommen Sie aus dem abgelegenen Salzburg in die Bundeshauptstadt?«, fragte sie. »Und was wollen Sie überhaupt?«

»Wo ist Ihr Mann?«

Sie strich eine dünne Haarsträhne aus dem Gesicht und sah kurzzeitig so aus, als wollte sie seine Frage beantworten. Aber sie sagte nichts. Anita Wolf schien mit ihren Gedanken woanders zu sein.

»Ich muss ihn sprechen«, sagte Peck in die Stille hinein.

»Er arbeitet für einen Weinproduzenten in Klosterneuburg. Im Außendienst. Er fährt irgendwo durch die Gegend.«

»Geben Sie mir bitte seine Handynummer«. Sie zögerte.

»Er hat kein Handy.« Ein Verkäufer im Außendienst ohne Handy? Gibt's nicht.

»Ich muss ihn dringend sprechen.« Er beugte sich vor.

»Verstehen Sie doch! Es geht um einen Mordfall in Salzburg.«

Anita Wolf hörte ihm aufmerksam, aber unbeeindruckt zu. Was wusste sie von der ganzen Geschichte? Peck hatte Durst, sah dann auf die schmutzverklebten Gläser in der Abwasch und beschloss, nichts zu trinken.

»Die Schwester Ihres Mannes ist vor vielen Jahren ermordet worden. Und Adrian kennt den Mann, der diesen Mord begangen hat. Das Problem ist, dass dieser Mann vor einer Woche erstochen aufgefunden wurde. Können Sie mich jetzt verstehen? Nur Ihr Mann kann diese verwirrte Geschichte aufklären.«

»Das ist Adrians Sache«, sagte sie, »das geht mich nichts an.« »Das ist große Scheiße!« Pecks Stimme war um zwei Stufen lauter geworden. »Die Polizei läuft in Salzburg einem Mörder hinterher, weiß aber nicht, wo sie suchen soll. Verstehen Sie? Und ich kenne den Mörder. Und ich habe Neuigkeiten, die für Ihren Adrian sehr interessant sein dürften.«

Anita sah jetzt etwas verwirrt aus. Hatte sie ihn durchschaut? Sie zerdrückte den Zigarettenstummel in dem überfüllten Aschenbecher und zuckte mit den Schultern. Peck legte eine seiner Visitenkarten auf den Tisch.

»Er soll mich heute noch anrufen. Die Zeit drängt, morgen Nachmittag treffe ich in Salzburg den Schwiegervater des Ermordeten, und danach muss ich die Polizei über alles informieren, was ich herausgefunden habe.«

Als Peck gerade die Tür geschlossen hatte, hörte er das Telefon in der Wohnung läuten. Aber er konnte nicht verstehen, was gesprochen wurde.

Langsamen Schrittes verließ Peck das Haus. Er hatte nicht vorgehabt, Anita von dem Treffen mit dem alten Colerus zu erzählen. Es war eine spontane Entscheidung gewesen. Und er sollte diese noch bereuen.

*

Peck war müde, und seine Gedanken rasten ziellos durch seinen Kopf. Er saß mit einem Glas Lagavulin in seinem Sessel und hatte seine literarischen Neuerwerbungen neben sich auf dem Tisch gestapelt. Aber er hatte noch keines der Bücher angesehen.

Was hatte er in Wien erreicht? Er kannte Thomas Cantors Motiv für seine Morde. Zur falschen Zeit das Falsche tun, das hatte Evelyns Schicksal besiegelt. Sie hatte ihrem Mann gedroht, sein ganzes Leben zu zerstören. Und so sah Cantor keine Alternative, als seine Frau zu töten, wenn er nicht selbst untergehen wollte. Wie bei Monika Kuttner. Zur falschen Zeit am falschen Ort sein. Das war ihr Schicksal, und das wurde Armin Kuttner zum Verhängnis. Cantor hat wie bei Evelyn nicht lange gefackelt.

Und Adrian? Gestern glaubte er noch, einem Gespenst nachzujagen. Und jetzt konnte er endlich das von den Fotos bekannte Gesicht diesem Mann zuordnen, der kein Gespenst mehr war. Peck stutzte. War er jetzt selbst der Gejagte? Keine Angst vor Feinden, die du kennst, dachte Peck. Aber dann erinnerte er sich an das gewaltsame Zusammentreffen im Flur vor seiner Wohnungstüre. Er würde morgen die Honorarnote dem alten Colerus nach Mattsee bringen und dann mit Sophia über ein verlängertes Wochenende wegfahren.

*

Noch heute, nach dreiundzwanzig Jahren, erinnerte er sich an das fürchterliche erste Jahr nach dem Tod seiner Schwester Sybille. Sein Vater hatte sich damals ganz aus der Welt und von den Menschen zurückgezogen, und seine Mutter kannte er nur noch mit Tränen in den Augen. Täglich hatte die Polizei versprochen, alles zu tun, um den Mörder aufzuspüren. Und jetzt, mehr als zwanzig Jahre später waren das Leid und seine Trauer nicht kleiner geworden.

Er war froh, dass er seit einigen Tagen alleine war in seinem kleinen Hotelzimmer direkt neben der Bahn. Es gab so viel zum Nachdenken. Er sah, dass seine Mutter mit den Monaten wieder zurückfand zum normalen Leben. Für ihn konnte es jedoch keine Normalität geben. Kein Vergessen! Die Polizei hatte versagt, und so war es seine Aufgabe, Rache zu üben. Keine Normalität! Dafür hatte er zu viel verloren. Er wusste, dass er richtig gehandelt hatte. Er hatte Stärke bewiesen während der langen Jahre und jetzt in den Stunden, die ihm endlich die lang ersehnte Rache gebracht hatte. Er hatte seinen Beruf vernachlässigt und später auch seine Frau Anita, die ihn von seinem Ziel abgelenkt hätte. Es war so einfach gewesen, zuerst den Mörder zu verfolgen und ihn später im Bus zu beobachten, ihn und seine Freunde, die während der Fahrt gelacht und getrunken hatten. Und er hatte ihn dazu gebracht, ihm einige Schritte in die Dunkelheit neben dem Parkplatz zu folgen.

Und dann gab es nur noch die Rache, und das Messer war ohne Widerstand eingedrungen. Kein Schrei. Eine gute Tat. Sein Kopf schmerzte immer noch. Er wurde wütend, wenn er an diesen Detektiv dachte. Die Wunde am Hinterkopf hatte stark geblutet und hätte bestimmt genäht werden müssen, aber er ging zu keinem Arzt und auch nicht ins Krankenhaus.

Er lag im Bett auf dem Rücken und starrte zur Decke. Seine Kopfhaut juckte wieder. Er wusste, dass er vor der Polizei sicher war. Anita hatte ihn angerufen. Der Detektiv hatte sie besucht. War er auch bei seiner Mutter gewesen? Nur der Detektiv weiß, wer er ist, dachte er. Er fiel in einen kurzen, unruhigen Schlaf und erwachte kurz darauf von einem lauten Geräusch. Er sprang aus dem Bett, taumelte zum Fenster und riss es auf.

Ein Auto fuhr langsam die Straße entlang. Auf der anderen Seite des Hauses ratterte ein Zug vorbei. In seinem Kopf hämmerte es laut und metallisch wie in einer Schmiede. Morgen fährt der Detektiv zum Haus nach Mattsee. Er wusste, wo das war. Dieser riesige Reichtum, dachte er und spürte die Wut über die Ungerechtigkeit. Nein, kein Mitleid mit diesen Menschen! Er hatte das große Haus am See tagelang beobachtet und einige Male konnte er durch das geöffnete Fenster die tiefe Stimme des Mannes hören, der in abgehackten Worten Anweisungen ins Telefon rief. Morgen würde er den Detektiv ausschalten, ein für allemal. Der alte General wird vergeblich auf den Detektiv warten. Und die Polizei würde nichts erfahren. Und er würde für immer unerkannt bleiben.

Freitag, 7. März

Als Peck stürmisch das Buchgeschäft am Waagplatz betrat, war Sophia alleine. Kein Kunde. Nur Bücher.

»Wo sind deine Geldgeber?«

»Du hast mir gefehlt«, sagte sie und schmiegte sich eng an ihn. Er roch ihr Haar und ihren Körper und fühlte sich sehr wohl.

»Gut, dass uns keine Kunden stören«, murmelte er aus ihrem Haar heraus.

Sie verließen den Waagplatz und bogen von der Getreidegasse rechts ab in das Durchhaus zum Wilden Mann.

»Da in der Ecke saß Cantor mit seinem Chinesen«, sagte sie und deutete mit einer Kopfbewegung nach rechts. Peck studierte die Speisekarte und bestellte ein Wiener Schnitzel.

»Wozu brauchst du eine Speisekarte?«, fragte sie. »Bei deiner gastronomischen Einbahnstraße.«

Beim zweiten Achtel Grünen Veltliner erzählte Peck ihr stolz, dass er bei seinem Fall nun alle dunklen Geheimnisse gelüftet habe.

»Hast du das Licht im Tunnel eingeschaltet?«

»Ich war kurzzeitig etwas irritiert, seit ich vor zwei Tagen Halm und Christine in der Judengasse gesehen habe.«

»Christine?«

»Cantors Exgeliebte und offensichtlich Manfred Halms Istgeliebte. Sie kamen sehr früh am Tag aus einem Hotel in der Altstadt.«

»Irrtum ausgeschlossen?«, fragte Sophia.

»Die beiden gingen umschlungen wie ein Liebespaar … und wenige Meter vor mir.«

»Liebespaar? Zusammen oder auseinander geschrieben?«

»Jetzt ist mir auch klar, woher diese Christine meinen Namen kennt.«

»Und was passiert nun mit Jeansjacke?«

»Adrian zu finden, ist jetzt Aufgabe der Polizei«, sagte er. »Für mich ist der Fall abgeschlossen. Der alte Colerus hat mich angerufen, und wir haben uns für heute um vier in Mattsee zum Abschlussgespräch verabredet. Und hinterher werde ich Funke von der Kripo informieren, dass die Symbiose aus Seriosität und Durchblick schneller war als die Herren aus der Alpenstraße. Und sie sollen jetzt ihre Netze nach Adrian auswerfen.«

Um halb vier saß Peck im Wagen, neben ihm auf dem Beifahrersitz der braune Umschlag mit dem Abschlussbericht und seiner Rechnung für Colerus.

Peck schob eine CD von Glenn Gould in das Radio und beschloss, gut gelaunt zu sein. Der Fall lag hinter ihm.

*

Als Peck mit seinem VW vor dem schmiedeeisernen Gatter stand, hinter dem der Weg zum Seegrundstück hinabführte, wartete er vergeblich darauf, dass sich das Tor für ihn öffnete. Vielleicht ist die Elektronik der Familie Colerus nicht auf einen rostigen VW Käfer abgestimmt, dachte er und stellte seinen Wagen in der Parkbucht neben der Straße ab. Er betrat den schmalen Fahrweg, der sich durch den Wald hinunter zum See und zum Haus schlängelte. Nach wenigen Metern stand er im Wald, wo es nach feuchter Erde und Tannennadeln roch. Unruhe erfasste Peck. Die Bäume standen dicht und mit jedem Schritt führte ihn der Weg weiter in eine grüne Dunkelheit, die nur manchmal von kleinen, diffusen Lichtflecken unterbrochen wurde, die sich zitternd hin- und herbewegten. Peck hörte sich ein Lied pfeifen. Hatte er Angst? Ganz ruhig, Paul, sagte er zu sich selbst, man kann bereits die Lichter des Hauses sehen, die durch die Bäume blitzten.

Der Weg verlief jetzt steil nach unten und führte in einer weiten Rechtskurve um eine Gruppe von Bäumen. Peck hörte ein Geräusch von rechts und blieb stehen.

Plötzlich kam eine große, dunkle Gestalt von oben auf ihn zugelaufen und sprang schreiend mit einem großen Satz auf den Weg, auf dem Peck starr vor Schreck stehen blieb. Er hörte ein Keuchen und Schnaufen. Leicht nach vorne gekrümmt und mit baumelnden Händen stand die Gestalt vor ihm.

Peck roch die Aufregung und den Schweiß und als sich der Mann aufrichtete, erkannte er ihn: Adrian Wolf. Peck sah seinen wirren Blick und die blitzenden Augen. Adrian hielt in der Rechten ein Messer, das er mit nach oben gerichteter Spitze vor- und zurückbewegte, wie auf den richtigen Moment wartend, um zuzustechen. Wuchtig näherte er sich mit kleinen, stampfenden Schritten und drängte Peck zurück, der mit dem Rücken gegen einen Baum stieß. Peck hieb auf seinen wütenden Gegner ein, doch sein Schlag ging ins Leere. In diesem Moment stach Wolf blitzartig zu, und Peck spürte, wie ihm das Messer durch den Stoff in die Brust drang, als er gerade einen Schritt zur Seite machte, um sich für einen weiteren Hieb in eine bessere Position zu bringen. Er spürte den Schmerz und das warme Blut, das über seinen Bauch floss. Peck fühlte die rissige Rinde des Baumstammes in seinem Rücken. Er saß fest. In Panik schlug er weit ausholend mit der rechten Faust auf seinen Gegner ein und traf ihn genau zwischen die Augen.

Wolf schrie auf, aber er wich keinen Schritt zurück. Ein wütendes Ringen um das Messer ließ die Körper wuchtig und mit einem Krachen aufeinanderprallen. Adrians verzerrtes Gesicht war zum Greifen nah, und Peck sah die aufgerissenen Augen und den Wahnsinn, der seinem Gegner ungeahnte Kräfte verlieh. Die Bäume tanzten um sie herum, als Adrian wieder mit dem Messer zustach. Peck stieß mit dem Knie zwischen Wolfs Beine. Dieser heulte auf, und Peck konnte einen zweiten Schlag anbringen. Er trat einen Schritt zur Seite. Ein dicker Ast lag seitlich von ihm auf dem Boden. Peck bückte sich danach, ergriff den Ast und bekam in diesem Augenblick einen gewaltigen Schlag in sein Gesicht. Er spürte, wie ihm das Blut aus der Nase spritzte. Peck wirbelte wie benebelt um seine eigene Achse. Dabei stolperte er in einer rasanten Drehung zur Seite. Peck hörte wieder das rhythmische Keuchen Adrians und dann einen kriegerischen Aufschrei, als er sich von Neuem auf Peck stürzte. Die Wucht von Pecks Drehung entlud sich in einem mächtigen Schlag seines Ellbogens in Adrians Gesicht, der ihm das Nasenbein brach. Er hörte es knacken, Blut lief Adrian über das Gesicht. Doch unbeirrt stürmte dieser nach vorne und seine Faust verfehlte Peck nur knapp. Steifbeinig und schwer atmend stand Wolf vor Peck und stürzte sich erneut auf ihn. Pecks Gesicht tat weh. Er spuckte Blut und fuhr sich mit dem Finger über seine Zähne.

Wie ein tollwütiger Stier scharrte Adrian mit den Füßen und kam auf Peck zugestürmt. Er machte einen kleinen Schritt zur Seite, sodass Adrian an Peck vorbeischoss. In diesem Moment hatte Wolf keine Deckung und sein Kopf war genau in der richtigen Position für einen Schlag mit der Linken, die weit ausholend auf Adrians Ohr krachte. Ein rasender Schmerz durchzuckte Peck, und er hörte das Knacken in seiner linken Hand. War sie gebrochen? Er sah Adrian zur Seite taumeln, doch dieser zeigte keine Anzeichen, aufzugeben. Peck fühlte, wie seine Erschöpfung übermächtig wurde.

Der nächste Schlag entscheidet. Je nachdem, wem er gelingt. Wieder stürmte Adrian auf ihn zu, und Peck konnte nicht ausweichen. Peck wurde schwarz vor Augen und taumelte zur Seite. Jetzt geht es darum, wer am Leben bleibt, fuhr es Peck durch den Kopf und schlug mit dem Ast auf Adrian. Der Schlag war nicht gezielt, traf Wolf aber am linken Arm, der krachte und plötzlich in einem unnatürlichen Winkel herunterhing. Er schrie vor Schmerzen, schwankte etwas, drang aber weiter wütend auf Peck ein. Peck holte erneut aus. Der Ast traf Adrian krachend genau auf die Stirn. Adrian Knie knickten nach außen, dann fiel er um und kam genau vor Pecks Füßen zum Liegen.

Peck schnaufte mühsam mit weit geöffnetem Mund und hielt sich am Baum fest. Ihm war schlecht. Vorsichtig berührte er mit den Fingern seine Lippen und seine Nase. Wie ein rohes Schnitzel, dachte er.

Durch seine linke Hand rasten Schmerzwellen, die sich bei jeder kleinsten Bewegung noch steigerten.

War Adrian tot? Peck befühlte den Hals seines Gegners. Er atmete.

Mit seiner Rechten griff er in die Hosentasche. Sein Handy war weg. Er suchte mühsam in der Dämmerung die zertrampelte Kampfstätte ab und fand sein Mobiltelefon bei einem Baum am Boden liegen.

»Wo bleiben Sie denn? Wir hatten vier Uhr gesagt!« Die Stimme des alten Colerus drang ungeduldig und schneidend durchs Telefon. Pecks Brust hob und senkte sich immer noch in laut schnaufendem Rhythmus, und die Verletzungen im Gesicht hinderten ihn daran, verständlich zu sprechen. Er versuchte, Colerus mit wenigen Worten zu erklären, was sich während der letzten zehn Minuten im Wald abgespielt hatte.

»Ich brauche ein Seil oder ein starkes Klebeband.«

»Frau Hütterer, meine Haushälterin, ist gleich bei Ihnen«, sagte Colerus.

Wenige Minuten später war auch Colerus mit seinem Jeep die wenigen Meter von seinem Haus hochgefahren, und gemeinsam hievten sie den fest verschnürten und immer noch bewusstlosen Adrian auf den Rücksitz.

»Das hätten wir«, sagte Peck mit konzentriertem Blick, wandte sich dem neben ihm stehenden Colerus zu und fiel in Ohnmacht.

Samstag, 8. März

Als Peck am nächsten Morgen in seinem Krankenzimmer aufwachte, spürte er als Erstes, dass sein Gesicht teuflisch brannte. Seine linke Hand war zu einer weißen Gipskugel geworden, sein Mund ausgetrocknet, und er spürte großen Durst. Langsam versuchte er, einen Schluck Wasser zu trinken, was ihm gänzlich misslang.

Sollte er einen Blick in den Spiegel wagen? Langsam und mit schmerzenden Knochen schlingerte er zum Wandspiegel.

Er hätte es nicht tun sollen. Sein Gesicht hatte die gleiche Farbe wie die Wände in seinem Krankenzimmer, abgesehen von einer farblich kontrastierenden Mischung aus Blutergüssen und Schwellungen. Die Oberlippe war wulstig, und er konnte den Speichel nicht halten. Orale Inkontinenz, dachte er. So fängt's an. Auf seiner rechten Wange sah er Striemen wie bei einer schlagenden Verbindung. Mit Schaudern wandte er sich von seinem Spiegelbild ab.

Als Peck zurück ins Bett kroch, öffnete sich langsam die Tür.

»Schlamassel und Durchblick«, hörte er Funke sagen, der mit einer Flasche Rotwein ins Zimmer kam. »Sind Sie ansprechbar?«

»Immer«, sagte Peck, »Sie hätten mich nur schon früher ansprechen sollen.«

Funke nickte und legte die Weinflasche neben Pecks eingegipste Hand. »Sobald Sie hier raus sind, sollten wir damit anstoßen, vielleicht auf ein etwas engeres synergetisches Zusammenwirken.«

»Das haben Sie gut formuliert, Herr Polizist.«

»Sie haben gute Arbeit geleistet, Herr Detektiv!«

»Das Anfangsproblem war«, sagte Peck, »dass ich Cantors Alibi in Prag geglaubt habe, ohne es kritisch zu prüfen.«

»Wir haben es nachgeprüft. Thomas Cantor war in Prag, der alte Colerus hat ihn dort im Hotel angerufen. Auf dem Festnetz, wohlgemerkt, und über die Hotelrezeption ins Zimmer vermittelt.

Das Melnik Garden hat Cantors Übernachtung bestätigt, und wir haben die Hotelrechnung geprüft. Mehr konnten wir nicht tun.«

»Doch«, sagte Peck. »Nichts glauben und alles in Frage stellen. Ich hätte früher an den Audi-Kundendienst denken müssen. Waren Sie in Evelyns Haus am Seeleitensee?«, fragte Peck.

Funke nickte. »Wie fast alle wusste auch Halm von Evelyns Testament. Er hat es im Haus am See gesucht, in panischer Angst, dass es Evelyn kurz vor ihrem Tod doch noch gelungen war, das Testament zu ändern.«

»Halm wusste nicht, dass das Testament sicher beim Notar lag«, sagte Peck.

Funke nickte. »Deshalb hat Halm in Evelyns Haus auch nichts gefunden.«

Peck lächelte. Anna Karenina hatte ihr Geheimnis nicht preisgegeben. »Wusste die Polizei, dass sich Halm und Cantor mindestens eine Geliebte geteilt hatten? Sex-Sharing im Unternehmen.« Funke sah ihn verständnislos an. »Das hat mich ganz zuletzt noch verwirrt«, sagte Peck. »Christine Wullwa stand auch Halm sehr nahe. Der gemeinsame Hass gegen Cantor hat sie wohl zusammengeführt. Ich habe lange nicht an den Großen Unbekannten geglaubt, bis er mir vor meiner Wohnung aufgelauert hatte. Und nach meiner Sound-of-Music-Tour war ich schon sehr sicher, dass Adrian Wolf die richtige Spur ist.«

»Aber letztlich haben Sie den Namen Adrian Wolf von Halm?«

»Ja«, bestätigte Peck. »Evelyn hat bei der Feier in Leopoldskron Halm von ihrem Gespräch mit Adrian berichtet.« Peck legte langsam den Kopf zurück auf den Polster. »Wenn Adrian nicht nach Salzburg gekommen wäre und Evelyn ihren Mann nicht mit diesen Papieren konfrontiert hätte, würde sie heute noch leben. Und übrigens auch Armin Kuttner.«

»Viele Wenns«, sagte Funke.

»Wie geht's Adrian Wolf?«

»Ich komme gerade von ihm. Er liegt auch in dieser Klinik, nur zum Unterschied zu hier macht sein Krankenzimmer einen etwas vergitterten Eindruck.«

»Wie ist sein Zustand?«
»Sie haben dafür gesorgt, dass er in zwei Wochen verhandlungsfähig sein wird.«
»Volles Geständnis?«
Funke nickte. »Ist beim Schreiben. Wenn er nicht mehr unter Medikamenten steht, lassen wir's ihn unterschreiben.«
»Vorsätzlicher Mord«, sagte Peck, »und der Täter hat dreiundzwanzig Jahre nach seinem Opfer gesucht.«
»Deshalb geben wir auch gut acht auf ihn. Vor der Tür seines Krankenzimmers sitzt ein Beamter.«
»Das geht ja noch«, sagte Peck. »Bei mir sitzen die Beamten mitten im Zimmer.«
Funke grinste. »Adrian Wolf hat uns erzählt, dass er tagelang ums Haus in Mattsee herumgeschlichen ist. Als er von Ihrem Vier-Uhr-Termin beim alten Colerus gehört hat, beschädigte er das Türschloss, sodass sich das Eisentor nicht automatisch öffnete und Sie Ihren Wagen abstellen und zu Fuß den Waldweg nach unten zum Haus nehmen mussten.«
Peck griff mit vorsichtigen Fingern an seine geschwollene Oberlippe.
»Wieso haben Sie nach der Ermordung Kuttners so schnell den Zusammenhang mit Cantor durchschaut? Das haben meine Ermittler lange nicht gecheckt.«
»Das hat auch bei mir etwas gedauert.« Peck dachte an den Zettel mit Cantors Telefonnummer, den er lange in seiner Hosentasche vergessen hatte. »A Punkt«, sagte er, »von A Punkt Kuttner, dem Erpresser zu A Punkt Wolf, dem großen Unbekannten. Das war für einige Zeit ein intensives Verwirrspiel für mich.«
»Wir hätten unser Wissen zusammenlegen sollen«, sagte Funke.
»Brainsharing? Sie wollten das ja nicht! Aber es wäre sinnvoll gewesen.«
»Was machen Sie eigentlich, wenn Sie nicht einem Täter auf der Spur sind?«
»Dann fordert meine Sophia, dass ich auf ihren Spuren wandle.«
»Ich kenne das«, sagte Funke, »ich bin seit über dreißig Jahren

verheiratet. Ich wünsche Ihnen angemessene Genesungsfortschritte.«

Sonntag, 9. März

Sophia kam schwungvoll ins Krankenzimmer, als Peck gerade vor dem Spiegel stand.

»Wie geht es deiner Hand?«

Er hob die weiße Gipskugel. »Ich suche dringend einen Second-Hand-Shop.«

Sie sah ihn an und lachte. »Du bist ein echtes optisches Schmuckstück, mit deinem weißen Krankenhausnachthemd und den roten Socken. Ich könnte ein Foto von dir machen und es ins Internet stellen.«

Peck fand das nicht lustig. »Ich will raus«, sagte er, »nimm mich mit.«

»Zuerst müssen deine regenbogenfarbenen Blutergüsse verschwinden.« Sie sah ihn skeptisch an. »Was sagt der Arzt?«

»Er sagte, ich soll mir einen anderen Job suchen.«

»Wie, anders?«

»Mit weniger Körpereinsatz.«

»Weniger Körpereinsatz? Hat dich dieser Rat gestört?«

»Der Rat zu einem anderen Job war okay. Es hat mich nur gestört, was er dazu gesagt hat.«

»Was?«

»Er sagte: ›In Ihrem Alter!‹«

In diesem Moment läutete Pecks Handy. Er sah auf die Nummer: Rosi Kämmerer!

Was sollte er tun? Er drückte die Nummer weg und schaltete sein Mobilfunkgerät aus.

Glossar (Österreichisch – Deutsch)

• Abwasch, die	die Spüle
• Auslage, die	Schaufenster
• Halbe Bier, die	Ein halber Liter Bier
• Backhenderl, das	Backhuhn
• Durchhaus, das	Meist öffentlich zugänglicher Verbindungsweg zweier Strassen durch ein Gebäude, oftmals mit Geschäften oder Gastronomiebetrieben
• Eierschwammerl	Pfifferlinge
• Frankfurter (Würstel)	Wiener (Würstchen)
• Erdäpfelpürree	Kartoffelbrei
• Großer Brauner	Großer Espresso mit etwas flüssiger Sahne (oder Milch)
• Guglhupf	Napfkuchen
• Matura	Abitur
• Pantscherl	Techtelmechtel, Flirt
• Ribisel	Johannisbeere
• Schlagobers	Geschlagene süße Sahne
• Schmarrn	(hier:) Totaler Blödsinn
• Schnürlregen	Feiner Dauerregen
• Stoppelfeld	Abgeerntetes Getreidefeld
• Strudel	Gefüllte Mehlspeise
• Topfen	Quark
• Trafik	Zigaretten- und Tabakgeschäft
• Vinschgerl	Roggengebäck

Hinweis:
Dieses Buch erzählt eine fiktive Geschichte, die, wie auch alle Personen in dem Roman, der Fantasie des Autors entsprungen ist.

Lisa Gallauner

Teufelssturz

Der dritte Fall von Chefinspektor Meierhofer

Die herbstliche Idylle der Wachau wird jäh getrübt, als Kletterer nahe der Burgruine Aggstein eine stark verweste Frauenleiche finden. Die Tote trägt ein weißes Kleid, in ihren Händen hält sie eine Holzaxt, auf der ein ungewöhnliches blutrotes Symbol prangt. Außerdem hat der Mörder der jungen Frau den Ermittlern eine Botschaft hinterlassen. Ein einziges, ebenfalls blutrot geschriebenes Wort: Teufelssturz.

Teufelssturz
Kriminalroman von Lisa Gallauner
198 Seiten, ISBN 978-3-902784-15-5

Kriminalromane von Lisa Gallauner

Lisa Gallauner

Teufelsmahl

Der zweite Fall von Chefinspektor Meierhofer

Ein erfolgreicher Unternehmer wird vergiftet in einer Waldhütte aufgefunden. Schnell sind dessen ehemalige Frau und deren gemeinsamer Sohn als mögliche Täter ausgeforscht. Doch wenig später passiert erneut ein Verbrechen.

Teufelsmahl
riminalroman von Lisa Gallauner
+ Seiten, ISBN 978-3-902784-04-9

www.federfrei.at

Lisa Gallauner

Teufelsstimmen

Der erste Fall von Chefinspektor Meierhofer

Ein Amoklauf erschüttert die Postkartenidylle der Wachau: Auf einem Campingplatz wurden willkürlich fünf Menschen erschossen. Der Verdächtige gibt an, Stimmen hätten ihn dazu getrieben, die Camper kaltblütig auszulöschen.

Teufelsstimmen
Kriminalroman von Lisa Gallauner
196 Seiten, ISBN 978-3-9502751-8-6

www.federfrei.at

Thomas Himmelbauer

Tod am Güttenbach

Ein Krimi aus dem Burgenland

Im burgenländischen Güssing tagt der ICSE, der Internationale Kongress für Solarenergie. Linda Bäumler wittert die Gelegenheit, geheime Firmenunterlagen ihres Mannes für viel Geld zu verkaufen, um mit ihrem Geliebten ein sorgenloses Leben zu genießen. Doch die Übergabe am Güttenbach läuft nicht nach Plan, ein Mord geschieht. Anton Geigensauer, ein junger Beamter des Innenministeriums, wird in die Ermittlungen einbezogen.

Tod am Güttenbach
Kriminalroman von Thomas Himmelbauer
207 Seiten, ISBN 978-3-902784-07-0

Kriminalromane von Thomas Himmelbauer

Tod im Gymnasium

Als Prof. Dirkbacher am Ende des Elternsprechtages nochmals ins Gymnasium zurückkehrt, entdeckt er in der Garderobe die Leiche seiner Kollegin Prof. Ringelstein. Jemand hatte ihr in den Kopf geschossen. Noch bevor er die Polizei verständigen kann, hört er Schritte im Stiegenhaus: Der Mörder ist noch im Gebäude! Als die Beamten ihre Ermittlungen starten, finden sie bald heraus, dass sich zum Zeitpunkt der Tat nicht nur der Mörder und Prof. Dirkbacher im Schulgebäude aufhielten.

202 Seiten, Verlag federfrei
ISBN: 978-3-902784-00-1

www.federfrei.at

Tod in Pannonien

Im kleinen südburgenländischen Ort Güttenbach werden zwei Ausländer ermordet: Trotz intensiver Recherche finden die Kriminalisten keine Anhaltspunkte, um den Täter zu fassen. So wird ein junger Beamter des Innenministeriums, Anton Geigensauer, auf den Fall angesetzt. Er soll sich in Güttenbach ansiedeln und getarnt als Angestellter der Wetterstation ermitteln. Als Geigensauer beginnt, sich in Güttenbach heimisch zu fühlen, geschieht ein weiterer Mord.

177 Seiten, Verlag federfrei
ISBN: 978-3-9502560-6-2

www.federfrei.at